今日のわたしは、だれ？

認知症とともに生きる

Wendy Mitchell, Somebody I Used to Know

ウェンディ・ミッチェル　宇丹貴代実＝訳

執筆協力＝アンナ・ウォートン

筑摩書房

SOMEBODY I USED TO KNOW
by
Wendy Mitchell and Anna Wharton

Originally published by Bloomsbury in UK.
Japanese translation rights arranged with Wendy Mitchell and Anna Wharton
c/o United Agents, London through Tuttle-More Agency Inc., Tokyo.

今日のわたしは、だれ？　目次

1

見覚えのない空白

先日、またもや、あれに見舞われた。以前とはまるきりちがっていた。うんと、うんとひどかった。舌先から単語がひとつ失われたのでもなければ、形容詞がひとつ雲隠れしたのでも、動詞がひとつ消えたのでもない。あるいは、ソファーからよっこらしょと立ちあがってキッチンへ行ったはいいが、淹れたばかりのお茶を忘れて戻った、というのともちがう。何かを取りに二階へ駆けあがっていちばん上に着いたとき、それがなんだったのかさっぱり思い出せない、というのでもない。

まったくの、べつもの。

まったくの、空白。

大きくて
暗くて
黒々とした
空洞。

おまけに、いまこんなに必要としているのに、あなたはもういない。

わたしは川沿いの道を走りながら、正体不明の切迫感を覚えている。すでに二、三週間は続いているだろうか。いや正直に言うと、二、三カ月だ。この感覚を、どう説明すればいい？　たぶん、説明できないからこそ、医師の診察を受けていないし、ほかのだれにも、娘たちにすら話していないのだ。だけど、あえて説明するとしたら？　頭がぼんやりして、なんだか生活にめりはりがない。こんな漠然とした説明が、なんの役に立つだろう。かかりつけ医（GP）の時間をむだに使わせないほうがいい。そう思いつつも、どことなく、おぼろげに、自分が平均並みの働きしかできなくなったと感じている。わたしのいう平均並みは、たぶん、ほとんどの人にとって平均以上なのだが、こんな状態は自分らしくない。

こんなぼんやりした感じがいやで、午後、わたしはソファーから体を引っぺがし、ランニングシューズに足を入れて、家の鍵を片手に、アイポッドをもう一方の手に持った。走るエネルギーがどこにあるのかわからないが、きっと見つかるだろう。これまで何十回と繰り返したとおり、最初の壁を押し破って、川沿いの自宅アパートメントの玄関扉を開いたとたん、アドレナリンがどくどく血管に流れだし、元気が体にみなぎる。走るときは、いつもそうだ。

見おろすと、両足がちゃんと仕事をして、ふだんどおりのペース、リズムを保ち、コンクリートを打つ穏やかな衝撃が伝わってくる。顔をあげて行く手を見つめ、いつものように世界がくっきりと像を結ぶのを待つ。「五〇〇メートル」と、靴の動きに同調して、アイポッドの機械音がやる気を出させようとするが、いまはむしろ、調子がよくないのを自覚させられている感じだ。自分はもっと走れるはずなのに。昨年は〈ヨークシャー・スリー・ピークス〉に挑戦した。最初の山、標高およそ七〇〇メートルのペン＝ア＝ゲントの頂に立ったときの感覚が、いまもありありと甦る。まるで世界を征服したような気分。きょうはどうやっても出てこないアドレナリンが、あの日は体じゅうを駆けめぐって、次のふたつの山を征服させてくれた。頂上では風が耳にびゅうびゅう入ってきた。あのころ、生活の輪郭はぼやけていなかった。おそろしく鮮明だった。

空気はひんやりとさわやかで、ランニングレギンスが腿を包んで体の熱を閉じこめている。道に打ちつけるラバーソールの響きのほかは、橋と橋のあいだでボート競技の練習をする人たちの、川面の静寂を破るオールの音しか聞こえない。わたしは川岸を走り、ミレニアム・ブリッジを渡って、反対の川岸を戻りはじめる。いままで数えきれないほど走ったコース。なのに、転んだ。なんの前触れもなく。顔が地面を打ち、激しい痛みが鼻を、頬骨を駆け抜ける。強烈な衝撃。熱くてねばねばしたものが、体内からほとばしり出る。そして数秒後に、完璧な静寂。あっという間のできごとで、迫りくるコンクリートに手をついて衝撃をやわらげることもできなかった。ひと呼吸して、顔に手を伸ばしてみると血に覆われている。その瞬間、肉体の痛みが、さらには刺すような屈辱感が襲いかかるが、もつれた脚に目をやっても、それらがなんなのか、何をわたしにしでかしたのかわからない。いや、どんな結果をもたらしたのか、というべきか。きっと鼻の骨が折れたはずだ。わたしはよろよろと立ちあがる。血がランニングウェアをぐっしょりと濡らし、繊維を一本一本染めていく。じわじわと広がる染みをどうしようもできず、わたしはよろめきながら帰途につく。

かかりつけ医の診療所はすぐ近くなので、手当てしてもらおうと思いつく。いまやショックが骨の髄まで浸透し、看護師の前に立つころには、手が震えている。膝も同様で、どうか気づかれませんようにとわたしは願う。

すぐに救急治療室に送られ、そこへ歩きながらもまだ、何が悪かったのだろう、出かける前のとらえどころのないあの感覚と何か関係があるのだろうか、と考えている。これなのか。これが、わたしを待ち受けていたのか。ランニング中に転倒することが。だが、なんとなく、もっと重大なことのように思える。救急治療室で待つうちに、ランニングウェアの血が乾いて茶色に変わり、てのひらの血糊も砕けてぽつぽつと赤く残るだけになって、きっと今回かぎりのできごとだと思えてきたころ、ようやく看護師に呼ばれ、手当てを受ける。

「どうやら、どこも骨折していないみたいですよ」と彼女が言う。「運がよかったのね。なんで、こんなことに？」

「よくわからないんです」とわたしは答える。「ランニング中で」

「ああ、ランニングに潜む危険ってやつね」彼女が笑う。「わたしも、ようく知っていますよ！」意気投合し、ふたりとも目をぐるりと回して天を仰いだが、わたしはまたもや、それだけではないという気がする。とにかく、帰宅がてらコースを逆向きに歩いて、舗装にぐらつく箇所がないか確かめてみよう。両目のまわりに青あざができたのは、きっとそのせいだ。幸いにも骨は折らなかったけれど。それに、おりしも年休取得中だから、あした顔に黒と紫の模様をつけて仕事に行かずにすむ。

一時間後、わたしは転倒現場を前にして立っている。歩道に飛び散った赤い染みのおかげで、顔をぶつけた箇所はすぐにわかった。周辺をくまなく調べてみたが、くぼみにしろ、ぐらつきにしろ、つまずきそうなものは何もない。じゃあ、あれはなんだったのか。頭のなかの霧が思考を妨げる――かいもく見当がつかない。いままで、こんなことはなかったのに。帰宅して、ソファーのクッションに背中を沈め、出かける前と同じ場所に戻って傷だらけでウーズ川を眺めていると、上空がしだいに暗くなり、その下で謎が深まっていく。いまや、わたしは疲れきっている。こんな疲労ははじめてだ。目を閉じると周辺の傷が痛むが、睡魔が毛布さながら体を包みこんで、わたしとしてはめずらしく、はなから抵抗をあきらめる。

数日後、わたしはかかりつけ医の診療予約をとる。ほかの何よりも、疲労感がひどい。エネルギーの欠乏。

わたしは医師の前に座る。「ちょっと……いつもより、のろくなった気がするんです」このことばに、彼は一、二秒まじまじとわたしを見る。

ばかげた考えが、いくつも去来していた。すぐに浮かんだのは、脳腫瘍だ。同じ可能性を考えているのだろうかと、医師の顔をじっと見つめたが、向こうはなんの手がかりも見せない。代わりに、肩をすぼめて、わかりますよと言いたげな表情を作る。

「あなたは健康で、運動が好きで、食欲があり、たばこも吸わず、五六歳にしては若々しい」と彼は言う。「でも、いつかはだれしも、衰えつつある自分を認めなくてはね」

医師は椅子に背中をあずけて、腕を組み、このことばをわたしが受けいれるのを待つ。

「働きすぎだよ、ウェンディ」ため息。「ちょっと休暇をとってもいいんじゃないかな」

いままさに年休の最中だ、と言いたかった。わたしのような立場にある人間が、これ以上休むなんて非常識だ、とも。なにしろ、勤務先の病院で看護師の当番システムをだれよりも心得ている。同僚からは〝賢者〟と呼ばれ、記憶力がよく、だれが夜勤で、だれが非番なのか、尋ねられたらすぐに答えられる。わたしなしには、やっていけないはずだ。だが、医師がデスクのカルテを片づけはじめたので、診察はこれでおしまい、ということなのだろう。

「年齢的なものですよ」医師が肩をすくめてこちらをふり返り、じっと見つめていたわたしと、視線がぶつかる。

わたしは診療所をあとにする。安心してもいいはずだ。どうやらかかりつけ医は心配していないようだから。ふだんのわたしなら、仕事で気を紛らわせようと考え、大好きな職場にすぐさま復帰するのだが、きょうは、がらんとした自宅アパートメントにまっすぐ戻る。娘のジェンマやセアラには、転倒したことを話さないでおこう。医師の診断は正しい、きっと年齢のせい。ひたすら自分に言い聞かせるが、それから数カ月経ってもなお、頭のなかのもやもやも、エネルギーの欠乏も、正体不明のあの感覚も存在しつづけている。ほかの現象も現れた――物忘れだ。わたしはその後もランニングに出かけて、あの場所を、あの転倒現場を訪れ、舗道を毎回調べてみるが、心の底では自分が原因なのだと気づいている。

そうこうするうちに、また同じことが起きる。ランニング中、車が左折してくる前に道を渡りきれると確信して、わたしは足を踏み出す。ぐんぐん車が近づいてくるので、とっさに止まろうとするが、何かがおかしい。頭から脚へメッセージがちゃんと伝わらず、よろけて、またもや歩道にばたんと倒れてしまう。幸か不幸か、今回は、自尊心のほかはどこも傷つかない。

たてつづけに三回、そんなふうに転倒する。三回めによくない形で地面に手をついて、その日の午後、ランニングシューズを片づけるときに、これでおしまいだと何かが告げる。脳と脚が嚙みあっていない。意思が伝わらないのだ。わたしはまた医師の診察を受け、看護師が血を採って検査に出す。

「すべて正常です」と、結果を聞きに行ったわたしに医師が告げて、またもや年齢のことを持ち出す。わたしは彼の前に座って、どう説明しようかと考えあぐねる。すべての動きがのろくなっていること。ひどいときには名前も顔も場所もすぐには思い出せず、以前だったらありえない状態であること。ひょっとして、医師の言うとおり年齢的なものなのかもしれないが、診療所を出るときも、正体不明のあの切迫感は消えていない。医師は何かを見逃しているはずだ、なのに、それを見つける手がかりを与えられるほど、自分の考えがまとまっていない。

　あなたがものごとに取り組むときの猛烈なペース、速さを、わたしは覚えている。さすがに声に出してそうとは言わなかったけれど、ひそかにたいしたものだと思っていた。あなたはどこへでも車を運転して行けたし、仕事でしじゅうあちこち飛びまわっていた。休暇旅行中は、湖水地方の荒野を何マイルも歩き、どことも知れない土地のまっただなかで道に迷うことを恐れなかった。なぜって、もし迷っても機転を働かせられたから——遠くのランドマークや、見覚えのある風景を見つけて、自分の嗅覚に従えばよかった。わたしには、それができない。いまはもう。

　わたしたち——あなたとわたしは、もう一緒にやっていけない。あまりにも時が経ちすぎた。疎遠になった友人よろしく、平行した異なる人生を歩んでいる。好きなものもちがう。あなたは都会の喧噪が大好きだけど、わたしはただぼんやりと窓の外の景色を眺めて過ごし、何時間も失ってしまうことがある。ひたすら眺めるだけ。動かずに。無言で。かたや、あなたはいつも何かをしたがり、いつもせわしく動きまわりたがった。ただ座っているのは不得意だった。

　わたしがいま住んでいるところは、景色がすばらしい。ヨーク地方東部のビヴァリーにほど近い村のなかだ。きっと、あなたも覚えているはず——ジェンマが住んでいたところだから。わたしたちがはじめてここを訪れたとき、あなたもすごく気に入って、通りに建ち並ぶ赤れんがのかわいいコテージを指さした。友好的な雰囲気が漂い、顔見知りだろうとなかろうと出会うだれもがこんにちはと挨拶しあう、そういうところをあなたは気に入った。当時のことを、わたしもまだいくつか覚えている。たとえば、ジェンマがあなたに家じゅうを見せてまわり、部屋から部屋へと、階段をのぼりおりして案内してくれたこと。あなたはおとなしくついていったが、内心うずうずしてもいた。その目のきらめきに、ジェンマが気づいてくれたらよかったのだけど。できることなら、さあやるぞと腕まくりをし、ペンキの缶をあけてあちこち塗りたくてたまらなかったのだ。あなたは何ごとにも気おくれしなかった。

わたしはべつの病院の待合室に座り、入院用のかばんを、あくまで念のために携えている。少なくとも、長女のセアラにはそう話しておいた。心配させたくはないから。どちらかの娘に連絡するというのはかかりつけ医の考えで、紹介状をわたしに手渡しながら、いますぐそうしなさいと告げた。そこでセアラに電話をかけ、何も心配はない、ただ検査が必要なだけで、結果もたいしたことないはずだと請けあったが、娘と自分のどちらを納得させたかったのかはわからない。頭が生綿で半分埋まったような感覚が、何カ月も――昨年の秋から――続いていたし、この週末はうんと、うんと調子が悪かった。原因不明の疲労感。フォークが手からすべり落ち、ガチャンと皿を鳴らして料理に突き刺さった。月曜日に出勤したら、舌がもつれてことばがはっきりしないのを同僚に指摘され、家に帰された。どうやら、働きすぎによる蓄積疲労よりも深刻な何かがありそうだ。そしていま、わたしはここに、セアラと並んで病院の硬いプラスチックのベンチに座り、今後の展開に不安を抱いている。

セアラはまだ見習いの看護師だが、あらたに得た医療従事者の目を患者ひとりひとりに注いで、部屋のなかを観察している。ぎこちなく巻かれた包帯、とっさに押し当てられた血だらけのふきん、順番を待ちきれない幼児たち、わが子に不安を隠そうと懸命な母親たち。手のなかの紹介状が、じっとりとしてくる。ここに着いてすぐ担当の看護師にこれを見せたとき、名前だけで患者だと認識されたこと、かかりつけ医があらかじめ電話をかけてくれていたことにわたしは驚いた。あちこちの病院で働いて、手続きの流れはよく知っているのに、まさか自分が体験するとは思いもしなかったのだ。

診察後、検査入院をするようにと言われる。舌がもつれる原因がよくわからない。たとえ原因に心当たりがあったとしても、話してはもらえなかった。ベッドの用意ができるまで、さきほどのプラスチックのベンチで待たされ、そのときに、一緒に待たなくてもいいとセアラを説得する。

「何時間もかかるかもしれない。ふたりでここにただ座っていても意味ないもの」

娘はだいじょうぶだろうかと言いたげな目をするが、しまいにはコートとバッグを手にとったので、わたしは何かわかったらすぐに電話をかけると約束する。

セアラを帰らせて正解だった。数時間後にようやく、ベッドが見つかった。窓の外がすっかり暗くなったころ、わたしは病室へ案内される。シーツに横たわったのはいいが、けさ身につけた仕事着のままだ。周囲では、看護師たちが慌ただしく行き交っている。ベッドからベッド、患者から患者へと何かに追われるように回っていて、彼らの勤務時間は飛ぶように過ぎていくが、同じ時間が、わたしにはうんざりするほど長い。簡単な検査の合間はただ画面を見つめるほかやることがなく、ようやくひとりの看護師が詳細な問診をしにやってきた。

「ことばに支障が出てどのくらい経ちますか」と彼女が尋ねる。

「けさまで気づきませんでした」

彼女はポケットからペンを取り出す。

「わたしをそちらへ引っ張れますか」力が弱くなっている左腕に手をかけられたが、彼女の目の表情から、自分の左腕が簡単な検査にも対応できていないことがわかる。

「もういいですよ。今度は押してみてください」看護師が言う。結果は同じだ。彼女はカルテに何やら書きつけて、ベッドのそばを離れる。今夜のわたしは運がいい。ここは間仕切りで囲まれた半個室で、ほかのベッドのあいだを急ぎ足で歩く看護師たちの青い制服のほかは眺めるものがない。わたしはパジャマに着替えるが、眠らずにいる。体につながれた機械の奇妙な音が、聞きなれない背景音楽となっている。緊張が解けて固いマットレスに体が沈みこもうとするたびに、心拍数がさがってアラームが鳴り、看護師が駆けつけて画面をチェックする。だが、わたしはうろたえない。もともと安静時の心拍数が低いのだ。わたしは健康そのもの。そうでしょう？


あなたは、なんであれ忘れるような人間ではなかった。一度会ったきりの人の名前を、数カ月、いや数年経ったあとでも思い出せた。職場の同僚は、あなたがなんでも――それこそ特定の事例研究、ファイル、会議の内容までも――記憶していることに舌を巻いた。

あなたはいつも答えを出せた。実のところ、ハイテクは苦手だったけれど。国民保健サービス（ＮＨＳ）の非臨床チームの有能なリーダーで、だからこそ仕事に全力投球し、だからこそあんなにも仕事の虫だったのだ。数百名の看護師の勤務当番を管理し、あらゆる情報を頭に入れていた。どんな情報もすぐに引き出せて、けっして取りちがえることはなかった。

いま思えば、皮肉なことだ。

家庭生活でも、ふたりの娘を持つ忙しいシングルマザーとして、慌ただしく過ごしていた。さまざまなことがらを同時にさばいた――仕事、家事、通学中のふたりの娘。頼れる人はひとりもいない。ひとつも失敗せずにすんだのが不思議なくらいだ。家を買ったら買ったで、どれも手入れが必要だった。あなたはつねに、あらたな課題に立ち向かった。けっして、ひるまなかった。引っ越して数週間もすれば、古い壁紙が剝がされ、ペンキが塗られ、ぼうぼうに茂った庭の草が刈りこまれて、長らく隠れていた芝生が現れた。灌木が植えられ、種が蒔かれた。あなたが引っ越す先々で、知らず知らずのうちに、隣家のご主人が奥さんから、どうしてあの人みたいに家のことをてきぱき片づけられないのかと、こごとを言われる要因を作った。大変だったが、必ず手立てはある。それが、あなたのモットーだった。何ごとにも挑戦するのが好きで、とくに、うまくできっこないと考える人々を見返せる機会とあらば、なおさらがんばった。

たぶん、その点は、わたしたちがまだ共有していることだ。そう思うと、ちょっぴり慰められる。わたしたちにはまだ、相通じる点があるのだ。

次の数日間は、検査やスキャンをあれこれ受けさせられる。車椅子に乗せられ、かつて働いていた見覚えのある廊下、確たる足取りで同僚と歩いた廊下を抜けながら、目をぎゅっと閉じ、顔なじみに目撃されませんようにと祈る。あちこちの部屋で静脈や動脈から血が抜かれ、医師たちが検査結果を確かめては、鼻筋に皺を寄せて、答えをくれないかとでも言いたげに目の前のバイアル瓶を険しい目で見つめる。〝卒中〟ということばが看護師と医師のあいだで交わされるが、いつも確証は得られず、そのたびにわたしは卒中病棟のベッドに戻される。同室の患者たちはじっと横たわったままで、動くことも、話すことさえもできず、のっぺりした天井だけが友だちだ。向かいのベッドにいる女性が利き腕をコップに伸ばそうとしている。だが、つかむときの力に負けて、その手がぐらつく。あたりを見まわしても看護師たちはほかの患者で手一杯で、だから、わたしはベッドから起きあがって女性に水を手渡し、おかげで一瞬、ここ数日の無力感が少しばかり薄れた気がする。

もう退院したい。帰宅し、仕事着をまとって、オフィスに戻りたい。患者としてここに閉じこめられ、超多忙でわたしのために五分以上は時間を割けない専門医たちのなすがままなのはうんざりだ。ここでは、ふだんの生活はほとんど意味をなさない。頭に描く未来像に確実なものはなく、ひたすら看護師を、医師を、検査を、スキャンを待つだけ。ああでもない、こうでもないと、あれこれ考える時間はたっぷりある。仕事をしているときには、週末が待ち遠しくて月曜日から金曜日まで早く過ぎないかと願う日々だったが、ここでは、ただ眺めて待って考えて不安がるよりほかにやることがない。矢のように過ぎ去った数多の一週間を、わたしはなつかしくふり返る。健康そのものので、はるか先まで未来が見通せた、いくつもの一週間を。

看護師が向かいのベッドの女性に寝返りをさせている。はたして、彼女は見かけどおりにすんなりと自分の運命を受け入れているのか、それとも、ただ黙って従いながらもっとましな生活に戻るときを待ってはいるが、じつは知らないうちに別れのキスを終えているのだろうか。わたしは目を閉じ、面会時間を待ちわびる。ふつうの会話が始まる時間、外界のできごとを聞ける時間を。外での日常は充実した生活と自立を意味するが、面会に訪れる人たちはそのありがたみを知らない――わたしたちもみんな、そうだった。ベッドの母親や父親を見つめる、娘たちのあの表情。両腕に親を抱きかかえて、泣かれたら涙を拭ってやる、そのしぐさ。自分の娘たちにそんなふうにされる日が来るかと思うと、怖くてたまらない。しばらくして研修医がやってきて、カルテを長々とのぞき、こちら見おろして、おかげんはいかがですかと尋ねる。先輩たちとちがって、厳格な管理体制に縛られていないのだ。気長にわたしとおしゃべりして、検査の結果を説明し、なぜどの医師もはっきりした診断をくだせないのかを推測してくれて、彼がベッド脇から去ったあと、わたしはまた人間らしくなった気がする。

きょうは、最後の手段として、心臓のスキャンを受けることになった。「研修医が担当してもかまいませんか?」と、事前に尋ねられる。「もちろん、専門医がしっかり監督しますので」

べつにかまわないし、結果的に同意してよかった、とわたしは思う。というのも、研修医がわたしの胸の上でスキャナーをあちこち動かしながら、所見を監督者にささやいているから。「心臓の穴。よくある症状です。これが卒中の原因かもしれません」研修医が言う。よし、これで、なんらかの説明がついた。医師たちはほっとしたようすで退院を取り沙汰しはじめ、わたしは心臓に穴がありながらも帰宅できるのを喜びつつ、病棟のベッドに戻される。

その日の午後、理学療法士がベッド脇に現れる。左腕が脳の信号を受け取るのが遅くて動きが緩慢でも、自宅でちゃんとやっていけるか確認するためだ。わたしは病棟のはずれにある実物大のキッチン模型に連れていかれ、やれやれと天を仰ぎたいのをぐっとこらえて、お茶を淹れる動作を最初から最後までやってみせる。次に、内心うんざりしながら階段をのぼりおりさせられ、そうしてようやく退院許可が出る。

「卒中の原因について、はっきりしたことが言えなくて申し訳ありません」医師が退院の書類を手渡しながら言う。「でも、神経科医の外来予約をしておきましたから、それではっきりわかるかもしれません」

だが、わたしには、ちゃんとした説明などどうでもいい。記憶に問題があることも話してあったのに、ほかの膨大な書類手続きの下にすっかり埋もれてしまったようだが、やはりどうでもいい。いま、わたしはただ退院したい。通常の生活に戻って、現実に何もかもだいじょうぶだという確信を取りもどしたい。

仕事を休み慣れていないので、自分で回復を早める方法を見つけるほかない。おりしも外は土砂降りの雨。ふいに、傘を左手で開いたり閉じたりする練習を一日に数回行なえば、弱くなった左腕を鍛えられるのでは、とひらめく。最初は、留め金の部分がシャフトをじりじりとしか進まず、腕が脳の指示に従うのを拒んでいたが、日が経つにつれてどんどん高くまであがるようになり、ついに〝カチッ〟とはまって、わたしは居間でひとり完全に開いた傘の下に立ち、オフィスに戻れるくらい回復するのはいつごろだろうと考える。

次の二カ月は、のろのろと自宅で過ぎていく。毎日毎日、昼のテレビ番組をこんなに見ていたら、いずれまた卒中を起こすのではないか、と怖くなる。ベッド脇の付箋パッドは使わないままで、脳の働きがまだにぶいのをいやでも思い知らされる。毎日仕事に出かけていたころは、夜中に目を覚ましては付箋にメモを書きつけてカーペットの上にひらひらと落としてから、また眠りについた。翌朝、ベッドを飛び出したときにそれが足の裏に触れて気づき、剝がす動作でたちまち、オフィスに着いたら何をすべきかを思い出せた。なのに最近は、目が覚めてベッド脇の床に目をやっても、何ひとつ落ちていない薄緑色のカーペットがあるだけ。以前は、毎朝、床に散らばった付箋に悪態をつきつつも、忙しい一日の始まりを感じていたのに、いまは、たった一枚でいい、この黄色い紙切れがまだ生きる目的があるのだと思わせてくれるのを待ち望んでいる。

せわしない日常は、いまも続いている――ただ自分がそれに参加していないだけ。チームにみなぎる団結力が恋しい。時間と闘いながらの多忙な勤務が恋しい。かつては、いつか仕事を辞めたら、時間がなくてやれないあれもこれもやろうと考えたものだが、いまはそのエネルギーも意欲もない。だが、問題はそれだけではない。職場に戻る日が近づくにつれて、もとのように動けないのではないかと、わたしは危ぶみはじめる。もし、自分が何をやっているのかわからなくなったら？　一日に何度もこの問いを頭に浮かべては、あわててまばたきをし、なかったことにする。何日か経ってまた浮かび、さらには、べつの疑いも朝が訪れるごとに加わっていく。なんだか夜中に潜在意識下で、疑念が増殖しているみたいだ。職場環境が以前とは大きく変わっていたら？　勤務体制を思い出せなかったら？　みんなに後れをとって、足手まといになったら？　かかりつけ医のもとを訪れてこうした不安を話したところ、あなたは完全に正常ですよと言われる。

「念のため、あと二週間ほど休暇を延ばしましょう」と彼は言い、自分でも驚いたことに、わたしは喜んで診断書を手のなかに収める。

2 右折できない

二〇一三年三月——卒中の診断から三カ月後——わたしは職場に復帰する。初日のきょう、デスクまわりにまたなじもうとしているとき、ふと目をあげると、同僚のひとりがこちらをじっと見つめている。彼は微笑んですぐに目をそらし、わたしはデスクに視線を戻して仕事を再開するが、おそらく彼も、わたしがまだちゃんと働けるのか不安なのだろう。コンピューターのスイッチを入れ、画面が明滅して点灯した瞬間、デスクトップがまるきり未知の存在に思える。さまざまな文書やファイルにさっと目を走らせ、ぴんと来るものはないかと探すうちに、不安で鼓動が速まっていく。だが、ほら、ここに。勤務当番表のアイコンだ。ダブルクリックして開くと、たちまちすべてが戻ってくる。もちろん、わたしはまだ働けますとも。

日々はいつもどおりに過ぎ、いっきに回復とはいかないまでも、何週間か経つうちに自信が増してくる。忘れてしまったことがら――名前や数字、場所、人々の顔――については、まあ、しかたがない。なにしろ三カ月近く休んでいたのだから。とにかく、まわりのみんなが言うので、自分でもなかば信じはじめている。そうかもしれない、と。

二カ月後、神経科医の予約の日が来て、わたしは医師の前に座る。ここ数カ月続くぼんやり感の正体がなんなのか、突きとめてほしい。だが、どう説明したらわかってもらえるだろう。カーペットにばらまかれた薄黄色の付箋がどんどん増えていること、思考をひとつも逃したくない、オフィスで一日を過ごすのに必要な事項をすべて記憶したいと必死になるあまり、夜中に何度も目を覚ましていることを。

「頭がなんとなく……はっきりしないんです」ようやく出てきた説明はそれだけで、医師はうなずき、目の前で何やら書きつける。そしていくつか質問をするが、わたしの答えはあいまいで要領を得ない。

「臨床心理士を紹介しましょうか」と彼女は言う。「もっと綿密な記憶力テストを実施できますよ」

わたしはうなずき、このぼんやり感にやっと医師の関心が向けられて、安堵の気持ちと同時に不安を抱く。ここでも血液検査を行なうが、やはり何もわからない。

一カ月後、臨床心理士のジョーが自己紹介をして、デスクの向こう側から三つの単語をわたしに示す。今回の診察のあいだ覚えていて、終了時にその三つを教えてください、と。

「わかりました」わたしはうなずく。どうってことないように思える。

神経科医と同じく、彼女もぼんやりした思考がどういうものかを説明してほしいと言い、それがいつ始まって、どのくらい続き、波のような満ち引きがあるのか、それとも常にそうなのか確かめようとする。わたしは付箋の山がどんどん積みあがっていくことを話す。ひょっとして意味があるかもしれないと思ったからで、彼女がそれを聞きながら何かを書きつけるので、やはり意味があるのだ、何か関係があることだという気がしてくる。診察の最後に、彼女はノートを閉じ、胸の前で両腕を組む。

「さて、最初に三つの単語を覚えていてくださいとお願いしましたが、それを言えますか」

わたしははたと動きを止め、天井を見あげて、頭のなかを探ってみるが、何も取り出せない。

「あの……」首を左右に振る。「すみません」

彼女が微笑む。「いいんですよ、気にしないで。ずっと、べつのことをあれこれ話していましたからね」咳払い。「あなたは聡明で機知に富んだかたのようですね、ウェンディ。だから、きっとこの混乱状態はもどかしいんじゃないかと思います」

「何か対処法はありませんか」わたしは尋ねる。「頭がひどく……ぼんやりしているときに」

「パニックを起こさないことですね」彼女が言う。「ときにはわけがわからなくなって、霧がたちこめ、周囲に見覚えがない気がするかもしれません。だけど何よりも大切なのは、パニックを起こさず、霧が晴れて世界がまたはっきりするのを待つことです。必ず、そうなりますから」

「なるほど」わたしは答える。「おっしゃることはわかります」

「わたしからの提案ですが、数カ月のちにまたお会いして、そのときの状態を確認しましょう」

彼女がそう言って微笑み、手帳を調べて日時を設定するので、わたしは気が楽になる。立ちあがり、いまなお三つの単語を必死に思い出そうとしながら診察室を出るが、ドアを閉じる瞬間、彼女がカルテをまた開いて何やら書きつけるのを目にする。

帰宅途中、わたしはさきほど終えたばかりの記憶テストについていろいろ思いかえす。まるで、試験のあとに合格したかどうか確かめようとするみたいだ。はたして自分は、正しい点を残らずつないで、正しい形を数え、的確な線を引き、正しい単語を口にしただろうか。人生をともにしてきたこの脳が、よもや信頼に背いたなんてことはあるだろうか?

いま、テーブルの向かいには、手紙を持ったセアラが座っている。先日の診察後にジョーがよこした手紙だ。わたしは娘の顔をじっと見つめ、娘は同じように手紙をじっと見つめて、内容をしっかり理解して一字一句たりとも見逃すまいとしている。あれからまた看護師の訓練を何カ月か積んだおかげで、医療用語がすんなり理解できるようだ。その表情から、手紙をどこまで読んだかがはっきりとわかる。いまは、わたしがいかに自立しているか、いかに自宅できちんと生活しているか、いかに几帳面であるかを、ジョーが詳しく述べているところだ。だが、ページをめくったとき、娘が眉をひそめるのが見え、自分も同じ箇所で同じしぐさをしたのを思い出す。〝所見〟という太字の表題の下にある一行。娘が顔をあげ、わたしはその視線をとらえる。

「認知症?」と娘が言う。

だが、そう書かれているわけではない。わたしは一字一句ちゃんと言える。記憶に焼きつけてあるのだ。〝認知機能低下の初期症状の疑い〟

セアラが手紙を下におろす。「だけど、そんなはずはないでしょう。ママはすごく元気で健康なんだもの。ありえない」

そう、自分も封筒をこの手で開いてからずっと、同じことを考えている。

わたしは息を吸いこむ。「そのとおりよ。そんなはずはないけど、たぶん、医者はあらゆる可能性を検討する必要があるのね」

しかし、すでに懸念がセアラの顔を曇らせている。その目にはきっと、わたしの頭に渦巻く認知症患者のイメージとまったく同じものが見えているのだろう。ベッドにいる白髪の老人たち。わが子の顔もわからず、自分の名前も思い出せない……

「ほかにも可能性はたくさんあるはずよ」わたしは封筒に手紙を戻しながら言う。自分にも、そう言い聞かせているのだ。〝疑い〟という表現だから、疑問の余地はかなりあるはず。

数週間後、手紙がもう一通届く。今回は、神経科医からだ。娘たちはふたりそろって、その手紙を読む。認知症の初期症状であると〝確定するには、六カ月から一二カ月のあいだに認知機能の低下が認められる必要があります。もし変化がなければ、軽度の認知障害と診断されます〟と、神経科医は書いている。〝しかしながら、明確な低下が見られれば、認知症と診断されます〟

わたしたち三人は黙って居間に座っている。向かいにいる娘たちは、もうおとなの女性だが、わたしの目には往々にして、ほんの小さな女の子に映る。だからといって、記憶に問題があるとか、脳のどこかがおかしいわけではなく、母親はつねにそういうレンズを通してわが子を見るものなのだ。彼女たちがいかに年を取ろうと、いかに親の背丈を追い越そうと、わが子を守りたいという本能はけっして薄れない。なのにいま、自分の顔のようによく知っているふたりの顔に、隠しきれない不安が浮かび、感情が漏れている。下の娘が視線をあちこちに走らせるのは、きまって内心では怯えているときなのだが、あの子は子どものころから絶対にそうとは言わない。長女はかすかに眉をひそめて声を震わせている。この子のほうが恐怖を隠すのがへただ。ともあれ、どんな動きも見逃すまいと、わたしはまばたきひとつせずにいて、ふたりとも予想どおりの反応を示した。奥底からこみあげてくる罪悪感を、わたしはぐっと押さえつける。

「心配したってしかたがないでしょう」にこやかにそう言い、お茶を淹れるために立ちあがる。

「わたしたちにできるのは、次の検査がある夏を待つことだけだもの。心配の種が生まれるまでは、心配しても意味がないでしょう?」

自分のことばが何かを避けているように感じられ、部屋を去るときに、それがなんであるか思い当たる。恐怖だ。


わたしは二〇分ほどコンピューター画面をじっと見つめているが、いまだにさっぱり意味がわからない。おずおずと、あちこちのキーを叩いてみても、何も起こらない。少なくとも、自分の意図していたようには。わたしはふたつの画面を開いている。ひとつは、よく知っている古いシステムの画面、もうひとつは、これから理解しなくてはならない新しいシステムの画面。だが、どうもしっくりこない。なんだか外国語を眺めている感じだ。もどかしくなって画面を閉じ、あしたまた挑戦すればいいと自分に言い聞かせるが、きのうも同じことを言っていた。そしてたぶん、昨夜と同じことをするのだろう。自宅から遠隔アクセスをするのだ。ただ後れをとらないためだけに余分な時間をかけているところを、だれにも見られないように。ジョーの診察から六カ月が経過したが、世界はちっとも明瞭になっていない。きょうは、勤務当番表の新しいコンピューターシステムに関する会議がある。医局長や看護師長に始動までの段取りを説明するのがわたしの役割なのに、いまだに、よくわからない。以前ならたちまち呑みこめたはずのものを前にして、あってはならない遅延を、このわたしが生み出している。

数時間後、わたしは会議室の大型テーブルにつき、みんなから期待に満ちた顔で見つめられながら、新しいシステムとその特徴を説明しようとする。とはいえ、まだ完全には理解しきれていない。テーブルを囲む人たちの顔はよく知っているのに、名前を思い出せず、それがちょっとした恐怖を、小さな不安の種を呼んで、どこから始めたらいいのかわからなくなり、慌てて書類をがさごそとめくる。さあ、話す番だ。わたしは顔をあげる。

「このシステムは、二カ月後に始動させる予定で……」わたしは口をつぐむ。みんなの目が注がれるが、必要な次の単語が失われて、それがあるべき脳内の領域は空っぽだ。沈黙が部屋に垂れこめ、ほんの一瞬、彼らの目の奥に疑問が浮かぶ。この人はこの役に適任なのだろうか、なぜ簡単な文を完結できないのだろうか、という疑問が。わたしは愚か者になった気がする。愚かで、苛立ち、まごつき、屈辱感を覚えている。永遠に続くかと思える一瞬。たぶん、ほんの一秒程度の間《ま》だっただろうが、とにかく必要な単語を思い出せず、何か思いつかないかと書類を見おろしてから、やむなくべつの場所から始める。この重い沈黙を読み流せますようにと祈って。

「ち……小さな問題はいくつかありましたが、ほとんどのデータは簡単に移行できました」

一時間後、会議が終わって、みんながぞろぞろと部屋から出て行く。わたしは居残ってデスクの書類をかき集め、ふいに思い出す――あのときどうしても浮かばなかった単語を。すばやく顔をあげ、思い出した瞬間をだれも見ていませんようにと願いながら、いたたまれない気持ちを呑みこむ。なぜって、あんなに懸命に探していたのは、じつにささいで、じつに単純な単語、〝and（そして）〟だったのだから。


SPECT検査の予約日は、二〇一四年四月だった。これは脳の3Dスキャンで、神経科医によれば、MRIよりも役に立つという。

「いまから血管に放射性の薬品を注入し、それが脳のなかをどんなふうに移動するか観察します」と、放射線技師が言う。

照明の暗い部屋にひとり横たわって考えにふけるあいだ、注入された薬品が脳内をあちこち動きまわる。だが何も感じない。看護師には眠ってもかまわないと言われたが、しっかり目を覚まして感覚を研ぎ澄ませておくつもりだ。脳と共謀してシステムをなんとかごまかせば、認知機能の低下などないという結果を引き出せそうな気がする。だが、心の底では、この種のカメラはけっして嘘をつかないのだとわかっている。薬品がちゃんと行き渡って、この破滅的状況をもたらしている脳内の障害物を見つけるだろう。またもやあの無力感を覚え、早くこの感覚に慣れなくてはと思いながら、自分でもはっきりと説明できない体の秘密を機械に暴かせている。繰り返し脳裏に浮かぶのは、高速道路を猛スピードで走っていて、車道の警告灯にこれから悪路になると知らされ、シフトダウンして時速を九〇、六〇、三〇キロメートルと落としていき、目の前でブレーキランプが点灯して完全停止する、という映像だ。ひょっとして、いまこの瞬間、わたしの脳はこんな状況なのだろうか。

数日後、車を運転していると、なぜか、うしろの車がどんどん近づいて、迫ってくる。わたしはつねづね、前の車にぴったりついて走る人たちを無能でへたな運転手だと軽蔑してきた。ハンドルを握る手が、ぎゅっと固くなる。向こうの運転に問題があるのに、なんでこっちが神経を張り詰めなくちゃいけないの？　とにかく集中しなくては。わたしはまばたきをして目をぐっと細め、運転席で前かがみになる。前方の道路を見つめるが、できるのはただそれだけ、じっと見つめることだけだ。次に、どうする？　なぜ、次のプロセスが頭に浮かばない？　後方でクラクションが腹立たしげに鳴り響く。バックミラーをのぞくと、まばゆいヘッドライトと憤った顔が見える。おもわずたじろぐが、思い当たるふしがない。この道路はよく知っていて、数えきれないくらい通ってきた。なのに、何かを見落としているのは、どうして？　ちょっと時間があれば、どうするべきかわかるのに。道の突き当たりで右折しなくてはならないけど、どうやればいい？　どうやれば右に曲がれる？　脳がいっときにひとつの動作しか処理できない。わたしは道路の標識を見つめる。動かなくてはいけないとわかってはいても、すべてがひとつに溶けあって、頭のなかでごちゃごちゃになっている。後方で、またもやクラクションの音がする。手がいっそうぎゅっとハンドルを握り締める。ダッシュボードを見おろしてようやく、なぜ後方の車がパッシングをしているのかわかった。スピードメーターが時速一五キロ付近をふらふらと指しているのだ。なぜ、こんなことに？　ところが、このスピードでも交差点に入るのが速すぎて、思考が間に合わない。またもやクラクション。ヘッドライトの閃光。わたしは身をすくめる。右に曲がるべきところを左に曲がって、目的地から遠ざかってしまう。後方の車が走り去っても、肌がぞわぞわして、パニックに陥っている。呼吸が浅い。わたしは頭のなかで迷子になった。ちゃんとした速さで処理ができない。脳と体が会話していないのだ。

車を停めて、ハンドルにもたれかかる。目を閉じ、深呼吸をするが、安堵はできない。なぜ、右に曲がれなかったのか？

そのまま、ひたすら道端で待つ。「きっと、できるはず」と、シルバーのスイフトのなかで自分に言い聞かせる。

車がずんずん近づいては去っていき、ほかのだれもがふつうに日常を送って、深く考えることなくあちこちへせわしなく移動している。彼らにとっては、何も変化はない。だが、わたしには、数日前に頭に浮かんだ道の障害物のイメージが、いまや現実となってしまった。

ようやく深呼吸をして、イグニションキーを回す。「あなたはずっと運転してきたじゃないの、ウェンディ」

方向指示器を右に出し、ちゃんと点灯しているのを確かめ、安心感を誘うカッチカッチという音に耳を傾ける。ミラーをのぞき、肩越しに後方をうかがい、すべての動作を大げさに行なう。もう一度、またもう一度と、三三年間の運転経験などない仮免許の運転者のように、確認を重ねる。とにかく、ただ家に帰りたい。そろそろと車線に出て、あらゆる神経を尖らせていると、やがて自宅前の道が見えてくる。わたしは安堵の息をつきながら、ハンドブレーキを引いて駐車する。

数日後、わたしはまた車に乗る。シートベルトの下で激しく波打つ胸をなだめ、時間をかけて周辺状況を頭に入れていく。メーター類、ギア、ハンドブレーキ。まるで、一度も運転をしたことがないかのように。これまではいつも、ろくに考えることもなく車に飛び乗っていた。ほら、国じゅうを運転してまわり、どこであろうと、ナビよりも先に目的地への道を見つけられたでしょう？先日のは、一回かぎりのささいなできごとよ。直線道路に出て、スピードメーターの数字が上がるにつれて自信を取り戻す——二〇、三〇、四〇……。左に曲がり、まっすぐ進んで、また左に曲がる。問題なし。リラックスしはじめたところで、右折の場所が現れる。スピードメーターの数字が落ち、わたしから自信を奪い去る。バックミラーに目をやって、前方の道に視線を戻すが、足が脳と会話しておらず、エンジンの回転数が異常に上昇して手がシフトレバーをごそごそと探る。ああ、まただ。いっときに、ひとつの処理しかできない。どうやれば右に曲がれるのか、考える時間が足りない。ハンドルを握りしめているのは、いつもの自分じゃない。手がべとついている。ハンドルが滑る。

その日はなんとか帰宅し、車のキーをいつもの場所に置く。階段脇のホールテーブルにある、赤い小皿のなかだ。キーはそこでひたすら待ちつづけ、わたしがそばを通るたびに見つめ返してくる。用なしになり、機能を果たせず、使われないまま。

セアラが目の前のテーブルに置いた紙には、黒いボールペンで巨大な蜘蛛のようなものが描かれている。希望を持たせるためか明るい黄色で腹に〝ママ〟と書かれた、巨大な蜘蛛。わたしはしばらくそれを見つめる。ひょろ長い八本の脚、その各末端の大きな吹き出しに書かれた文字。生活／住居、不安、利害……そして最後の吹き出しには、セアラ。このブレインストーミングの図にいかに労力が注がれ、説明したいことがすべて詰めこまれたのかが、よくわかる。だが、わたしが心から望むのは、目を閉じて、その紙をひっくり返し、テーブルの上に差し出された新しい生活ではなく、慣れ親しんだ生活に留まることだ。

「自分の気持ちを紙に表そうとしてみたの……」とセアラが切り出す。「わたしを頼ってもいいんだってことを、ママには知ってほしいのよ」

視線をあげなくても、わかる。だいじょうぶだと確信できるまでは、この娘《こ》はわたしから少し顔をそらしている。たちまち、わたしは患者から母親に切り替わる。顔に笑みを張りつけて、励ますような抑揚を声ににじませる。二〇年ほど前、娘のベッドの脇で、いま読んであげた本から新しい単語を声に出して言ってごらんとか、悩みがあるなら打ち明けてごらんとか、うながしたときと同じ抑揚だ。そしてわたしは、耳を傾ける。本当は聞きたくないのだけれど。セアラのために。

「これらは、まんいち認知症と診断された場合に、考える必要があると思うことなの……」娘の声にためらいが聞き取れるが、わたしが自分の不安を覆い隠そうとして熱心に耳を傾けていると、説明する声がしだいに自信に満ちてくる。小さな吹き出しが、ひとつひとつ解説されていく。あの子が〝階段？〟と書いてから消すのを見て、わたしは衣装戸棚の奥にあるランニングシューズのことを考える。もう何カ月も足を入れていないシューズのことを。

娘の指が図の上をあちこちに走る。わたしは〝介護〟という一語から目を離せない。胸の奥がぎゅっとこわばる。自分はまだ覚悟ができていないが、娘はこれらの〝もし〟について話さなくてはならないし、わたしは耳を傾けなくてはならない。それが、母親のやるべきことだから。奇妙な会話で、わたしたちの過去、現在、未来がぶつかりあっている。セアラはその図を誇らしげに示し、自分が有能なこと、ちゃんと対処できること、だから、わたしも心配しなくていいことを知らせようとする。きちんとした筆跡で、図もよく書けており、わたしは一瞬、この子がべつの絵を握り締めて早く見せようと学校から駆け出してきたときのことを思い出し、娘のよく整理された頭に対してそのときと同じ誇らしさを覚える。

「わかった」セアラが話しおえると、わたしは言う。「よく考えてみて、あとで返事をするわね」

娘の顔を失望がちらりとよぎる。ほんの一瞬で、気づくのはわたしくらいのものだろう。この子は決断を、結論を、最悪のケースへの対処法を欲しがっている。そうすれば気が楽になり、わたしの脳内で起こっていること、というか、医師たちが示す所見にうまく対応できるようになるから。だが娘のためとはいえ、いまは無理。まだ、心の準備ができていない。

「認知症の診断がくだるかどうかも、まだわからないのよ」わたしは言う。「あなたが書いたことの一部は、うんと先のことで――」

「だけど――」

「急すぎて、いまは考えられない」

こんなにぶっきらぼうに意見を表明するつもりはなかった。わたしは声音を変えてみる。

「とにかく、診断がくだされるまでは、認知症についてこれ以上話したくないのよ」

「わかった、ママ」娘は気を取りなおす。

互いの役割がまた反転し、わたしたちは話題を変える。

数日後、一通の電子メールが届く。

「アルツハイマー協会にお問い合わせくださって、ありがとうございます……」と、そのメールは始まっていた。娘たちに隠しているせいで、心臓が早鐘を打つ。まるで不倫相手から送られてきたかのように、すばやく目を通す。だれかがそばに現れたらすぐにクリックで閉じられるよう指を構えているが、入ってくるのはちっとも甘くないことばだ。いや、あった。これだ。認知症と診断されたら、路線バスの無料パスが支給されます。わたしはコンピューターにかがみこんで、もう一度読む。

廊下で足音がして、ぱっと画面を閉じたところへ、目を覚ましたセアラが入ってくる。

午前中ずっと、わたしは無料パスのことを考えている。はじめて目にした、プラスの側面。脳と引き替えに、バスのパスがもらえる。ばかげた交換だ。


目を閉じると、いまもあなたの姿が見える。ペンキローラーを手にして、袖口をまくりあげた姿が。白いシャツには長年の作業でペンキが点々と飛び散り、黒いジョギングパンツはこれまでに住んだ部屋の色でまだらになっている。たとえばアンズリー・ロードの空色のバスルーム、ドルベン・コートの深紅色のフィーチャー・ウォール、すべての家のサンシャインイエローのキッチン。ビートルズの『ホワイト・アルバム』がレコードプレイヤーの上で回り、それをひっくり返すためにはブラシを置いてぼろきれで手を拭わなくてはならなかった。ハサミはつねにすばやく、完璧に、難なく壁紙を切り進み、模様はどれもぴったり合って、無駄がたくさん出ることもなく、気泡は糊がくっつくまでにならされて壁面からすべて消えた。

当時は、こうした自立した生活を当たり前だと考えていた。いまは、それがうらやましい。

まずはビートルズを消して、CDが静かに回転して止まるのを耳にする。どのみち、プレイボタンを押して止めたり再生させたりするのは面倒だもの、とわたしは強がる。そして糊づけ台に戻り、深呼吸をする。はて、どこまで進めていたのかしら。いまは自宅の書斎を改装中で、小さな赤いバラがツタに沿ってぎっしりと並んだ模様を壁に貼っている。作業を再開しようと、壁紙のロールから壁に視線を移すが、目の前で模様がふわふわと泳いでどの場所を切っていいのかわからず、いざ切ったらハサミがすべって断面をぎざぎざにしてしまう。わたしは天を仰ぎ、もう一度、またもう一度とやりなおして、じきにロールの半分をむだにする。ようやく、それを糊づけ台に置き、自分がこしらえた皺を見なかったことにして、糊を床に飛び散らせながら、よろよろと壁まで運ぶ。ところが、模様を合わせる場所を忘れているうえに、その前に貼った壁紙の継ぎ目をしっかり押しつけなかったせいで、薄いピンク色の線が上から下まで走り、大きな気泡がいくつもできている。わたしは苛立ってブラシを足もとの床に落とし、べとべとする壁紙を壁から剝がす。そして糊づけ台に戻って、また最初からやりなおす。

きっと、できるはず。これまで何十回とやったんだもの。

だが、それから数時間が経過し、外はもう真っ暗で、時計は夜の一二時に忍び寄っている。またあした、やってみよう。

翌日の夜、そして次の夜と、わたしはまたやってみる。なのに、継ぎ目なくぴったり合うべきところに、ことごとく薄いピンク色の線がついてしまう。以前は、コンセントまわりも得意で、継ぎ目が見えないように壁紙を貼りあわせていた。それがいまは、目算を大きく誤って紙を切り取りすぎ、なんともぶざまだ。

その小さな部屋で三夜続けて作業したのは、ほかならぬ自尊心のなせるわざで、壁紙を次から次へとむだにしては、翌朝、なぜ模様が歪んでいるのか理解に苦しんだ。こうも意地になったのは、医師たちがまちがっていることを実証し、受け取った手紙の中身はたわごとだと切り捨てて、ブレインストーミングの図は必要ないとセアラに知らしめ、認知機能の低下などないのを神経科医に示すためだ。どんな診断がくだされようと、それを出し抜いてやる。わたしはまだ有能だ。なのに結局は、三夜連続の失敗だけが残り、自分が能力を失ったことを思い知らされた。わたしは部屋の灯りを消して、ドアを閉じる。もう二度と試さないだろう。

数週間後、わたしは目を覚ましてベッドの端に座り、自分の足を見おろしている。最近まで薄緑色のカーペットが見えていたのに、左右のつま先のあいだに黄色い付箋がじゃりじゃりと積み重なっている。夜の眠りは浅く、寝返りを打って、ふと翌日に必要な何かを思い出すたびに、床の付箋が厚みを増す。暗闇で時間を過ごすたびに、眠っても思考は失われないという確信が薄れていくのだ。わたしは目覚まし時計に目をやる。午前四時五〇分。いままでずっと、出勤のためにこの時間に起きて、五時三五分の始発のバスに間にあうよう、したくをすませてドアを出ている。けさ、わたしはかがみこんで、かかとの下から付箋を数枚はがす。次に目をあげると、もう五時だ。一〇分間が失われてしまった。なぜ、こんなことが？　行動しなくてはいけないのに、まず何をすればいいのか考えつかない。着替える？　食べる？　シャワーを浴びる？　いや、ちがう気がする。カーテンの外をうかがうが、眠りがまだ耳のあいだにぼんやりと居座り、雲が黒っぽいせいで、一瞬、頭が混乱する。もう一度時計に目をやり、たしかに朝だと確認する。

ようやくバスルームに向かい、三〇分後に着替えて階下におりる。そして、テレビの朝の情報番組をつける。お決まりの日課だが、はたと画面の時計を見つめる。いったい、どうしたことか。午前五時半――もうバス停にいなくてはならないのに、まだお茶を淹れたばかり。時が指のあいだを砂のように落ちていき、わたしはコートとバッグをつかんで急ぎ家を出る。

なんとかバスに間にあうが、体がほてって動揺している。いつもどおり、眺めのいい二階の席に座る。朝のこの時間はバスはがら空きで、独り占めできるのだ。窓の外には静穏な空があり、残りの世界は目覚めておらず、鳥たちもまだ木々で眠っていて、わたしは自分の足どりを遡りながら、きょうもまたどこで時間を失ったのだろうかと考える。

職場に着いて、コンピューターを立ちあげると、ログイン画面が出てくる。本来の所要時間より一秒ほど長くそれを見つめ、いったい何を求められているのだろうかと考える。自分の個人情報を入れたら画面がぱっと開いたが、その意味を理解するのに数秒かかる。長年向かいあってきたコンピューターが、まるで、はじめて目にしたように感じられる。

わたしはいまも、ほかのだれよりも一時間早く席についている。以前は、オフィスに人気《ひとけ》のない時間を利用してその日の仕事を先に進めていたが、いまはハンドバッグから付箋の束を取り出し、一枚一枚書かれた事項を処理しては、小さく丸めてゴミ箱の底に埋めている。ときには、霧がいっそう深く感じられる日がある。そんな日には勤務当番表システムを開いても、ほかの日ならすんなり理解できる色とりどりの四角形が、目の前で意味をなさないままふわふわと漂っている。そんな日には、オフィスのドアのノックが怖い。ドア口から頭がのぞくか、デスクの横に人の体が現れるかして質問されるのが。きっと、わたしの顔にはぽかんとした表情が広がっているはずだ。そして相手の注意をそらすために、デスクの書類をがさごそ動かしたり、ちょっと用事を思い出したと言って席をはずす。

そんな日には、電話での受け答えがいっそうむずかしくなる。これまではずっと、困りごとを抱えた病棟看護師にとってわたしの電話番号は一種のヘルプラインだった。いまでは、電話を取ったときの声にためらいがあるせいで相手の不安をやわらげることができない。相手の訴えよりも心を乱される考えが、頭のなかを渦巻いている。なぜ、この人はこんなに早口で話しているのだろう？もっとゆっくり話して、考える時間を与えることはできないの？　やむなく、ご用件はなんですかともう一度訊ねるが、相手がため息混じりに受話器をおろそうものなら、いたたまれなくなる。きっと、電話に出たのはべつのだれかであって、わたしではないと思ったのだろう。いつしか、わたしはごまかしの名人、時間稼ぎの名人になり、できればオフィスで問題を話しましょうと提案し、顔を合わせて話すほうがいい、じかに伝えるほうが早いなどと言って、なんなら自分が病棟へ行きましょうかとも申し出る。引き延ばし戦術だ。嘘ではなく、そのほうが都合がいい。というのも、顔がない声だけの電話は、敵になってしまったから。顔のない声は、こちらの真剣な表情を見ないし、頭のなかの索引を探って答えを出そうとしているのをわかってくれない。顔のない声はせっかちで、さらに質問を浴びせかけ、催促がましく、ただでさえ混乱しているのを知らず知らず悪化させる。

〝そんな日〟がしばしば訪れるようになり、数カ月もすると集中力が衰えて、水晶のように透明だったレンズがしだいに曇り、これがふだんの状態になる。とはいえ、だれにも話してはいない――少なくとも職場では。代わりに、隠す手段を次々に編み出してきたが、どうしても混乱をごまかせないときがある。会議中、テーブルの向こうから微笑みかけてきた同僚の名前をどうしても思い出せず、話の流れで名前が出てこないかと待ち構えたり、彼女の前に置かれたメモを読んで手がかりを得ようとしたりするうちに、肝心の会議の内容を聞き逃すこともある。長年一緒に働いている同僚が部屋に入ってきたときに、頭が空白に襲われると、パニックになる。いつもなら相手の名前がきちんと収まっている場所が空っぽで、相手の顔には怪訝そうな表情がよぎり、わたしの心臓はシャツの下で早鐘を打つ。あるときなど、よく知っている看護師長から電話で病棟に来てほしいと求められたのに、その名前と声にまったく覚えがなく、相手先に着いてようやく親しい知人であることに気がついた。

「何かであなたの気を悪くさせたのかと思ったじゃないの！」と彼女は言った。

わたしは笑ってごまかし、忙しかったせいにした。

だけど、そろそろ言い訳も尽きてきそうだ。


一日が終わりに近づき、わたしはコンピューターを消して荷物をまとめる。病院からバス停まで三キロほど歩き、いつもの二階の席に座る。朝、世界が目を覚ますのを眺めた同じ席だ。ただし、帰りの道では疲れきっている。乗車時間は一時間あまりで、街中から郊外へと景色が移ろい、ヨーク市を囲む市壁が牧草地を囲む生け垣に変わっていく。重いまぶたが閉じて、眠りがもたらす無を楽しむ。だが、はっと目を覚まして体を起こし、自分がどこにいるのか確かめようとあたりを見回す。まさか乗り過ごしたのかと、おののきながら。スカボローの海辺に、ちゃんと向かっている？めざす停留所が目に入って、よろよろとステップをおりるころには、恋しくてたまらない――安全な家が、孤独が、平穏が、テレビとそのお気楽な番組が。また一日、なんとか切り抜けた。だが、あしたはたぶん、きょうよりも直面する問題がいっそうむずかしくなるだろう。

3
盗まれる記憶

わたしは再びジョーの前に座って、診察の終わりまで覚えていてくださいと、三つの単語を聞かされる。それから、六カ月前に行なったのと同じ記憶テストが始まる。ある文字で始まる物の名前を挙げてほしいと言われるが、何も浮かばない。何かひらめかないかと部屋を見回し、ふと彼女のほうを見ると、こちらをじっと見つめている。ごまかしても、きっと見抜かれるだろう。

「ゆっくり考えていいんですよ」彼女が穏やかに言う。

ようやく、わたしはペン（pen）、パッド（pad）、ペンシル（pencil）を思いつく。

「オッケー」彼女は言い、それらを書きつける。

能力が低下しているのは明白だが、ジョーの穏やかで落ち着いた態度のおかげで、みぞおちに募る恐怖を忘れていられる。彼女はデスクに身を乗り出し、紙とペンを手渡す。

「時計の絵を描いてもらえますか」

わけないことだ。ところが、いざかがみこむと、ペンが紙の上をさまよう。描いた円は、わたしの記憶にある円とはなんとなくちがう気がする。数字を記入しはじめ、ひたいに皺を寄せて集中するが、どこかおかしい——数字の12がちがう場所にある。わたしは椅子に背中をあずけて、その紙をじっと見つめる。どうして、12がちゃんと収まらないのだろう。

「ごめんなさい」とわたしは言う。「わけがわかりません。ただの時計なのに」

「だいじょうぶですよ」彼女は言い、ノートにまた何か書きつける。それから、診察開始時に告げた三つの単語を尋ねるが、またもや、それらは知らないうちに消え失せている。

「あと二週間ありますからね、ウェンディ」彼女は微笑み、わたしのカルテを閉じる。「もう一度試す時間はいくらでもありますよ」


三度めにして最後の検査の日がやって来て、わたしはまたジョーの前に座り、同じテストを受け、今回も同じ結果が出る。診察の終わりに、彼女は椅子の背にもたれかかる。

「結果はどうだとお考えですか」彼女が尋ねる。

「よくないのは、わかっています」わたしはあえて言ってみる。それから一瞬口をつぐみ、何カ月もずっと尋ねたかった質問をする勇気が湧くのを待つ。

「なんだとお考えですか」ようやく、そう口にする。

彼女はわたしの目をのぞきこむ。その声は穏やかで揺るぎない。

「おそらくは認知症ですが、確信は持てません、すべての検査の結果が出るまでは」
「もちろん、そうですよね」わたしは返事をする。だが、このことばが口に到達したかどうか定かではない。というのも、ぼうっとした感覚に包まれたから。そして悲しみにも。認知症について知っているのは、これが〝終わり〟ということだけ。どんよりした目、ひとりでは何もできない無力さ、頭の混乱。そして、ジョーと神経科医が交わす手紙のなかで最初にこの単語がささやかれたのを目にしたあと、かたくなに避けようとしてきたあらゆることがら。

帰宅してコンピューターの前に座り、ユーチューブを開いて、おずおずと〝認知症〟とタイプし、ちょっとためらったのちにリターンキーを押す。結果を見る覚悟ができているのかわからないまま、自分を励まして。画面に現れた動画はまさに、ジョーがこの単語を口にしてから何度も頭に去来しているイメージそのものだ。人生の終末期にある男女。年老いて白髪で、どの顔にもうつろな表情が広がり、病院のベッドに寝たきり。どう考えても、ジョーはまちがっている。この人たちのだれもが、わたしと似ても似つかない。動画を次々に見ていき、ちがう何か、もっと自分に関連のあるものを探すいっぽうで、自分と同じような人が登場しませんようにと願っていると、やがてキース・オリヴァーを発見する。

その動画が始まったとき、わたしはほっとした。自分と同じ年ごろの知的な男性が、自宅の椅子に座り、美しい緑の庭を背景に、カメラに向かってはっきりした口調でよどみなく話している。彼がこれまでの経緯を――活気があるカンタベリーの学校の校長だったこと、二年前から思わぬ場所で転倒したり、疲労感やなんとなく〝体調がすぐれない〟感じを覚えたりしだしたこと――を語りはじめると、わたしは釘づけになり、完全な静寂のなかで、その先を食い入るように見る。わたしと同じく、彼は職場で、期限を守る、必要な情報を思い出す、電話を使う、複数の処理を同時に行なう、といった単純なことに苦労しはじめたという。その動画を見進めれば見進めるほど、得心がいき、病気を認めるのが怖くなくなる。代わりに、じわじわと安堵感に包まれる。彼は認知症を天候にたとえている。晴れた日もあれば、雲が垂れこめる日もある、と。「晴れた日には、ほとんど苦もなく会話を続けられます。霧深い日には、ことばを見つけるのがじつにむずかしい」

わたしは職場でのできごとを思い返す。会話の最中に取り残されたと感じ、適切なことばを見つけられなかったり、内容についていけなかったりしたことを。キースもまさに同じ経験をしていた。それでも、あくまで前向きだった。診断をくだされてから、人生を存分に生きて楽しいことに集中しようと心に決めたおかげで、健康状態を良好に保てている、と彼は話す。八分間のこの動画が終わるころには、人生がそれほどわびしくはなくなっている。いままで抱いていた認知症の人の見かけや話しかたのイメージに、疑いが生じている。キースはあくまで正常に見えるのだから、わたしも同じように見えていい。彼はいまも楽しいと思うことをやっているのだから、わたしにもそれができるはず。わたしに襲いかかったのは、死すべき運命ではなく、時間の感覚——というより、その欠如だ。そう、認知症は時間を盗む。終わりが来るとはつゆとも思わず目の前に開けていると信じていた未来。それを盗むのだ。

その夜、もはや不安に神経をすり減らされるものかと決意して眠りにつくが、やはり眠れず、暗闇のなかで目をまたたきながら、夜のその時間にきまって訪れる暗い考えを頭から押しやれずにいる。自分はまだ五八歳なのに、認知症の診断をくだされるところだ。ほんとうに、そうなのか？　ひょっとして、医師たちがまちがってはいないか？　その確率は？　こんなふうに何度も反芻するうちに、やがて脳が疲弊して、眠りが忍び寄る。

いま、あなたに何か尋ねるとしたら、こんな質問になるだろう。いつ、わたしから去ろうと決めたの？　わたしがわたしであるための要素をごっそりと失って、ちがう人生を生きるべきだと、いつ決めたの？　あんなに楽しんだ最後の経験をひとつひとつ思い出すのはむずかしく、朝起きてふわふわ漂う夢をなんとか思い出そうとするのに似ている。当時、これが大好きなことをする最後だと知っていたらよかった。そうすれば、もっと楽しんだのに。人気《ひとけ》のない通りを走った最後のジョギング、最後に焼いたケーキ、最後に運転席に座ったドライブ。あなたは知らぬ間にわたしから出ていった。いなくなるよと教えてもくれずに。だからわたしは、自分の断片を奪われたことにちっとも気づかずにいた。あなたは機会も警告もくれなくて、おかげで、わたしはあの日々を取りもどす努力すらできなかった。ある日突然、それらが失われたと知らされたのだ。永遠に失われた、と。

だけど、あなたが去った瞬間をあえて特定するなら、どの日を自分が選ぶのかわかっている。あなたがまちがいなく出ていったと言える日。その日以前の日々に永遠の別れを告げた瞬間。たとえるなら、しっくいを剥ぎ取るようなもので、すばやく一瞬でするりと剥がれてしまった。デスクから顔をあげたらもう、あなたはいなかった。なのに当時はわからなかった。なぜって、そのときにはあなたに関する記憶が失われていたのだから。いや、なんに関する記憶もなかった。自分がどこかへたどり着いて、顔をあげたら一度も来たことがない場所で、見知らぬ人たちに囲まれている、そんな感じだった。

その日は、以前のどんな日ともちがっていた。ただ混乱していただけではない。完全な空白。ブラックホール。〝いまなんのために立ちあがったのかしら〟とか〝いま何をしようとしていたのかしら〟とか、そういったものではなかった。〝わたしはどこにいるの?〟なのだ。頭は空っぽで、意識は足もとの緑色のリノリウムに描かれた斑点模様みたいに混沌としていた。自分はどこにいる? ここはどこ? さまざまな問いにどくどくと心臓が波打ち、なんとか答えを出そうとした。だが、何も出てこない。わたしは一瞬、凍りつく。そしてまた試す。目をまたたきつつ部屋を見回す。デスク、壁に貼られた行き先掲示板、意味のわからない文字が手書きされたボックスファイル群。心臓がいっそう激しく肋骨に打ちつけ、わたしは長々と深呼吸をして、鼓動を少しばかり静めた。もう一度、深呼吸。それが心を落ち着かせた。頭に降りた霧のなかから、何かが現れた。ひとつの記憶。いつかこんなことが起きるはずだとジョーが言っていた。いずれ過ぎ去るはずだ、とも。そこで、わたしは歩きだし、オフィスのドアを出て、デスクをあとにした。灰色の金属製キャビネットが置かれたこの部屋と、デスクの上の、人生ではじめて目にした奇妙な小物たち。出て行くときのドアにあった、だれなのかわからない名前。意味不明なだけでなく、それを形作る文字そのものが異質だった。

ウ　ェ　ン　デ　ィ　ミ　ッ　チ　ェ　ル

わたしは廊下に出て、まっすぐ前を見つめ、壁から手がかりを得たい気持ちを抑えて、張り紙に目を留めないようにした。ただ混乱が増すだけだと、直感的にわかっていた。ウォールライトのぎらつく光を避け、聞き覚えのない声のざわめきを締め出そうとした。そろそろと歩を進め、呼吸を一定に保つことに集中し、笑い声を遮断して、わたしのことを笑っているんですかと尋ねたい衝動をこらえた。

パニックを起こしちゃだめ、と自分に言い聞かせる。廊下の両側に並ぶオフィスのドアはどれも開いていて、部屋のなかでは、見覚えのない顔が書類を見おろしていた。怖かった。だれだかわからないが、相手が顔をあげて、わたしのうつろな顔を目にし、やあ、と声をかけてくるのが。きっと、何がなんだかわからない表情に気づかれる。だれにも話しかけられたくないし、だれの世界にも引きこまれたくない。だって、その世界を知らないから。そこにいる人たちを知らないから。わたしと彼らのあいだには、空白があった。心ならずも引きこまれたら、恐怖に震えあがっていただろう。わたしは歩を進め、交互に足を前に出しつづけた――どこなのか知らない場所へ向かって。足もとの床を打つ音が周囲の静寂を破り、かすかな消毒剤の匂いが鼻腔に入ってくる。廊下の突き当たりに、二重扉があった。そこを抜け、階段の吹き抜けに出た。静かで、人のいない場所。もう一枚、色褪せた模様ガラスがはまったドアがあり、どういうわけか、その向こうに隠れ場があるという気がした。出迎えた淡いピンクの壁に、たちまち心が落ち着く。人気《ひとけ》のなさ、隔絶感、静寂。わたしは個室に入り、閉じた便座の上に腰をおろした。そして待った。

何時間もそこにいた気がするが、こんなときには時間の概念がなくなるものだ。頭のなかが曇って、霧が降りていた。さっきまで晴れた日のスカーフェル・パイクの頂上にいて、何マイルも見渡せていたのに、ふいに空気がひんやりして雲がもくもくと現れる、そんな感じだ。だが今回は、前触れすらなかった。変化の到来を報せてくれるはずの温度の変化も。ほかの日とまったく同じようにデスクから立ちあがったかと思うと、いきなり山の頂上にいた。ひとりきりで。雲のせいで視界がひどくぼやけ、目印になりそうな見覚えのあるものはひとつもない。わたしのデスクも、電話も、ホチキスも、扉のわたしの名前も、同僚たちの顔さえも。あの日には、何ひとつなかった。だからわたしは待った。ジョーのことばだけが、頭のなかで唯一、はっきりしていた。ひたすら霧が晴れるのを待ちなさい、と。そして、わたしはそうした。小さな個室のなかで、壁のタイルの斑点模様から床へ、トイレットペーパーのホルダーからだらりと垂れた二枚重ねの紙へと、視線を行きつ戻りつさせた。

そして、ほら。雲が晴れはじめた。夢でも見ていたかのように、わたしは視線をあげる。ここは職場のトイレだ。もちろん、そうに決まっている。

きょうは、二〇一四年七月三一日。この日付は、ふたつの理由から、もう何週間もわたしの頭に刻みこまれている。ひとつは、セアラがわたしの家を出て、ボーイフレンドと一緒に暮らしはじめるから。もうひとつは、診断結果を神経科医から受け取る日だから。

セアラ、ジェンマ、わたしの三人は、この数日のあいだ、目の前に迫った報せのことを話題にせずにいる。口に出さないけれど、三人ともどういう診断になるか見当がついている。最初のころに手紙で示唆されていた症状の悪化が、いまや医療従事者でなくともわかるほど明白になった。ほかに話すべきことがあるだろうか？

というわけで、わたしはいま、病院にひとりきりでいる。神経科の窮屈な診察室で、医師が目の前の書類に目を通している。彼女が話しはじめたとき、頭にはっきりと焼きつくのはたぶん、ことばの内容ではなく、わたしを見つめる表情、目にはっきりと浮かんだ哀れみになるだろう。彼女はたいして多くを語らないし、この小さな診察室に呼ばれた瞬間から、その必要はないのがわかっていた。というのも、書類を彼女が手にする前に、自分の目で見てしまったから。アルツハイマー病、と。彼女はいま、その単語ともうひとつの単語――認知症――を指し示し、ふたつのあいだでペンを行きつ戻りつさせながら、この手紙をわたしのかかりつけ医に送る予定だと話している。この瞬間、頭に浮かんだ問いは、なぜこれらふたつの単語がわざわざ指し示されているのか、ということだけ。よりはっきりさせるため、わたしにきちんと納得させるため？　わたしの顔に、理解する兆候がひとつもないから？　目だけを動かして、わたしは面前の紙を見つめている。黙然と。問うべきことは何もない。答えは、印字されて目の前にある。キース・オリヴァーの動画を見て、認知症の明るい面をあれこれ聞かされたにもかかわらず、いざ自分が診断されるとちっとも覚悟ができていなくて、空虚感に対処できない。なぜって、これらの単語、この手紙が、何もかもがらりと変えてしまうから。わたしの知っている生活を変えてしまうから。いや、変えるというより盗む﹅のだ。まだ五八歳の若さで、いままさに、わたしは早期アルツハイマー病と診断された。

ひょっとして、神経科医がこれらの単語を指し示したのは、わたしのうつろな目を見たからかもしれない。彼女の話を聞きながら、頭にはべつの手紙が浮かんでいた。数週間前に年金機構から届いた、六六歳から受給が開始されると告げる手紙だ。つまり、八年間は無収入ということになる。どうやりくりすればいい？　それがいま、頭をよぎっている。今後八年のあいだに、自分の身に何が起こるのか。どんな生活になるのか。神経科医の書類のいちばん上にきょうの日付が見えて、セアラのあらたな門出の日なのだと思い出す。自分にとっては終焉を意味する手紙なのだが、少しばかり救いの要素がある。ひとつの不確定要素が終わって、べつの不確定要素が始まるのだ。

「おだいじに」診察室を出るわたしに、神経科医が告げる。この人には二度と会わないだろう。診断後の診察はないのだから。この人たちにできることは何もない。

家までの短い道のりを歩きはじめ、ほかの人たちが日常を送るさまを目にするうちに、周囲の生活は続いているが、この瞬間、わたしの生活は停止したことに気づく。セアラはいまごろ家で最後の箱詰めをし、衣装戸棚のハンガーから最後の洋服を数枚引き抜いているだろう。もちろん、あの子は家を出ずにわたしのそばにいると言うだろうが、それはわたしが求めること、必要とすることではない。看護師になる教育を受けるあいだ、あの子はわたしと同居していた——学生のうちは金銭的な理由でそのほうがよかった——が、その必要がなくなったいま、再び自立しなくてはいけないし、きょうの診断で何かが変わることはない。目を閉じると、白髪のわたしがベッドにいて、娘に世話をされている光景がぱっと頭に浮かんだ。それを、ほかのいくつもの問いとともにふり払う。娘たちには、わたしの介護者になってほしくない。よもや、このわたしが娘たちから〝子ども〟という肩書きをはぎ取って、本人たちが望んでもいなければ、くれとも言わなかったべつの肩書きを貼りつけるわけがない。わたしを介護するためにあの子たちの夢が後回しにされるのを、よしとするわけがない。そうでしょう？

バッグからペンを探し出し、神経科医から手渡された封筒の裏に書きつける。

〝現在の状態から能力がいちじるしく低下するまでの平均期間はどのくらいか――どういう段階やことがらが予期されるか〟

惰性で歩きつづけながらも、問いが次から次へと浮かび、ちゃんと捕らえきれない。やむなく頭にひとつひとつ閉じこめて、扉に鍵をかける――まかりまちがってあふれ出し、手がつけられなくならないように。自宅に着き、なんとかドアをくぐるが、神経科医のことばがまだ頭のなかに浸透しきれず、娘たちの衝撃をやわらげてやれるほど時間が経過しておらず、母親としての快活な声は不安の重圧で失われている。セアラが玄関で出迎えてくれ、互いに視線を交わした瞬間、こちらが口を開く前にもう、その肩がほんの一ミリさがる。

「予想どおりだった」と、らしからぬ乾いた声でわたしは言う。ふたりのあいだに沈黙が降りるのを感じ、それからジェンマを呼んで、同じことを告げる。

四週間後、わたしたちはまた病院にいる。病院まで歩いていけるようにと、娘たちが早めにうちへ来て、駐車場を探すストレスを省いてくれた。三人とも黙々と歩き、セアラとジェンマは物思いに沈んでいるが、その内容はだいたい、それぞれのハンドバッグからはみ出したノートに書かれている。わたしは先に立って病院に入り、数週間前に座った緑色の硬いプラスチックの椅子の列にたどり着く。待合室で左右を娘に挟まれて腰をおろしたものの、はたしてだれがだれを守っているのだろう。足音が聞こえるたびに顔をあげて、ようやく神経科医の見慣れた顔を目にする。

娘たちをうながして診察室に入り、紹介する。数週間前と同じデスク、同じ書類の束、医師の顔にすばやく貼りつけられた、同じ哀れみの笑み。わたしは娘たちを診察室に残して外に出た。ふたりの理解をうながすために設けられた機会だからだ。娘たちには、わたしを気にせずに必要なことをなんなりと尋ねてほしい。だから待合室へまっすぐ戻り、腰をおろす。あの娘たちはわたしがいなくてもお互いを頼りにできるのだし、と自分に言い聞かせて。どちらかひとりが質問中に口ごもったら、きっともうひとりがことばを引き取るはずだ。ふたりがそっと視線を交わすさまも、目に浮かぶ。たぶん神経科医に気づかれないほどさりげないが、わたしなら見逃さないだろう。

扉を見つめ、その向こうで繰り広げられている光景を想像する。神経科医はセアラと話して、あの子がそばに残って介護者になるのをわたしが望まないこと、それどころか、ひとりで暮らすほうが楽で、物があちこち動かされて混乱する危険性が減ることを納得させるだろう。

ようやく、カチリという音とともにドアノブが回り、謝辞と別れの挨拶が聞こえる。娘たちの声は明るい。ふたりの顔を見あげても、泣き腫らしたようすはなく、わたしはほっとして心からの笑みを向ける。すると、あの愛らしい笑みが返ってくる。さあ、家に帰りましょう、と言いたげに。わたしたちは病院をあとにし、娘たちはずいぶんと明るい表情であれこれ話すが、扉の向こうでのできごとはいっさい口にしない。たぶん、わたしと同じで、受け入れるのに時間が必要なのだろう。ふたりの朗らかな声に、また力が湧いてくる。わたしは自分の好きな役柄、長年磨きをかけてきた役柄に戻る。あらゆる悪いものから娘たちを遠ざけて庇う母親に。きっと、ふたりの人生を楽にして多少なりとも守ってやるために、まだ何かできることがあるはずだ。きっと、自主性をいくらか取り戻す道が見つかるだろう。いつだって、道はあるものだ。

キッチンカウンターの上に開かれた料理の本は、読みこまれ、材料の染みが点々とついている。わたしは前にうしろにと急ぎページをめくり、粉を混ぜあわせたボウルをのぞきこむ。指を舐めて、そこに突っこむ——これは重曹？　それとも、ただの小麦粉？　区別がつかない。手順を遡ろうとしてレシピをぱらぱら、ぱらぱらと前後にめくり、やがてべつのティースプーンを引き出しから探して重曹をもう数グラム落とし、白い雲が小さく巻きあがるのを眺める。

この二、三カ月、わたしはヨーク市のホームレス慈善団体のためにケーキを焼いてきた。朝食サービスのボランティアを探しているという新聞広告を見かけて、ケーキでも歓迎されるかどうか問い合わせたのだ。ケーキを焼くのは、以前から好きだった。だが診断をくだされて以来、脳に変化が起きている。否応なしに。衣装戸棚を開けば、奥のほうに突っこんだランニングシューズのつま先だけがのぞいているし、運転免許証を返納するために郵便局へ歩いて行ったときには、車のキーが玄関の赤い皿に置き去りにされていた。じつに多くの妥協を迫られてきたので、いまも自分ができることに集中したい、そうせずにいられない。ケーキを焼くのは、いまも自分ができることだ。

最初の週にタッパーウェアを抱えて訪れたとき、毎週土曜日の朝にシェルターに集まる人々が、わたしと、ふたつの大きなヴィクトリアスポンジケーキに疑わしげな目を向けた。

「なんで、おれたちのためにケーキを焼く？」とひとりが尋ねた。

「だれだって、おいしいものを食べる権利はあるでしょう？」わたしは答えた。「それはともかく、ケーキを焼く相手がほかにだれもいないの。ぜひ、辛口の感想を聞かせて」

彼らを気の毒がっていると思われたくなかった。そうされるのはどんな感じか、自分がよくわかっているから。シェルターでは気楽に過ごせた。だれもわたしを知らないおかげで、会話の途中で単語を見失っても、一週間経ってだれかの名前を忘れても、彼らは気にしない。彼らは昔のウェンディを知らない。長年一緒に働いてきた人たちのように、以前とのちがいに困惑して、まじまじとわたしを見つめたりしない。ここでは、肩の力を抜ける。つねに身構えて失敗をごまかそうとする必要がない。この人たちはただ、甘い贈り物をありがたがっているだけだ。わたしはケーキ・レイディと呼ばれている。砂糖と小麦粉でこしらえた、あらたなアイデンティティ。医師たちがカルテに書いたどんなものより、はるかにわたしにふさわしい。

わたしはレシピをめくり、グラニュー糖を加える。

二週めには、腕いっぱいにチョコレートケーキを抱えてシェルターを訪れ、ホームレスのひとりに卵を一ダースもらった。夜は農場の納屋で寝ているのだという。

「これで、来週も来ないわけにいかなくなったね」彼はウインクした。

何かの役に立てるのはいい気分だし、土曜日のケーキを心待ちにされるのはうれしい。ケーキを切り分けて提供しながら、思わず娘たちのことを考える。まんいちあの子たちが苦境に陥っても、だれかに親切にしてもらえますように。シェルターを訪れる人たちは土曜日の朝食だけもらえればいいのではなく、持ち帰るものも欲しがっていることがわかったので、ポケットに忍ばせやすいロックケーキも作りはじめた。

わたしはページを前後にめくり、鼻筋に皺を寄せ、それからボウルにグラニュー糖を投入する。何人かは、ぜひ辛口の感想を聞かせて、ということばをたいそう真剣に受けとめて、毎週欠かさず細かい批評をくれた。あるとき、新人が何人かシェルターに現れて、その週にわたしが焼いたものが気に入らないと不平を言ったが、ほかの人たちがすばやく擁護してくれた。そのころにはもう、友情が培われていたのだ。

わたしは手をとめて、頭を掻く。はて、グラニュー糖は加えたかしら？　加えた覚えはない。ボウルを見おろすと、その顆粒が見え、ほっとしてかき混ぜはじめるが、スプーンがいつものようになめらかに動かず、ぼってりと重い感触がある。じきにゆるむはずだと自分に言い聞かせて、スプーンを動かす手にいっそう力を込めたら、今度は肘が痛くなる。いざケーキミックスをパウンド型に注ごうとすると、すべり落ちていくはずが、ボウルの縁にくっついたままだ。変ね、とわたしはつぶやく。ケーキがオーブンのなかにある間に、お茶を淹れるが、不安でやきもきする。オーブンにしじゅう目をやり、いつもより頻繁に立ちあがっては、ガラスの扉をのぞいて膨らみを確かめる。

シェルターでは、土曜日の朝に食べ物を受け取るために列をなす人たちと、よく一緒に座ってお茶を飲んでいる。ときには、つらい思いもする。彼らの身の上話を、家族に捨てられたことや、代わりにここで互いに家族になったことを聞かされるからだ。彼らと過ごしていると、地に足がついた感じがする――いかに大変な一週間を過ごそうが、一夜でカーペットの上に付箋の山が築かれようが、会議で問いかけるような目をされようが、何が問題なのかすぐに理解できないせいで電話の向こうから長いため息が聞こえてこようが。さらには、ともに目覚めて呼吸して生きている不安――来るべき空虚な未来への不安――があろうとも。土曜日の朝には、そういったことはひとつも存在しない。ここでは、自分はまだ多くのものを持っているのだから感謝すべきだと思い知らされる。頭の上の屋根、さまざまな勘定を払うお金、シャワーと清潔な衣服、心から気にかけてくれるふたりの娘。

人生はときに残酷だ。いっきにごっそりと盗んでいくせいで、わたしたちはなけなしの残されたものにしがみつく以外にどうしようもない。世間に見捨てられた人々のなかに座っていると、つい、人生が順調だったころに立てた計画のことを考えてしまう。一緒にわたしのケーキを楽しみ、できるだけ食べこぼさないよう注意を払っている人たちも、きっと、人生がもっとよかったころに同じような計画を立てていただろう。彼らもかつては家を、家族を、仕事を持っていたのに、いまはここで、食べ物や、ほんの数時間にせよ雨風をしのげる場所を他人に与えてもらっている。人生に苛酷な仕打ちをされたわけだが、彼らはささやかながらもその人生をよくするための方策を見つけてきた。あとまでとっておけるものはなんでもポケットにしまうすばやい手つき。所持品を小さくまとめておき、こちらの戸口からあちらへと全財産を運びやすくする知恵。彼らはすなおに助けを求め、互いに支えあってきた。たいていは年長者が、頼るべき親がいなさそうな若者の面倒を見た。その気にさえなれば、だれでも対処法を見つけられるものだ。

わたしは時計を見やる。そろそろスポンジをオーブンから取り出す時間だが、キッチンには変な匂い、いつもとちがう匂いが立ちこめている。そうっと引き出して、オーブンミトンでぱたぱたとはたく。ちゃんとは膨らんでおらず、堅くて胃もたれしそうだ。冷却トレイにあけるが、どうも変で、わたしには何が悪かったのかわからない。二〇分待ち、それから端を切り落としてみると、ナイフが途中でくっついて、いつもみたいな気持ちのよい弾力が感じられない。見れば、ぎっしりと目が詰まって、あるべき空気を含んだ孔がない。わたしは切れ端を試食し、顔をしかめる。とうてい食べられはしない。甘すぎる。砂糖の入れすぎだ。ケーキはゴミ箱に直行する。カウンターにきちんと重ねてあるほかのタッパーウェアを見て、わたしは沈んだ気持ちになる。これでは足りない、今週はだれかがケーキなしで我慢しなくてはならないだろう。

ゴミ箱のなかのケーキを見つめる。こうなったのは、今回がはじめてではない。先週のロックケーキは塩が多すぎた。その前の週は、やはりヴィクトリアスポンジケーキがゴミ箱行きになった。理由はわかっている。レシピ通りに作れないせいだ。以前は頭にすべて収めてあったものを、いまは本で確かめているが、ページをめくったとたん、それがふっと消えてしまう。先週は、小さじと大さじを取りちがえた。その前の週は、小麦粉の量が二倍だった。幾週ものあいだ募っていた挫折感や怒りとともに、悲しみがこみあげてくる。ゴミ箱のなかの、砕けて役に立たないケーキをじっと見つめる。三カ月前に診断をくだされて以降、どの医師からもなんの連絡もない。一件だけ、物忘れ外来の予約はあるが、それとてまだ何週間も先だ。わたし自身が診断結果を理解しきっていないのに、娘たちの理解を助けてやれるはずがない。だからこそ、わたしは怒っている。だからこそ、わたしは打ちひしがれ、見捨てられた感じがする。二〇年間ＮＨＳで働いてきたのに、そのＮＨＳ

に捨てられたのだ。そう、だれよりも、わたしはこの制度を知っている。いわば制度そのものであり、この制度を運営してきた。なのに、見捨てられてしまった。

ゴミ箱に蓋をする。もうこのケーキは見たくない。たぶん、二度とシェルターには行かない。なぜ自分がこうもミスばかりするのか説明したくない。黙って去るほうがいい、どんなに罪悪感と悲しみに苛まれようとも。心が空っぽになった気がした。もうシェルターにかかわれないことへの空虚感。あそこを訪れる人たちにあれほど勇気づけられていたのに。だが、何にもまして、また別れを告げるはめになったことに、腹の底から激しい悲嘆が湧きあがっている。今回はケーキを焼くこと、物心がついて以来やってきたことへのさよならだ。子どものころ小さなスポンジケーキを焼いたときから、娘たちにそのやりかたを教えるまで、いつも身近に、途切れることなくあった。どんなに気が塞ぐ日でも、ちょっとケーキを焼きさえすれば元気が出た。キッチンにずらりと並んだ料理の本を、わたしは見つめる。皺が寄ってよれよれのページもあれば、まっさらでぴかぴかのページもあるが、もう二度と開かない。またもや、さよならだ。今回は、とても楽しいことへのさよなら。だが、ふいに、シェルターの人たちのことが頭に浮かぶ。あの人たちに比べれば、わたしが失ったものなどたいしたことではない。だけど、あの人たちは他人の助けを求めて、人生を少しばかり楽にしている。

わたしはファイルキャビネットから、医療関係者の手紙を見つけられるかぎりすべて取り出す。じかに手渡されるか、郵便受けに落とされた書簡たち。目を通していくと、連絡をくれてしかるべき人々や、わたしの脳内の謎を解き明かしてくれそうな組織の、名前と電話番号が見つかる。わたしは電子メールをかたかたと打つ。助けを求める、いや、よこせと要請するメールを。わたしのためだけではなく、娘たちを助けてやれるようにするために。アルツハイマー病がどういうものか、自分にとってどういう意味があるのかを、わたしは理解しなくてはならない。

土曜日の朝。未記入の書類が三枚、黄色と白のチェック模様のテーブルクロスからこちらを見つめている。控えの用紙に自分でつけた鉛筆のしるしが見え、両手に握ったふきんをぎゅっとねじる。楽にすませられそうにはない。わたしはキッチンカウンターのほうへ、オーブンから取り出したばかりの小さな丸型のケーキのほうへ注意を向けて、部屋を満たす甘い香りを深々と吸いこむ。準備はほぼ完了した。レモンのドリズルケーキの小型版、ちっちゃなヴィクトリアスポンジケーキ、それぞれ娘たちのお気に入りだ。小さなサンドイッチは、慎重に耳を一片ずつ切り落としてから、ミニ・キッシュの横に置く。そして戸棚の奥を探って食用ラメを取り出し、完璧な小型ケーキのひとつひとつに振りかけて、ケーキスタンドに並べていく。その間も、テーブルの書類がこちらをひたすら見つめ、わたしは心の痛みをぐっとのみこむ。きらめく粉でこの痛みをごまかせるといいのだけれど。ガラス張りの戸棚に視線を走らせ、かわいらしいピンクのバラとヒナギクで飾られた白と金の縁取りの茶器一式に目を留める。そして、テーブルをセットする。三枚のソーサーに三つのカップ、お揃いの皿とミルク入れ。角砂糖をボウルいっぱいに詰め、その上に銀色のトングも置く。わたしたちのだれも、お茶に砂糖を入れないのだけれど。

あとずさってテーブルを眺め、できばえを誇らしく感じる。よし、お茶の準備をみごとに整えた。

もちろん、だれも何か食べたい気分になれず、すべてむだになるかもしれない。だけど、これは、つらい瞬間をやわらげる唯一の手段なのだ。きょうは、ジェンマとセアラがやって来て、わたしが永続的委任状――つまり、もはや自分では意思を明示できなくなったとき、どうしたいかに関する書類――を作成するのを手伝ってくれる。あらかじめ鉛筆書きしてある設問の答えをいくつか頭に浮かべ、できれば娘たちにこんなことをさせたくなかった、という悲痛な思いと戦う。

ほどなく車のドアの音が聞こえ、庭の門がかちゃりと鳴って娘たちの到着を告げる。

「ああ、いい匂い」セアラがドア口を抜けながら言う。ハグとキスの最中に、娘たちの目がちらりと、テーブルに控えている書類に注がれる。

「退屈な作業をちゃっちゃと片づけて、本命のアフタヌーンティーに移りましょう」わたしはふたりの緊張をほぐそうとして言う。それとも、自分自身の？

まずは、金銭面から始めることにする。じつに単純明快だし、あらかじめ鉛筆書きをしておいてよかった。それらが沈黙を埋めて、ふたりに説明してくれるのだから。次に、健康面へ移る。娘たちはいまやうなだれ、互いに励ますような視線を何度も交わしている。わたしは咳払いをする。

「六――健康と福祉にかかわる制限」とわたしは言い、ふたりともかすかだが鋭く息を吸うのを耳にして、書類を下に置く。

「蘇生措置はしてほしくないの」

一瞬の沈黙がある。

「気持ちはわかる」とジェンマが言う。

セアラは何も言わない。意欲に燃える看護師としての側面が抵抗しているのだ。命はなんとしても救うべきものだ、という訓練を受けているだのから。だが、わたしの命はちがう。この命は救わなくていい。

「あなたはどう思う、セアラ？」

一瞬の間。

「だけど、持ちなおすとしたら？　抗生物質を投与しさえすれば回復するとしたら？」

その声には切迫感があり、わたしは一瞬たじろぐ。こんなことをするべきじゃない、なぜ、あなたたちと一緒にこの世で過ごしたくないのかなんて、娘たちに説明するべきじゃない。

「だけど、もしママがすでに能力を失っていて、わたしたちが代わりに決定をくだすことになった場合、ママは生き延びて認知症のなすがままに衰えたくはないのよ」ジェンマが穏やかに言う。

「回復して認知症の世界で生きていきたい、とは思っていないわけ」

わたしは微笑み、押し殺していた息がふうっと出て行くのを感じる。

「いま話しあってよかった、そうしないと、あなたたちがどんな決断をくだすかで姉妹喧嘩しているのに仲裁してあげられない、なんてことになりそうだから」わたしはにこやかに言い、場の空気を少しでもなごませようとする。

セアラはうなずく。いまはわたしの意思について話していることを肝に銘じたのだ。一件落着。情緒的なこの決断は頭の奥にしまわれて、必要になるときまで埃をかぶっているだろう。そのときが遠い未来でありますようにと願うが、こればかりはだれにもわからない。

わたしは書類に視線を戻し、指で下へなぞっていくが、胃のなかの塊にぎゅっと引っ張られて、止まるべき箇所を知る。

「以前も話したはずだけど、鉛筆で書いておいたの。『もし、住む場所を自分で選ぶ能力を失うか、自宅が安全ではなくなるかしたら、しかるべきケアハウスの選定を弁護士に一任します』……」

わたしは口をつぐむ。娘たちはふたりとも、膝を見おろしている。

「あなたたちには、わたしの介護者になってほしくないの。あくまで娘だし、これからもそうであってほしい」

「ええ、そうね、ママ」セアラがささやくように言う。「もし、決意が固いのなら……」

わたしはペンを手にとり、インクでその文言をなぞるが、そうしながらも、何かがおかしいという気がしている。自分でもこんなことはしたくない、施設で人生を終えたくはない。だけど、いまとなっては、そうせざるをえない。娘がわたしを世話するために人生を放棄することを考えたら、施設行きのほうがはるかにましだ。

作業が終了して、署名と日付の記入がなされ、チェックボックスには印がつけられて、これが法律に則って作成されたことが読みあげられると、部屋さえも安堵の息をついたかに思える。わたしたち三人は、しばらく座ったまま動かない。何十分にも感じられたが、たぶんほんの数秒で、壁掛けの赤い時計がわたしたちの思考のペースに同調して進んでいる。

わたしが沈黙を破る。「ドアをあけましょうか——ずいぶん暑くなってきたから。さて、お茶の用意を手伝ってくれるのは、だれかしら?」

このことばで書類が片隅に追いやられ、わたしたちはケーキに注意を向ける。

「わあ、見て、すっごくちっちゃい！」とジェンマが言う。

わたしはお茶を淹れ、三人でレモンのドリズルケーキの小型版を食べて、その日の残りの時間は砂糖のおかげで心地よくなる。まさに、もくろんでいたとおり。


ひっくり返した写真入れの中身が、象牙色のレースの布団カバーに散らばっている。わたしはその山から一枚手にとって、表に返す。セアラとジェンマ、六歳と三歳ごろのふたりが浜辺で、タオル地の短パンにぽっちゃりした脚を可愛らしく収めている。その場面が甦って、わたしは微笑む。三人だけで過ごした最初の休暇。着くまでの道中は、アイ・スパイゲームをしたり、さまざまな色の車を数えたり、好きなお菓子を食べたりして時間の進みを早め、まっさらな水彩クレヨンの箱といくつもの塗り絵本を開いた。そしてノーフォークの海岸のコテージに到着したら、鞄をどさりと放り出して海へまっすぐ駆けていった。この写真は、ふたりの足が砂浜を踏みしめた最初の瞬間を撮影したものだ。冷たすぎる海水に追いつかれてつま先をくすぐられたときの、ふたりのきゃあきゃあ騒ぐ声がいまも聞こえる。

だが、ほかの何かが、わたしに襲いかかってくる。何週間ものあいだに胸のうちで膨れあがっていた悲しみが。わたしは本当に、これらをすべて忘れてしまうのだろうか。近い将来のいつか、この写真を手に握り締めていながら、微笑み返すふたつの幸せな顔がわからない、なんてことが起きるのだろうか。ありえない。こみあげる思いに、写真をひたと見つめ、衰えていく脳に打ち勝とう、一画素も逃さず記憶しようと心に決める。大きな青いノーフォークの空、以前は気づかなかったがセアラが手に持っているピンク色のビーチサンダル、ネイビーと赤の縞模様が描かれたジェンマの短パン、ビーチで休暇を過ごすほかの人たち。かつては娘たちしか見えなかったのに、ふいに、写真がこまごまとしたことがらで埋めつくされる。これを、必ず記憶に留めてみせる。抜け落ちさせはしない。わたしは写真をひっくり返して、裏面に書きつける。〝セアラとジェンマ。ノーフォークでの休暇。カイスター？ 一九八七年〟

忘れるものか。

写真の山からべつの一枚を拾いあげる。ケズィックのウォラ・クラッグの頂上に座っている、わたしの写真。どんよりした天気で、低く垂れこめた雲のわずかな隙間から陽光がかろうじて差しこみ、眼下のダーウェントウォーターの湖水は黒く、わたしは目の前に広がる景色――悪天候にもかかわらず美しい――を見渡していて、横縞のブレトンシャツと赤いザックがほの暗い場景を切り裂いている。わたしはベッドの端ににじり寄り、スプリングの弾力が弱まるのを感じる。その写真を二本の指でぎゅっと持ち、また食い入るように見つめて記憶に焼きつけながら、自分に言い聞かせる。いまはここに、クリーム色とオリーブ色の寝室にいるけれど、それでもあの場所にいるつもりになって、耳もとをひゅうひゅう抜ける風を感じ、足の下の湿った苔の匂いを嗅ぎ、静寂の茫漠たる声を聞くことができるのだ、と。すべて、ここにある。いつまでも持ちつづけたいと願うこれらの記憶は、まだ、わたしのもとを去っていない。記憶とセットになった感覚も、まだ思い出せる。美しい風景がもたらす心の平穏、風が吹きつけてもジャケットが保ってくれる体の温もり。こうした感覚こそ、しっかりと記憶しつづけなくてはならない。穏やかさと、幸福感。たとえこの場所の名前を思い出せなくなっても、この感覚はけっして立ち去らせはしない。

いまいる客間を見回して、ふいに、何もない壁一面にこれらの写真を貼りたい、霧が降りてきたときにいつでも逃げこめる空間を作りたい、という欲求に駆られる。写真の山を、フィルムが捕らえたいくつもの人生最良の瞬間を両手で軽くかき混ぜながら、指がシャッターを押したあらゆる瞬間に感謝する。当時は、これらの写真に大きく依存する日が来るとは思ってもみなかった。記憶が盗まれる病気にかかって、かけがえのないものを毎日失っていくはめになるとは。そう、これがアルツハイマー病だ。夜に盗人と化し、眠っているあいだに人生から大切な情景を盗んでいく。

わたしは仕切りなおして、写真を選別し、思い出せるかぎりの詳細を手早く書きつけていく。名前、場所、日付……記憶の喪失に対する保険だ。活発に動くきょうの脳をできるだけ活かそうと、写真から写真へと次々に手を伸ばす。腕が痛んで頭が疲れてきても、勢いを失うのが怖くて休めない。一枚ごとにいっそう目を凝らし、あらゆる細部を深く頭に刻んで、以前は見逃していたであろう手がかりに注意を払ううちに、人生が猛スピードで過ぎていって写真の山が小さくなる。

残された写真は、あと一枚。ヨークの大好きな橋から望む川の風景だ。水が立てるさざ波ひとつひとつに目を通し、そのなかに以前は気づかなかった渦巻きを見つける。水面下に潜む生命の証、より広大な景色を水晶体が取りこんだときには見逃した、ごく小さな現象。次にこの橋の同じ場所を通ったらこの渦巻きを探してみよう、とわたしは心に書きつける。だがすぐに、心から紙へと転記する。あくまで念のために。

翌日、わたしはヨーク市内をそぞろ歩く。ポケットに例のメモをくしゃくしゃに突っこんで。あの橋にたどり着いて、カメラが捕らえたのと同じ景色を眺めてみると、ほら、期待どおりに水が渦巻いている。写真で見たのとまったく同じように。橋の上に立って水面を見おろし、正体のよくわからない達成感がふつふつと湧きあがるのを感じる。いずれは認知症がこれらの記憶を盗み、写真の渦巻きも、橋も、さらには撮影した街がどこだったかもわからなくなるだろうが、自然の営みによってこれらが存続し、渦は巻きつづけ、わたしたちが愛情と笑いに満ちた休暇を過ごした砂浜には波がいつまでも打ち寄せるはずだ。そう考えて、幸せを感じる。認知症はすべてを盗んではいかない、たとえいまはそんなふうに思えても。娘たちを忘れることがいちばんの恐怖だが、そうなっても自然は波を起こし、太陽を沈ませ、せせらぎを保ちつづけるはずだ。認知症は自分の脳のいたずらにすぎないこと、もし写真をじっと見つめてそこに渦巻きがまだあるのを見つけたなら認知症を出し抜けることを悟って、わたしは勇気づけられる――一連の騒ぎのおかげで、ありがたみがわかった小さな宝石だ。

その日、ヨーク市内で、〝記憶の部屋〟をこしらえるのに必要なものをすべて買いこみ、帰宅後に、何十枚もの写真をそれぞれ鮮やかな色のミニ洗濯ばさみで挟んで壁に吊りさげる。作業しながら、一枚一枚めくってみると、そこにはほら、わたしがきのう書きつけた手がかり――なぜ、だれが、どこで――がある。記憶が消えたとき、これらがきっと助けになってくれるだろう。

作業を終え、後方に立って、できばえを眺める。さまざまな年齢の子ども時代のセアラとジェンマが彩り豊かな写真の列からこちらを見つめ返し、べつの列にはこれまで自分が住んだ家々が、もうひとつの列には大好きな風景――湖水地方、ドーセットの海岸、ブラックプールの浜辺――がところ狭しと並んでいる。わたしはそれらを前に、ベッドの端に腰かけて、穏やかさと幸福感を覚えている。頭のなかの記憶が失せても、外のこの場所にはまだある――いまより幸せだったころの記憶、感情が、変わらずに。だけど、頭のなかから失せるのは来週、来月、来年？　わたしにはわからない。そのことを考えただけで不安がこみあげ、まだできるうちにすべてを記憶したいという衝動に駆られるが、一枚の写真に心を集中させてパニックを静める。ウォラ・クラッグからの眺めだ。わたしはまたあそこに登っていて、風が耳もとをひゅうひゅう抜け、足もとには湿った苔がある。不確かな未来は待たせておけばいい。

4

職場でのカミングアウト

あなたにとって、生活は楽ではなかった――当時はそうとは認めなかったけれど。いつも、やるべきこと、考えるべきことに次から次へと追われ、書くべき一覧、養うべき口があった。湯気の立つお茶を前に、じっと座って考えにふける時間はそれほどなかった。はたして、自分をやさしく励ます余裕のあるシングルマザーはどのくらいいるだろう。

娘たちの父親は、ふたりがまだ七歳と四歳のときに去った。ひどくつらかった。人生が孤独に感じられた。あなたは娘たちにそれをひた隠しにし、顔に描いた笑みを何がなんでも消すまいとがんばった。ほかの人たちには冗談めかしてごまかし、プライドにかけても悟られないようにして、娘たちの前ではおくびにも出さなかったが、生活はきつかった。

金銭的な余裕がなく、つねに計画的に考える必要があった。クリスマスの準備はたいてい、娘たちの靴下に詰めるものを増やすためになけなしの持ち物を売り払った。それでも、怒りやみじめさを覚えることはなかった。むしろ苦難を楽しんだ。たとえば中古の自転車をやすりで磨いてペンキを塗りなおし、一二月二五日にセアラが歓喜の声をあげるのを聞いた。娘たちが眠っているあいだに、ままごと用の農場の庭をこしらえ、仕上げとして、愛情とともにアルミ箔の池を厚紙に載せた。毎年クリスマスイヴには、娘たちがサンタの夢のなかへ旅立ったあとも、夜なべをして、翌日の〝クリスマス・メニュー〟を片端から書き出した――みんなで楽しむゲームのあれこれも、七面鳥もそのつけあわせも何もかも。いま、ジェンマとセアラはそれらがなかった年は記憶にないと言うが、陰では相当な苦労がなされていたのだ。

家族でお出かけするにも、独創性が求められた。たいていは、ただで本が読めるうえに部屋が暖かい図書館に出かけて、物語の時間を楽しんだ。娘たちも、かなたのおとぎ話の世界に逃避することができた。

あなたにとって最もつらかったのは、週末や休暇に娘たちを父親のもとで過ごさせるときだ。罵倒や非難のことばは、ひとことも発さなかった――曲がりなりにも、娘たちの父親なのだから。だが、ふたりがいないと家がひどく空虚で静かに感じられ、心臓をもぎ取られてふたりのスーツケースに詰められた気がした。ふたりがそばにいないと将来への不安がひどく募った。彼が去ったあと、あなたはまともな職につけなかった。どんな仕事をするにせよ、登下校の時間に合わせる必要があったからだ。清掃の仕事を手当たりしだい引き受けたが、多くの場合は口コミで紹介されたもので、おかげでいやな思いをすることは少なかった。だが、もっといい仕事に就けるはずだと自負してもいた。清掃の仕事は娘たちが幼いころは目的にかなっていたが、ふたりとも小学校にあがったあとは、ほかの仕事を見つけなくてはと決意した。

あの暗かった時代に、あなたは抱えている問題から自分を切り離し、高みから見おろして、ほかの手段はないかと自問するすべを身につけた。いま、わたしが同じようにやってみても、あのころのようには、答えが訪れてくれない……

わたしは寝室によろよろと入っていく。睡魔が体内でむずかり、やわらかな枕を頭が欲している。ベッド脇のテーブルでは小説が辛抱強く待っているが、わたしはちらりと目をやって、すぐに逸らす。かつて寝る前のひとときをどう過ごしていたかを、いやでも思い出させられ、また今度ねと自分に言い聞かせるが、ページの折り目の位置はもう何週間も変わっていない。視線が、その横のべつのものに向けられる。一枚の付箋メモ――「歯医者の予約を取ること」。わたしはため息をつき、天を仰ぐ。これをすっかり忘れていただなんて、驚いていいのやら悪いのやら。この数カ月、自分のために残したちょっとしたメモにすら裏切られはじめている――見るのを忘れてしまったら、自分へのメモなどなんの役に立つだろう。前夜の走り書きを、いや朝のものですら、昼食時にはたいてい忘れているし、出かけるときにはもっと忘れているのだ。わたしはその付箋を時計の横に貼りつけて、あしたこそは忘れずに歯科医に電話をしようと決意する。

翌朝、目が覚めてべつのメモたちを床からすくいあげ、朝一のヨークシャーティーを淹れながら、一枚ずつ目を通す。途中で、やかんの脇のピルケースに目がいき、きのうの薬がまだ入ったままなのに気づく。薬をのむことすら覚えられなくなってきたし、手のなかで丸めたメモの山はさほど記憶を助けてくれない。わたしはお茶とともに腰をおろし、アイパッドを手にとる。ひょっとして、ここに答えがあるかもしれない。〝リマインダー〟と書かれたアイコンを目にし、午後七時の欄に〝薬をのむ〟と入力する。やってみる価値はありそうだ。

その夜、疲れきって仕事から帰宅し、アラームが聞こえてアイパッドを手にする。〝薬をのむ〟。わたしはのろのろとキッチンに入り、コップの水で錠剤をのみくだす。そして、はっと思いつく。カレンダーを壁からはずして、大切な日、時間、覚えておくべきことがらをアイパッドに入力しはじめる――医者の予約、友人の訪問、薬をのむとかゴミを出すといった日課。だが一〇月一七日に関しては、しばし迷う。わずか数週間先の、セアラの誕生日。もちろん、こんなにも大切な日付はぜったいに忘れないだろうが、万が一に備えて、誕生日の夜にリマインダーをセットする。

その日が近づくと、アイパッドのアラームがセアラの誕生日カードを買いなさい、と告げる。わたしはひとり微笑み、キッチンカウンターで書きこまれるばかりになっているカードに目をやる。数日後、べつのリマインダーが投函を指示するが、カードにはすでに住所氏名が記され、右上の隅にちゃんと切手も貼ってある。わたしはお茶を手にして椅子にゆったりともたれ、ひと口飲むごとに温もりを感じて、幸せな気持ちになる。自分の直感は正しかった、セアラの誕生日を忘れはしなかった、愛情はいつだって認知症に打ち勝てるし、打ち勝つものなのだ、と。ところが、ふいに冷たいものを感じ、不安にさいなまれだす。眉根を寄せて、自分に問いかける――最初のアラームをセットしなかったら、はたしてカードの投函準備はできていただろうか？　だけど、誕生日を忘れたことは一度もないし、こういうことはお手のものだったでしょう？　その日の朝、まだ覚えているうちに、わたしはカードを投函する。

一〇月一七日は、ほかの日と同じく仕事に出かけ、それから帰宅して、自分の食事を作りはじめる。ラジオの音楽に合わせてハミングしていると、アイパッドのアラーム音が鳴り、時計に目をやる。午後六時半、まだ薬の時間ではない。おかしい。手にしていた調理道具を置き、アイパッドを開くと、リマインダーに〝セアラの誕生日〟とあるではないか。心がさっと凍りつく。まさか。何かのまちがいだ。きっと操作をまちがえたにちがいない。毎年欠かさず朝に電話して、お誕生日おめでとうと伝えていたのだから。カレンダーの日付を確認してから、食事を脇にやり、電話に手を伸ばす。震える指でセアラの番号にかけると、呼び出し音が聞こえて、あの娘《こ》の声が応答する。

「ごめんなさい」わたしは言う。「ま……まさか、こんなことが起きるなんて」

「だいじょうぶよ」あの娘が答える。「ただ忘れただけだもの」

声の温かさから、本心で言っていること、理解してくれていること、にこやかな顔をしていることは感じられるが、胃のなかの冷たいものは消えるどころか、いっそう凍りつく。あの娘がカードを受け取ったと言ってくれて、わたしが受話器を置いたあとまでも。この悲しさ、悔しさをやわらげるすべは何ひとつない。三四年間ではじめて、わが娘の誕生日を忘れてしまったのだ。ほかの三六四日よりも大きな意味を持つ日を。理性では自分ではなく病気が悪いとわかっているが、きょうみたいな日には、区別をつけるのはむずかしい。このときはじめて、心から認知症を憎んだ。この病気が盗んだもの、これから盗み去るものを思って。わたしはこの病気も、自分自身も許せはしない。

楽しいできごとは待ち遠しくて早く来ないかと願わずにいられないし、同じ未来であっても、暗いものだと不安でどうしようもなくなる。いま生きているこの瞬間に心から満足できる人は、そう多くはない。それどころか、わたしたちはこの世に悩みの種は尽きないと考えて日常を送り、日々のささいな悩みごとに心をすり減らす。気むずかしい同僚、到着が遅れているバス、傘を忘れたのに雲間から落ちてきはじめた雨。月曜日に職場の席について、早く週末にならないかと願ったことが何度あるだろう。あるいは、休暇を待ちわびて、一週一週が飛ぶように去ってくれないか、と望む。そこへ突然、歩みを停止させるものが訪れる――離婚、死、進行性の病。きょうという日しかないことを、わたしたちに思い知らせるものが。

何もかも記憶したい、手遅れになる前にフィルムならぬ脳に焼きつけたい、という思いが、診断をくだされてから日々募り、記憶の部屋をこしらえる原動力になっている。職場で座っていると、切迫感が波のように打ち寄せる。仕事に関するあらゆる知識――頭のなかのファイルキャビネットに保管したあらゆる情報、同僚たちにすぐに伝えられていた情報――もどっと迫ってきて、わたしは怖くてたまらなくなる。波が砕けて情報を砂の上にばらまいたかと思うと広い海へさらっていき、個々の波も、その波に載せられた情報も、すべて永久に失われてしまう瞬間が。

わたしはコンピューターのフォルダーをくまなく調べて、ひそかにパニックを覚える。この五年間、勤務当番表システムを円滑に運営するための情報をあれこれ集めてきたが、その大半は自分の頭にだけ収められ、仮想の収納空間には存在しない。記憶がどんどん信用できなくなっているいま、いつ、これらの情報が失われるやもしれない。来週？　来月？　あした？　最近、わたしが勤務当番表システムの細かい留意点を教えようとすると、スタッフが困惑した表情でこちらを見あげる。「あのね、この看護師は夜勤はできないの」わたしは彼らに言う。「子どもたちがまだ小さいから。それをどこかに書き留めておいてね」

だが、彼らの考えていることが手にとるようにわかる。〝あなたがいるのに、なぜ、その必要があるんでしょう？〟ひそかに次の〝賢者〟と目しているスタッフ、わたしの称号を受け継げそうなスタッフがひとりいて、このごろは彼女をちょくちょく会議に呼び、自分の仕事を分け与え、自分の役柄についてこまごまと説明している——まだ、やれるうちに、と。彼女は思っていたとおり有能で、こまめにメモを取っているが、わたしからすると、それでもまだじゅうぶんな速さではないし、使われるメモ帳の紙やペンのインクもじゅうぶんな量ではないし、時間もじゅうぶん残されてはいない。必要なことすべてを伝えたいのに。わたしが去ったときに必要になるすべてを、いや、少なくとも、雲が垂れこめて水平線がぼやけている日に必要なことを。

わたしは帰りのバスに座って、肩にのしかかってくる眠気を払おうとして、目標物を探している。あしたは、どんな日になるだろう。晴れるのか、霧が降りるのか。予報は？　これから先一週間、この病気の襲撃は穏やかだろうか。先のことは考えたらだめ、と自分に言い聞かせるけれど、とくに疲れているとき、疲れすぎて不安を払う気力がないときにはとうてい無理だ。いつも同じ三つの不安が心を蝕み、ひとつが思考に忍びこむたびに、ほかのふたつも飛びこんでくる。ひとつは、自立した生活を失い、仕事はもちろん、町へバスで行き来することができなくなることへの不安。バスの窓にぼんやりと映る自分の影が、べつの大きな不安を呼び起こす。一線を越えて自分ではないだれかになること、自分が自分であるための要素を手放してしまうこと。そうなったら、わたし自身ではなく、ほかの人がわたしのために決断をくだすだろう。そして当然ながら、これが三つめの不安に結びつく。つらすぎて、それに襲われるたびに胸がぎゅっとよじれる不安――わたしにとって最も大切なふたり、セアラとジェンマの顔を忘れることだ。それを思うと、心臓が早鐘のように打ち、わたしの思考や未来と同じく、制御がきかなくなる。こうした不安は、遅かれ早かれ、みんなが直面するものなのだろうか。自立を失い、やがては心身の機能を失うことへの不安。これまではうんと先のことに思えていたもの、目を凝らさなければ見えなかった地平線上の小さな点。なのに、認知症がわたしをそこへ猛スピードで追いたてている。だからこそ、あの切迫感を、永久に失われる前に未来に適応しなくてはという焦りを覚えるのだ。別れはゆるやかなのか、急なのか。不透明なせいで、パニックで胸が膨れあがる。どれくらい急速に、時間が意味をなさなくなるのだろう。以前は、人生は自分で管理できるものだと思っていた。ほら、ずいぶん先の退職後の楽しみを、思い描いていたでしょう？　愛車とともに、一週間の休暇では行き着けないイギリス諸島をあちこち巡るさまを。最近になって収入が増え、もっと遠くへの旅、ダブリンやパリで長い週末を過ごす旅を計画しはじめたばかりなのに。世界のあちこちをこの目で見るつもりだったのに。あると思いこんでいたあの時間は、いったいどうなってしまったのか。

いったいどのくらいの時間を、地元紙の小さな求人広告をくまなく調べて失ったことか。職から職へと指がページをなぞり、毎週、毎週、指先がインクで黒く染まるまで理想の勤め先を探した。清掃員よりいい仕事、娘たちが学校で過ごすあいだに流し台や便器をごしごし磨く以外の仕事が、きっとあるはずだ。それはわかっていても、家族の生活リズムに合うものを見つけるのが最大の難関だった。娘たちの父親が去ってから五年間、なんとか生活するために清掃の仕事を続けてきたが、人生にはそれ以上のものがなくてはならない。

そしてある日、理想の仕事を目にした。ミルトン・ケインズ病院リハビリ科の、パートタイムの受付係。勤務時間は融通がききます、とその広告にはあった。午前か午後か選んで働けます、と。あなたは、いまのわたしにはうらやましくてたまらない活発な思考をめぐらせて、可能性をすばやく検討した。登校か下校のどちらかが付き添いなしになるけれど、娘たちは責任感と自立の精神を多少なりとも味わえるはず、と自分を納得させた。そのころにはもう、セアラは姉妹ふたりだけで過ごせるくらい大きくなっていたので、母親が下校時間に少し遅れてもだいじょうぶだったのだ。あなたは期待に胸を膨らませて願書を請求し、微笑みながら受話器を置いた。抑えきれない高揚感が、声ににじんでいた。

数日後に書類が届くと、キッチンのテーブルで、書きこむべき空欄をじっと見つめた。〝現在の職業〟のところでちょっとひるんだが、いつもどおり果敢に突き進んだ。〝清掃員〟では箔がつかないだろうけど、隠してもしかたがない。いま清掃員をしている人間が、どうして受付係の仕事に適任だと思うのか、不思議に思われるかもしれません……あなたはそう書いて、この仕事の志望者として自分がすぐれていると考える理由を片端から挙げた。記憶力がよく、細かいことまで気づくとか、物覚えが早いとか。いまとは、なんとちがうことだろう。ともあれ、先方が返信をよこして、あなたは面接を受けたが、数年後、職を得てずいぶん経って何段階か昇進したのちに、当時の面接官のひとりが、ほかの管理者を説得してあなたを採用した理由を説明してくれた。子どもをふたり抱えたシングルマザーは、ほかの人たちよりも一生懸命働くはず、すぐには辞められない理由があるから、と。まさに、そのとおりだった。あなたは当時三九歳で、いわば命綱を投げてもらえたわけだ。その仕事がＮＨＳでの二〇年間におよぶ職歴の始まりで、あなたは熱心に働くあまり仕事中毒だと責められ、いざ卒中の診断をくだされたら仕事のストレスだと言われて、注いだ時間が非難の対象となった。それでも、人生ではじめて本物の自立を手に入れたのだから、けっして手放すまいとあなたは心に決めていた。

テーブルが細長い部屋にあって、わたしはその端に着席し、残りの席が埋まるのを待っている。胸を躍らせ、笑みを顔にしっかりと貼りつけて、久しぶりの感覚――社会のためになることをする、人々の意識を変えるという使命感――を味わいながら。アルツハイマー協会のウェブサイトで〝認知症フレンズ〟イニシアティブの存在を知り、認知症を抱えた生活がどういうものかを説明する動画を視聴して――視聴せずともよくわかっているが――わたしも〝フレンド〟になったのだが、最後には予想以上のものが待っていた。〝認知症フレンズの推進者《チャンピオン》〟と呼ばれるものになって、インターネット以外の場に声を広げる機会だ。その訓練のために、わたしはいまここにいる。友人や職場の同僚に自分の状況を伝えるときのことも考えて、この講習を受けることにしたのだ。ほかの受講者たちが無言で続々と部屋へ入ってきて、わたしたちは自己紹介を始める。

「わたしはリーズのセント・ジェームス病院で働いています。七月に認知症と診断されました。これからチームスタッフたちに説明して認知症がどういうものかを知ってもらうための簡単な方法を欲しています」とわたしは話す。「それに、認知症の人が説明をすれば、説得力が増すのではないかと思うのです」

テーブルのどの席からも沈黙が返され、全員の目がこちらに注がれている。この長い一秒間で、はっきりとわかった。この部屋でまさに認知症なのはわたしだけであること、ほかの人たちはこの病気に関する知識を広める方法を学びに来ていながら、よもやその当事者と並んで座るとは思っていなかったことが。次の人が話すまでの時間が、やけに長く感じられる。

「話してくださってありがとう、ウェンディ」進行役がようやく口を開く。「では、次のかた」

彼女はどんどん先へ進める。全員がそれぞれ、きょうここにいる理由を語り、そのあとで、世間に認知症を理解させるためのさまざまな手段や方策を進行役が紹介して、わたしたちは熱心に耳を傾ける。昼食休憩になると、ひとり、またひとりとわたしのもとへ来て、あなたがさきほど話した理由に心を強く動かされました、と言う。どうやら、わたしがここにいるだけで、この病気に対する社会通念を壊して、じつは年齢には関係のない病気であることを認識させられるようだ。

わたしたちは知識を広めるテクニックをいろいろ学ぶ。たとえば、楽しいビンゴゲーム。認知症にかかわるフレーズを司会者が読みあげて、参加者は欠けている単語をビンゴカードでそれぞれ見つけるというものだ。やがて、わたしは緊張でぴりぴりしてくる。そろそろ、認知症フレンズの講習会の一環として話をする番だ。内心ではおののきながら、部屋の前のほうに進む――昼食時間にあらかじめスピーチを書き起こし、忘れてはいけない重要な単語には下線を引いてある。深呼吸をして話しはじめ、みんなの注目を一身に浴びていると、しだいに自信が増してくる。きっと職場の人材育成で培ったものが役に立っているのだろう、まだ自分のどこかにそれらが残っているのだ。

「話を始める前に、おそらく、社会通念をもうひとつ壊したほうがいいでしょう。じつに多くの人が、〝認知症〟ということばを耳にすると終わりを思い浮かべます。おそらく、みなさんも何人かはそうでしょう。しかし、わたしがいまここにいるのは、認知症には終わりの前に始まりがあり、両者のあいだには生きるべき長い人生があることを示すためです。どうか、わたしたちを切り捨てないでください、病気のどのステージにいようと、わたしたちには与えられるものがたくさんあります。ただ与える方法がちがうだけなのです」

みんなが椅子の上でリラックスしはじめる。朝ここへ来たときよりも、多くのことを理解しているからだ。わたしは最後まで話しおえて、拍手喝采を浴びる。

講習会の終わりに、たくさんの人がわたしのもとにやって来る。

「いまは、認知症のことがそんなに不安ではなくなりました」ひとりが言う。

「認知症の人にどう話しかけるべきか、わかってきました」べつのひとりが言う。

そして、ほかのみんなと同じく、わたしは認知症フレンズの推進者として部屋を出る。いまだ、この病気と折りあいをつけている最中だが、それでも、アルツハイマーを抱えて生きるのはどういうことかを伝えるすべを学んだ。覚悟ができさえすれば、すぐにでもやれそうだ。

付箋の最後の一枚を手でくしゃくしゃに丸め、一番乗りの同僚がオフィスに着く気配がする前に、かろうじてデスクの下のゴミ箱に捨てる。わたしが出勤して、はや一時間。きょう一日の準備を整えるための付箋で、ゴミ箱はすでに一杯だ。

「おはよう」わたしは同僚に声をかけながら、デスクの下に頭を入れて付箋が一枚も見えないのを確かめる。自分が仕事を続けるために必要なものを、だれかに見られたくはない。姿勢を戻して、息を吸う。よし、六カ月間抱えてきたうしろめたい秘密は、ちゃんと足もとに押しこまれている。だが最近、二重生活を送っているという感覚がどんどん強まってきた。周囲の人々に見せている人物像、彼らになじみのある姿に似せた人物像のほかに、新しいわたしがいる。ミスを犯したことや、基本業務をこなすのに余分な時間がかかることを隠そうと固く決意している人物が。

オフィスのほかの人たちは新しい勤務当番表システムの基本操作を身につけているが、わたしには、整理や分類のために色分けされた四角形がいまだ謎のままだ。終業後に自宅で、あるいは始業前に静まりかえったオフィスでコピー機のうなりだけをおともにして、たくさんの時間を注いできたのに。どうしても、ぴんと来ない。ずっと謎のままだ。システムの稼働は数週間先に迫っているので、そう長くはこの状態を隠せないだろう。最も恐れているのは、同僚たちにじきに知られて、オフィスの賢者の座から〝落ちこぼれの役立たず〟へと転落することだ。日増しに思わぬミスが増え、挫折感に心を蝕まれる。たとえ新しいシステムについていけなくても、勤務当番表をそつなく組むための知識を認知症にすべて盗まれたわけではない。まだ、完全なお荷物ではない。とはいえ、秘密を抱えているわけで、ときおり罪悪感に苛まれる。

仕事は可能なかぎり長く続けたいが、病気を隠すことがどんどんむずかしくなっている。実を言うと、仕事そのものよりも隠すことに消耗させられるようになった。たとえば電話に出たとき、相手はだれなのかと、消えつつある記憶を呼び戻す手がかりをずっと探っている。話し声やら何やらさまざまな雑音があふれるオフィスでは、なかなか集中力を保てない。かつては数秒で終えた作業を何度もやりなおし、時間をむだにしている。電話がかかってきても応答しないことがあるのを、だれかに気づかれただろうか。複数の仕事を同時にこなせなくなった事実を知っているのは、わたしだけだろうか。とにかく、みんなに話すのが怖い、それが偽らざる気持ちだ。

にこやかな顔でいっぱいのオフィスを見回して、スタッフから尊敬ではなく哀れみの目で見られるのはいやだし、上司に自分の能力を疑問視されるのもいやだ、とあらためて思う。だけど、あとどのくらい、このうわべを保てるだろう。認知症に決断力を奪われておのずとみんなに知られる前に、自分の口から話さなくてはならない。わたしは自分を説得する。ほら、いま病院で働いているのだから、仕事を続けるための助言や支援を求めてもだいじょうぶなはずよ、そもそも、わたしたちは常日ごろ認知症の人が過ごしやすい場を提供しようと心がけているでしょう。

画面に視線を戻し、新規メールのウィンドウを開く。いちばん上に三人の上司の名前を記して、タイプしはじめる。どちらの側にも気まずい会話になるはずなので、まずはメールで診断結果を話すことにしたのだ。それなら、三人が事実を消化して彼らのあいだで議論したうえで、こちらと話ができる。わたしは飾らず、自分にまだ何ができるか、何がむずかしくなってきたかを事務的に書き出し、彼らがこの件をとりたてて問題視せずに解決策を考えてくれるとわかれば気が楽になることをきちんと説明する。そして送信ボタンを押す。隣接するオフィスでひそひそと交わされるおしゃべりに耳を澄ますが、当然ながら、だれひとり気づいていないようだ。わたしは数日後に三人の上司それぞれと面談する予定を入れて、椅子の背にもたれる。ついにこの件を打ち明けて助けを求めたのだと思うと、不安まじりの安堵感がこみあげる——どうか、このせいですべてが変わりはしませんように。そして仕事を切りあげて帰宅する。まんいち、思いがけず上司のひとりがただちに電話をかけてきたり、ドアから頭をのぞかせたりすることのないように。可能性は低いが、運任せにしないほうが賢明だ。

二日後、わたしは最初の面談のために、直属の上司の部屋をノックする。胸の鼓動が激しすぎて、シャツから透けて見えるのではないかと怖い。いや、自分がどんなにびくびくしているか、相手にはわからないはずだ。それどころか、部屋に入って腰をおろすと、目の前の上司のほうが落ち着かないようすに見える。

「実を言うとね、認知症のことはたいして知らないんだよ……」彼はそう切り出す。

わたしは自分のささやかな知識を伝えようとする。まず気づいた点、職場で自分が抱えている問題点を。

「どのくらい残されているのかね？」彼が尋ねる。

この瞬間、認知症ではなく質問の内容に、ことばを盗まれた。わたしはしばし口をつぐみ、彼の立場を考えよう、このせりふから棘を抜こうとする。彼が何を言おうとしているのか、はっきりとわかる――職場でわたしが役立たずになるまで、あとどのくらいか、だ。この手の質問が出ることは予期できたので、そうなりませんようにと願いつつも、心の準備はしておいた。

「産業保健部門に照会してはどうでしょう」わたしは穏やかに言い、会話の主導権を握る。どうやら、相手は葛藤しているようだ。「わたしはまだ仕事を辞めるわけにいきません。認知症と診断されはしましたが、だからといって、仕事の能力をいきなり失うわけではないのです。ただ、仕事を続けられるように少し見直しが必要なだけです。どうすれば円滑に運ぶか、彼らなら知っているでしょう」

わたしは一日おきの在宅勤務を提案する。そうすれば、必要な静寂を得られて集中できるから、と。彼は了承するが、わたしが部屋を出ていくときも、まだ納得していないようすだ。恐れていたあらゆることが、現実になった。哀れみも避けられそうにない。彼の目にそれを認めつつ、わたしはドアを閉める。

べつのドアをノックする。あれから一カ月、今回は産業保健医との面談だ。上司とのときほど、緊張してはいない。わたしのような事例はこの医師の仕事の範疇だ。きっと、わたしがまだ検討していなかったことがらを検討し、うんと勇気づけられて長く仕事を続けられるような提案をしてくれるはずだ。この四週間は一日おきに在宅勤務して、状況がやや改善された。いまもペースはのろいが、はるかに集中できるようになっている。スタッフたちは単純に、卒中後の回復に時間がもう少し必要なのだろうと思っているようだ。それなら、それでいい。診断結果を彼らに打ち明ける覚悟はまだできていない。せめて産業保健医と話して、仕事を続けるためにどんな支援が得られそうか知るまでは。

ドアを押し開いた瞬間、医師がぱっとふり返るが、わたしの視線は、彼女の笑みでも、お気の毒と言わんばかりにかしげた頭でもなく、背後のコンピューターに注がれる。見覚えのあるウェブページ、いまや自宅のパソコンのお気に入りに登録されているページ。そう、産業医はアルツハイマー協会のサイトを見ていたのだ。そのページの見出しに〝認知症の症状〟とある。彼女はうしろを見やって、わたしが何を見たのかを悟る。

「ああ……その……」ウィンドウをすばやく閉じ、念のためだろう、コンピューターの向きを少しそらす。「すばらしいウェブサイトを見つけて、たくさんの情報があったんですよ……」

「ええ」わたしは言う。「そのページはよく知っています」

「そう、もちろん、そうね」

ばつが悪そうな彼女の前に、書類のファイルを抱えて座りながら、わたしは沈鬱な気分を押しこめようとする。どうやら自分はすでに、いわゆる専門家たちのだれよりも多くの知識を身につけてしまったらしい……

彼女も上司と同じく、認知症でありながらちゃんと生活している人に助言したことは一度もないのだと話す。

「ちゃんと働こうなんて思わなくていいんですよ」と、ぎこちない笑みを浮かべて言う。

彼女が書類にぱらぱらと目を通しはじめ、わたしはデスクを挟んでそのようすを眺める。仕事を続けるための改善策は、ひとつもない。傷病退職とＮＨＳの年金に関するものだけだ。わたしはまだその段階ではない、と叫びたいが、そうはせずにぎゅっと口をつぐんで座りつづけ、ついに耐えきれなくなる。

「わたしはまだ、チームをうまく統率できています。ただ新しいことを把握するのがちょっと大変なだけで――」

「傷病退職は検討してみました？　必要な書類を揃えるお手伝いをしますよ」わたしに関する資料に目を通しながら、彼女が言う。

作成しておいたメモは、ファイルのなかで出番を失っている。どうやら、この部屋に入る前にも う、わたしに関する決断がくだされていたようだ。彼女が書類の記入欄を埋めるさま、ペンが軽快に跳ねてボックスに印をつけていくさまを、わたしはじっと見つめる。せめて視線をあげて、作業に参加させてくれればいいのに。たぶん、このほうが心の負担を軽減できると思っているのだろう。ひとりでどんどん進めて、わたしが決断をくださずにすむようにしたほうが。これまでも、ほかの人たちから、病気を理由に仕事を辞めてのんびり暮らしてはどうかと勧められたことがあるが、わたしはその考えを退けてきた。自分は病気ではない――いたって健康だ。ただ、ちょっと手助けや助言が必要なだけなのだ、と。だが、いま心に湧いてくるのは、怒りではなく、悲しみだ。

書類には医師の所見を書く欄があり、わたしがなすすべもなく見守る前で、彼女はその欄を埋めはじめる。〝NHSの職務を果たすには不適格であり……〟

　わたしの運命は決した。

　まだ家のローンが残っているので、勤務時間を減らすという選択肢はない。いずれ日々の支払いもできなくなるだろう。だから彼女が推奨するとおり、早期退職が最善の道なのだ。そうすれば、少なくとも、ローンを完済できる程度のまとまったお金を手に入れられる。わたしは歯を食いしばって、明るい面を見ようとした。だが、彼女が記入した書類の写しを胸にぎゅっと押しつけて診察室を出るとき、NHSに託していた希望があとかたもなく消えていった。この制度そのもの、上司、さらには産業保健医までも――みんな、わたしを見捨てた。助言を期待していたのに、わたしのほうがはるかに多くの助言ができそうだ。NHSで働いているわたしですら必要な支援を得られないのだから、認知症になったほかの人たちが、得られるわけがないだろう。自分はまだおおいに役に立っているし、あっさりとお払い箱になりたくはない。地道に努力してきてようやくいまの地位を得たのだから、すべてをあきらめる気になれるわけがない。なんだか風に向かって叫び、わめいている気がする。わたしは病気ではない。この声を聞いてほしい。怒りがふつふつと湧いてくるが、それより何より、悲しみと失意に襲われている。

　わたしは自分のデスクに戻って、上司や産業保健医との面談からずっと抱えている絶望感を払いのけようとする。オフィスには、チームの人たちが到着する音が広がりはじめている。おはようの声が耳を満たし、あの温もりが戻ってきて、深い信頼感が不確かな未来に取って代わる。

彼らに話さなくてはならないのは、わかっている。みんなショックを受けるだろうが、きっと助けてくれるはず。この数週間、わたしはどう切り出そうかと考えてばかりいる。メールだとなんだかよそよそしいし、会議で告白するのは生々しすぎる。彼らに話すには、もっとふさわしいやりかたがあるはずだ。このチームは個性豊かで、それぞれが独自のスキルを持っている。黙って着実に手を進め、多くを語らず、与えられた仕事をひたすらこなし、求められたとおりにする人たちもいれば、次々に質問してどんどん理解を深め、もっと役に立とうとする人たちもいる。どちらも貴重な戦力だし、これからもそうだ……これから数週間？　数カ月間？　だれがわかるだろう。

わたしはコンピューターの画面を見あげる。スリープ状態になり、鮮やかな色とりどりの文字が右から左へ流れている。〝認知症の知識をつけよう〟わたしはそれらをじっと目で追う。そして、もう一度。職場では啓発活動がしばしば行なわれ、特定領域の知識の習得に力を入れてほしいときに、上層部がＩＴ部門に要請してちょっとしたメッセージを画面に流す。今月は、偶然にも、それが認知症らしい。渡りに船だ。数週間前、認知症フレンズの講習で、ビンゴゲームをはじめ楽しい手法を学んだではないか。わたしはひとり微笑む。これこそ、わたしが取るべき手法だ。

一週間後、わたしは会議室で見つめ返す八つの顔を前にしている――チームメンバーの半数を、注意深く選んでおいたのだ。半分はオフィスに残って、きょうのべつの時間にこの講習を受けることになっている。彼らはなぜ自分たちがここにいるのか知らない。とはいえ、オフィスであれこれ推測がささやかれてはいた――大半は単純に、病院の方針に沿って認知症患者の扱いに関する知識を深めるのだろう、と考えていたようだが。この会議室はわたしが望んでいたよりも狭く、窓がすべて閉じてあって、正面からスタッフの顔を眺めていると、ふいに暑くて息が詰まりそうになる。定員が四人の部屋に、八人分の体が押しこまれているのだ。

「だれか、うしろの窓を開けてもらえませんか」彼らの小声のおしゃべりに負けないよう、わたしは声を張りあげて依頼する。そして、おもむろに始める。「この数日〝認知症の知識をつけよう〟の文字が画面に流れていることに、おそらく気づいたはずですが……」

いくつかの頭がこくんとうなずくが、ぎこちなく左右に動く頭もある。何人かはまったく気づかなかったのだ。それでも、かまわない。

「さて、本日は、認知症フレンズの講習を紹介しようと思います」

彼らの前のテーブルには、ビンゴのカードがある。それらには、異なる単語が書かれている。アルツハイマー病、進行性、健康的な生活、短期記憶、などなど。わたしは意識して楽しいゲームから始めて、キーワードが欠けた文章を次々に読みあげ、彼らが手持ちのカードで該当する単語のますに穴をあけていく。進めるうちに、場の雰囲気が明るくなり、だれかが列を完成させて〝ビンゴ〟と叫ぶと、わたしがチョコレートを手渡す。微笑みが浮かんで、笑い声さえも漏れる。そうあってほしいと願っていたとおりに。このゲームは、だれが最初に全部のますに穴をあけるかを見届けるまで続けられる。

「認知症は、自然の……ではない」とわたしは言い、文の空白を埋めさせる。

「ビンゴ！」彼らがいっせいに叫んで、全員で笑う。わたしは最後のチョコレートを手渡し、目の前のメモを取りあげる。手がごくかすかに震えている。意を決して、読みはじめる。

「認知症の人の記憶力は、わたしの背丈くらいの本棚にちょっと似ているかもしれません。組み立て式で大量生産の安い本棚。この本棚には、さまざまな記憶を収めた本がぎっしり詰まっています。最上段の棚——つま先立ちになってようやく手が届く棚——には、ごく最近の記憶、たとえばけさ朝食に何を食べたか、といった記憶があります。肩の高さには、たとえば五〇代くらいの記憶の本があり、いつでも好きなときに手を伸ばして棚から取り出せます——やすやすと、なんの苦労もなく。そして膝の高さには、二〇代の本。この調子で足もとまでさがっていき、つま先のちょっと上には、子ども時代の本があります。認知症の場合、この本棚がぐらついていて、いつも最上段の本がまっ先に落ちてはほかのものとごちゃ混ぜになり、ときにはごく最新のように思える記憶がじつは書棚の下のほう、人生の早い時期のものだったりします。だからこそ、幼児用ベッドの柵越しの風景ははっきりと頭に浮かぶのに、朝食に何を食べたのか思い出せない、なんてことがときどき起きるのでしょう」

わたしは口をつぐみ、メモから視線をあげる。全員の目がわたしに注がれ、スタッフたちが息をのんで、わたしが話を締めくくるのを待っている。

「脳内にはべつの場所、べつの書棚があります。さきほどのぺらぺらな書棚とは、離れたところに。この書棚は頑丈で、感情が収められています。認知症がこの書棚を揺すって、あたかも固い地表の下の二枚のプレート構造よろしく、新旧ふたつの自分をぶつかりあわせても、こちらの書棚はしなやかでしっかりしているので、中身は長い期間ぶじでいられます。たとえ、友人か家族がつい最近訪問してくれたことを——そのできごとを収めた本が書棚から抜け落ちるせいで——忘れてしまっても、彼らがそばにいるときに抱いた愛情、幸福感、心の慰めは残ります。何をやったか、何を話したか、さらには彼らが立ち寄ってくれたことすら忘れても、彼らに会えば安心感と幸福感を抱くのです。だから、たとえあなたが認知症の人に忘れられたように見えても、どうかその人たちを訪問するのをやめないでください……」

ここで口をつぐみ、ぐっと涙をこらえる。視線をあげて部屋を見回すと、八組の目が見つめ返している。

「いま、こういった話をしているのは、わたし自身が、アルツハイマー病と診断されたからなのです」また口をつぐんで、ことばが浸透する時間を与える。「だけど、きっと、みなさんが手を貸してくださると信じています」

このことばは、いわば戦闘準備の呼びかけのようなものだ。彼らはわたしがけっして病人として見られたくないのを、痛いほどよくわかっている。だが、部屋の正面から彼らを見つめ返しても、沈黙があるだけ。何人かは頭を垂れ、べつの何人かは例の気の毒そうな顔つきで、頭をそっと横に傾ける。彼らはどう反応していいのかわからないようだ。それもそのはず。わたしだって、わからない。

わたしは満面の笑みを浮かべる。「どうやら、ショックを与えたみたいでことばが出ないようですね」と言う。「まあ、こういうことは、はじめてでしょうから」

最初のグループには病気のことを話さないようにと頼み、それから二番めのグループが入室して、わたしは同じ講習を繰り返し、結びとして自分の診断結果を話す。またもや反応は複雑で、ほとんどが無言で部屋を出て行く。チームリーダーのひとりがあとまで部屋に残って、ハグをしてくれる。「すごく立派だったよ、ウェンディ」と彼が言う。「だいじょうぶか？」

わたしはうなずく。だが、自分のことを言われている気がしない。

デスクに戻り、スタッフ全員にメールを送って、もし何か質問したければ答える用意があることを伝え、帰宅の途につく。わたしがいないほうが、この報せを消化しやすいだろう。彼らだけでざっくばらんに話せて、のみこめるのだから。だが、わたしは彼らを信頼している。自分の管理能力よりも、はるかに。きっと、気持ちを立てなおしてくれるだろう。

期待は裏切られない。次の数日は、スタッフの創意工夫に勇気づけられる。たとえば、めいめい異なる色の付箋を割り当てて、デスクに置いたメモがだれからなのかひと目でわかるようにする、と言ってくれる。しかも念のために、それぞれ自分の色の付箋に名前を書いて、わたしのデスクの上のホワイトボードに貼っておく、と。あるいは、在宅勤務中に何度も電話を受け取ったら混乱しかねないと気づいて、スタッフ間で時間割を作成し、一日の決まった時間にしか質問でわたしを煩わせないことにした、ついては、いつならだいじょうぶか教えてほしいと言う。また、ささやかな気遣いだが、いつものようにわたしのオフィスに入ってくるとき、何か尋ねたいことがあってもすぐに答えを求めなくなった。代わりに、質問を残していく。「いつでも時間があるときでいいですから……」と言って、すぐに何か思いつかなくては、というプレッシャーを脳から取りのぞいてくれるのだ。やがて、みんなでわたしの認知症をネタにして笑うようにもなる。ジョークはいつも、災厄を軽く感じさせてくれるものだ。たとえば、わたしがある人に、頼んでおいた仕事を完了させたかと尋ねる。

「ええと、それを頼まれた覚えはないんですが」と、おどおどした答えが返ってくる。ほかの人たちがくすくす笑いはじめる。

「おやおや、ウェンディが頼むのを忘れたせいにしようって魂胆なのかな！」だれかが言い、わたしの気持ちは軽くなる。

「惜しい、あともう少しだったのに！」わたしは笑う。みんなも笑う。

光はここにある。けっして真っ暗闇ではない。ここで過ごす時間がかぎられているのは確かだが、彼らは少しでも長く留まれるようにしてくれる。

5

認知症仲間との出会い

郵便配達人がうちにやって来るのが見える。その足取りは、この一週間でどんどん重くなっている。郵便トラックの赤い袋から包みをうんしょと持ちあげて、うちのほうを見やる。彼がベルを押す前にもう、わたしは玄関に出ている。包みが差し出される。重い冊子が何冊も入った厚い包みだ。

「また、あなた宛です」彼がため息をつく。

数日前に最初の重い包みを手渡してくれたときの笑みはとうに消え失せ、腰痛に取って代わられたらしい。わたしがアルツハイマー協会のサイトで認知症関連のあらゆるテーマについて小冊子や本を無料提供するページを見つけてから、それらが連日のように届いている。サイトのチェックリストひとつひとつに目を通し、もっと知識を増やせそうな情報が——どんな情報でも——欲しくて、すべてのボックスにチェックしておいたのだ。配達人が去ると、包みをあけて冊子のタイトルに目を通していく。〝自宅で安全を確保する〟〝子どもたちに自分の病気のことを話す〟〝前もって計画する〟わたしはそれらをコーヒーテーブルに積み重ねる。いまは手元にあるだけでいい。もっと暗いときが訪れたら、心のよりどころになる。

数日前、わたしは〝今日のわたしは、だれ？（Which Me Am I Today?）〟というブログを始めた。あらたに発見した情報を適宜書きこめる場所だし、何より重要なことに、記憶装置の役割を果たしてくれる。なにしろ、毎夜、わたしの睡眠中に脳がファイルを削除している――前日のことが、翌日以降と同じくらい未知のものになりつつあるのだから。

わたしはいまもまだ、診断をくだした医師たちに見捨てられたと感じている。だから、埋めあわせとしてもっともっと学びたい、恐怖以外のものを身につけたいと考えて、インターネットのページからページへと次々にクリックして、可能なかぎりあらゆることを吸収している。ひとつだけ困った問題は、当然ながら、それらの新しい情報を保持しつづけることだ。わたしはコーヒーテーブルの冊子の山に目をやる。

診断をくだされてから、認知症に関するニュースの見出しにも同じ態度でのぞんできた。ひとつ、またひとつと、これらの新聞記事が示唆する奇跡の治療法がもうじき実現するのでは、と望みを抱いて読んだ。ビタミンEも摂りはじめた。この病気の進行速度を遅らせるかもしれないと言われていたからだ。食器棚に大量に買い置きして、ほかの薬とともに一日分のピルケースに一錠ずつ入れていた。だが、あるとき在庫が切れそうになったのを機に、タブロイド紙から研究論文に切り替えてインターネットでもう少し文献証拠を探ったところ、なんらかの実効性があると証明する研究結果はほとんどないことがわかった。そこで、最後の空き瓶をゴミ箱に投げ入れて、補充はしなかった。

おおかたの新聞は、健康的な生活がアルツハイマー病の予防に役立つと言っているが、わたしは衣装戸棚の奥に突っこんだ古いランニングシューズを思い浮かべ、読んだ内容のすべてを信じてはだめだと自分を戒める。いまでは、どの見出しも以前のような希望ではなく、うずくような失望をもたらす。だが、それでも治療法があればと願う。切実に。希望を抱くのは悪いことではないが、期待するのは——失望をあらかじめ用意しているようなものだ。きょうのことだけを考えて、未来については頭に留める程度のほうがいいのではないか？　だが、ふと娘たちのことが頭に浮かぶ。もし、あの子たちもこの病気と診断されるようなことがあったら？

わたしにできることが、もっとあるはずだ。視線がべつの小冊子の山に落ちる。〝献脳ドナーの登録者が亡くなったときにどうするべきか〟わたしは椅子の上でたじろぐ。これは、自分が意図するものとはちがう。わたしはいま、何かをしたい。この病気が脳内で進行するのを、ただ手をこまねいて待ちたくはない。膝の上にノートパソコンを載せて、アルツハイマー協会の詳細な情報を検索しはじめたとき、〝関わろう〟ということばを目にする。そこでメールを書いて、だれなのかは知らないがそれを読む相手に、できるかぎり関わりたいのだと訴える。まだ機会があるうちに。タイプしながら、ずっと抱いていた切迫感が根をおろすのを感じる。

数日後、わたしは一通のメールを開く。アルツハイマー協会からで、〝認知症研究に参加しよう〟という全国的なデータベースを作成していることが説明され、ヨークシャーでの意識啓発を手伝ってくれないかと打診するものだった。認知症の研究はがんや心臓病にはるかに後れをとっていることをわたしも知っていたし、もっと多くのことを発見するには、研究のボランティアを——患者本人だけでなく、その家族、介護者、さらには、とにかく何か手を貸したい人たちにも——呼びかけて募らなくてはならない。ジェンマとセアラのことがまた頭に浮かび、ふたりが生きているあいだに治療法が見つかってほしいという思いから、わたしはなんでも喜んでやりますと返信する。

翌週、メディアトレーニングを受けるために、わたしはロンドン行きの列車に乗る。トレーニングの目的は、印刷物であれ、テレビやラジオであれ、ジャーナリストのインタビューでどんな質問が出るかを知り、答えかたを身につけることだ。窓の外の世界がびゅんびゅん過ぎて、自宅と自分のあいだの距離が増していく。ありがたい。わたしは外の世界で行動を起こす機会、自分の脳ばかりか他人の脳にもこの病気が広がるのをただ指をくわえて見るのではなく、何かの役に立つ機会を得られた。事故で手足を失ったり、心臓発作に襲われたりした人たちは痛ましいが、彼らを助けるための研究でさまざまなテクノロジーが進歩してきた。だけど、認知症についてはどうだろう？ 才気あふれる頭脳が、わたしたちにも必要だ。記憶、言語、認知に問題を抱える人間を助けるツールが開発されて、わたしたちがよりよい生活を送るために。アルツハイマーとと<u>も</u>に生きることが可能になるために。この大義に役立つなら、なんであろうと依頼されれば、わたしはイエスと答えるつもりだ。

というわけで、数週間後、わたしはまたロンドンに向かう列車に乗っている。セント・キャサリン・ドックにある目的地への行きかたを示した紙の地図と、地下鉄駅からの徒歩での案内図をリュックサックに入れて。いつもそうだが、早めに到着して、テムズ川沿いのベンチにひとり静かに腰をおろす。人や車がどんどん通りすぎ、カモメがタグボートに追いつこうと羽ばたいているが、わたしはこの瞬間の静けさに安らぎを感じる。心を静めて、ただ周囲の世界を眺める機会。わたしたちの多くは、空き時間があればポケットからスマートフォンを取り出して暇をつぶし、観察能力を日々衰えさせている。アルツハイマー病のおかげで、ちょっとした時間の隙間に心の平穏が見つかることに気づくとは、なんと奇妙な話だろう。もちろん、いまこの瞬間も、病気で役立たずになる前に、あらゆる時間を最大限に活用したいと焦りを抱いてはいる。だが、周囲の世界の音をたとえわずか数分でも遮断すれば、前途について千々に乱れる思考を静められるのだ。

きょうはアルツハイマー協会の本部に赴き、リサーチ・ネットワークの活動参加について詳しい説明を聞くことになっている。通常は、六カ月間このネットワークのメンバーになっていないと活動に参加することはできないが、数週間前にネットワークのリサーチ・マネージャーに手紙を書き、そんなに長くは待てないと告げた。六カ月も待ったら、お役に立てる能力を失ってしまうかもしれない、と。例の切迫感、自分の品質保持期間はどのくらいあるのか、いつ賞味期限が切れてしまうのかと焦る気持ちに、またもや襲われていた。それに、職場生活はじきに終わるはずだが、たぶん、こうしたボランティア活動が空白を埋めてくれるだろう。幸いにも、リサーチ・ネットワークの人たちは六カ月ルールの例外を認めてくれた。

リサーチ・ネットワークは、この病気の新しい研究や治験を行なっている研究者と〝モニター〟たちのマッチングをする。結果がフィードバックされるので、モニターは基金が適切に利用、配分されているかを評価できる。もっと重要なのは、研究者から定期的に治験の状況を聞く機会が得られることだ。研究者というのはときに孤独な仕事だろうし、彼らの声を聞く機会が持てるかと思うとわくわくした。モニターになるのは願ったりかなったりで、自分の病気の脳がまだ役に立つと感じられるうえに、新しい領域の研究についてまっさきに聞ける。

本部に着いて部屋に通されたが、騒々しいおしゃべりに、一瞬、気が動転して不安を覚える。しばらく周囲を観察し、状況をちゃんと把握して人々の声や会話を聞き分けられるようになるために、お茶のカップを手にして部屋の隅に腰をおろす。じきに、みんなが挨拶をしにやってくるが、当然ながら、わたしが認知症だとはだれも知らない――彼らには、それこそ研究者か介護者に見えてもおかしくはない――ので、つかのま、この病気であるのがぱっと見ではわからなくてよかったと思う。会議が始まると、全員が着席し、テーブルの端からぐるりと自己紹介をする。

「わたしは認知症を抱えて生きていて、きょうここに来たのは、研究についてもっと知りたいからです」そう告げると、人々の目がほんの一瞬長くわたしの視線をとらえ、次の人物が話すまでに間があく。おやおや、という目。おそらく彼らも、先ほどのわたしと同じく、アルツハイマー病が目に見えないことを失念していたのだろう。

みんなが順々に話していく。ある男性は母親の介護をしていると自己紹介し、その母親は「本物の認知症」なのだと言いながら、わたしの視線をとらえる。なんだか、わたしの事例は本物ではないと言いたげだ。

「まあ、認知症にも、始まりの時点が必ずありますものね」わたしは彼に言う。「始まりがあって、中間と終わりがある、そしてわたしの場合は始まりの段階なんです」

驚きの表情で、彼がこちらを見返す。いままでそんなふうに考えたことがないのだろう。おかしな話だ。だが、認知症と診断された人のうち若年性アルツハイマーはわずか五パーセントにすぎないことを、わたしは思い出す。彼もまさか同じテーブルにその人間が座っているとは思わなかったのだろう。当のわたしがかつてアルツハイマーの人にどんな先入観を抱いていたかを考え、ふいに、彼の反応も当然しごくだと納得する。


あの最後のたばこを覚えている？　いまやめるか、永久にやめられないかだと、ようやく気づいた瞬間を？　ひょっとして、あなたにはわたしが覚えていることのほうが驚きかもしれない。脳が何を選ぶか、どんな記憶をしっかりと保つか、なんともおかしなものね。あの最後の青い煙が渦を巻いて顔から立ちのぼるさまを、いまもありありと思い浮かべられるのに、きのうだれが訪問してくれたのか言えないだなんて。でも、あなたはきっと覚えているはず。セロハンをはがして、蓋を上へ押し開き、銀紙を破って、まっ白なたばこを一本取り出す。できた隙間にほかのたばこが倒れこむ。

あなたは大学時代にたばこを吸いはじめた。奇妙な話だけど、ほかのだれかを説得してやめさせるためだった。ところが、中毒になりやすい人格が、一年、また一年とあなたにまとわりついた。なんとかその人格と離れはじめ、一緒に過ごす機会が減っていき、最終的にきっぱりと縁を切ったのは、あの小さな存在がきっかけだった。家に赤ちゃんがいるのにたばこを吸うことへの罪悪感、ふだんから胸が苦しくて幼児を追いかけまわしたあと息切れがなかなかおさまらなくなったこと。次の赤ちゃんについてはまだ考えが芽生えはじめたばかりだったけど、もうひとり小さな存在が自分の世界に入って来る前にこの悪癖を蹴り飛ばす強さが、あなたにはあった。以前もさよならを言おうとして、別れの痛みをやわらげるためにゆっくり離れてみたことがあるが、この最後の試みではちがっていた。以前よりもあっさりと別れられた。最後の一本に火をつけ、一服して端が赤々と燃えるのを目にし、深く吸いこんでから大きな煙の柱を宙に解き放った。そして、おしまい。ジ・エンド。その一本の火をもみ消し、残りの一九本と一緒に捨てた。

それらがゴミ箱の底に届いたあとも、長々と匂いがまとわりつき、喉の奥にはあの苦い味が残っていた。人を惑わすあの魔力から覚めるまでは、けっして気づかなかった味だ。何日かすると食べ物がおいしく感じられ、何週間かすると胸の苦しさが消えた。あなたはトレーニングシューズとジム用品一式を購入し、運動があらたな中毒の対象となって、ニコチンを欲しがる気持ちの代わりに前向きな思考が芽生えた。数年後、今度はランニングに熱中して、一〇キロレースを完走する喜びを味わい、沿道で声援をくれるにこやかな顔が、かつて肺を満たしていた煙よりも好ましい仲間になった。なのに、おかしな話だけれど、あの最後のたばこのことはけっして忘れなかった。まるで中毒みたいに、その記憶がわたしの頭に固くしがみついている。いまは、もっと覚えていたい〝最後〟がたくさんあるのに。できることなら、削除されるファイルを選べるようになって、あの最後のたばこをほかの何かと取り替えたい。最後のランニング、最後に焼いたケーキ、シルバーのスイフトのハンドルを最後に握ったドライブ。だけど、当時はそれが最後になるとは知らなかった。認知症はなんの警告もくれなかった。最後のたばことは、ぜんぜんちがう。あれは健康的な生活への切り替え、ずっと病気せずに元気に過ごして隠居生活を迎えるための切り替えだった。そもそも、あの決断は自分でくだしたものだ。ほかのだれかに決められたわけではない。

日曜日の午後、わたしは自宅のテレビの前でアイロンをかけている。ちょうどアガサ・クリスティの殺人ミステリーが始まるところで、古い白黒のそのドラマは、タイトルを思い出せなくても好きなドラマだと直感でわかる。洋服の山からブラウスを一枚手にとり、片目をアイロンに、もう片ほうの目をテレビに向ける——いつもそうしてきたとおりに。場面に、あらたな登場人物が現れる。いや、少なくとも自分にはあらたな人物だと思える人物が。この人たち、さっきの場面にいたかしら。結論を出すころには、彼らはいなくなっている。わたしはアイロンを置き、目を細めてテレビをじっと見る。めがねの上で、両眉が寄る。このあらたな人物はだれ？　前に見たかしら。なんだか、おかしい。

胸に不安が湧きあがり、アイロンのスチームの熱で膨張していく。ふいに、たくさんの日曜日が甦る。アイロンの山に忙殺されながらもテレビの前でいち早く〝だれがやったのか〟を解いた日曜日。セアラやジェンマよりも先に答えを出して「どうしてわかったの？」とふたりに言われた週末。だが、いま、この日曜日はちがう。話を追えない。登場人物が多すぎて、筋の進みが速すぎて、何もかもややこしすぎる。リモコンでテレビのスイッチを切り、立ちあがって黒い画面を見つめると、自分のぼんやりした輪郭がこちらを見つめ返している。いつもリラックスさせてくれていたこの営みが、急に魅力を失った。いまでは、しじゅうこんな感じだ。テレビ番組や映画の筋を追うことができず、途中に散りばめられた小さな手がかりもいっさい覚えられない。何かを観ていると、ふいに、頭のなかでさまざまな問いが聞こえてくる。この人たちはだれ？　どこから来たの？　前にもいた？　疑問が次から次へと矢継ぎ早に浮かぶ、なのに、だれにも訊けない。そして、いつものもどかしげなため息が自分から漏れる。

奇妙な話だが、前に何十回と観た映画なら観られる。集中力をさほど必要とせず、歌が物語をぶつぶつと切りながらも明るい雰囲気を作り、登場人物が古くからの友だちのように、出てくる場所が自分の足で歩いたかのようにわかる、そんな映画。もちろん、何が起きたか覚えていられるわけではない――いつも最後には驚かされる――が、全体を通してある種の親しみが感じられ、詳細は思い出せなくともなんとなくこんな終わりだと察しがつく。そんな映画を観ているとストレスが少ないし、何度観ても、なんだかはじめてのような気がする。これは認知症の恩恵と言えるかもしれない。

この病気にもよい面はいくつかある。たとえば、終わってほしくないテレビシリーズがある場合とか。わたしにとって、それは『ブリティッシュ・ベイクオフ』だ。この番組の現実逃避感を楽しめない人がいるだろうか。完璧な揚げ物の衣やふわふわのスポンジをこしらえるために正確な計量に命を賭ける世界、生焼けの生地が最悪の罪である世界。わたしには、いまやこのシリーズはけっして終わらない。最終回でいつも勝者に驚かされ、それからまたシリーズ初回に戻って、ヨークシャーティーのカップを手にテレビの前に座り、競技者がどういう人たちなのかを一から知る。

かつては、小説の山がつねにベッド脇のテーブルを彩り、夜、眠りに落ちる前に聞く最後の音は三〇〇ページの本がカーペットに落ちるやわらかな衝撃音だった。だが、この数カ月は同じ本がずっとベッド脇に置かれ、まるきり同じページに折り目がつけられて、動かないストーリーラインで登場人物が立ち往生している。しばらく前に、同じ数ページを繰り返し読んでいること、筋がちゃんと頭に残らないことに気づいて、ついには匙を投げてしまったのだ。読書をあきらめるのはつらかった。本の世界に入りこむのが大好きだったから。でも、きっと何か代案があるはずだ、この楽しみを完全に手放さなくてもすむはずだ。白黒はっきりつけなくとも、妥協点が見出せるのではないか、と思えた。そしてはっとひらめき、長編から短編小説に切り替えてみた。以前はさほど食指が動かなかったが、短編ならなんとかなりそうだ。登場人物はほんの数ページの命なので頭にちゃんと残り、彼らの過去のできごとを覚えていられるかという不安が胸から消えた。読書をまた楽しめるようになった。代案を考えついたおかげだ。

代わりの行動や考えかた、わたしの脳を乗っ取ったこの病気をかわす方法が見つかると、包囲網が狭まっている感じが薄れて、新しい機会が開かれているように思えてくる。認知症を抱えながら生きる道はある、完全な終わりはほど遠く、終わりの始まりで、ただの読点にすぎないのだ、と。わたしは長編小説から短編小説に切り替えて、筋そのものよりもページの一節に喜びを見出せている。詩や、幼い娘たちに読んで聞かせた本の楽しさも再発見した。いろいろ失ったが、得たものもある。そして、ふとした瞬間に、進行性の病はきわめて特殊な形で精神を集中させるのだと、わたしは気づく。こうした考えが、このごろはよく頭に浮かぶ。

〈認知症研究に参加しよう〉のウェブサイトで、〝研究〟のタブをまたクリックする。今回は、わたしが参加する予定の臨床試験のタブだ。応募するにあたって、副作用のことは考えなかった——アルツハイマー病そのものより悪いことがあるだろうか。というわけで、いま、やけに愛想のいい女性ふたりがわが家の居間にいて、セアラがキッチンで全員分のお茶を淹れている。彼女たちが娘にここにいてほしいと頼み、そのときには理由がよくわからなかったが、いざあの子が腰をおろして、カップの湯気がわたしたちの会話にゆらゆらと出入りしはじめると、理由がわかってきた。彼女たちはここに、臨床試験——アルツハイマー病患者へのミノサイクリン投与——について詳しく説明するためにいる。

「この試験は、最初期のアルツハイマー病患者において、偽薬《プラシーボ》よりもミノサイクリンのほうが病気の進行によい影響を及ぼすかどうかを二年間かけて評価するものです」女性のひとりがセアラに説明する。娘はうなずくが、わたしにちらりと視線をよこす。「研究者たちは、認知力と機能が衰える速度をこの薬がゆるやかにするかどうかを測定します」

セアラが落ち着かないようすでわたしのほうを見やるが、女性は淡々と、ミノサイクリンは本来ニキビの治療に使われるものだが、血液脳関門を通過できることから、その抗炎症作用がアルツハイマー病に有効である可能性が研究で示されたのだと説明する。

「そして、こちらがその書類です」ふたりめの女性が言い、膝に載せた紙の束をがさがさとめくる。

作成すべき書類にはすべて〝介護者の代理として〟とあり、セアラがここにいる理由をあらためて思い知らされる。わたしは椅子の上でちょっと背伸びをし、注意をこちらに向けさせようとする。彼女たちはおそらく、試験に参加する決断をくだす能力がわたしにあるのか、心もとないのだろう。今回の事例もそうだが、医療の専門家は目の前にいる人物にちゃんと目を向けずに〝一患者〟として片づけ、診断をくだしたらそれではい終わりだ。だが、わたしはどうしても自分の意見を聞いてもらいたい。だから質問をする。たくさんの質問を。調子のよい日にはいまもじつによく働くこの脳が、この試験に参加することにした理由を女性たちにわからせようとする。この病気をもっと理解して、対応力を得たいのだ、と。話せば話すほど自主性を取りもどせて、セアラは介護者としてではなく娘としてここにいるのだし、自分はひとりで暮らしているのだと告げると、彼女たちはいかにもばつの悪そうな顔をし、謝罪する。以降は、わたしを見ながら質問に答えてくれる。たちまち彼女たちへの好感度がぐんとあがった。ふたりの説明では、今回の二年間の試験には、三つの選択肢があるという。四〇〇ミリグラムの投与、二〇〇ミリグラムの投与、そしてプラシーボ。

「プラシーボはお断りしたいですね」わたしはジョークを飛ばす。ことこれに関しては選択の余地がないのを承知のうえだ。参加した理由は、自分が薬を摂取することではない。今回の試験でこの薬に効果があると証明されればそれでいい。わたしは書類に署名し、彼女たちは二度とセアラを介護者扱いしないと約束して立ち去る。

三週間後、その試験薬が、リサーチ・アドミニストレーター〔訳注：研究の管理面に携わる専門職〕のライザとともに到着し、最初の三カ月分がキッチンのテーブルに置かれる。どういうわけかパッケージがやけに大きく、おかげでいっそう小さく見える手で、わたしはそれを持ちあげてひっくり返し、各側面に書かれた文字をじっくりと読む。その後数週間は、毎日これを摂取するたびに、はたして頭がはっきりしてきただろうか、記憶が鮮明になってきただろうか、と気になってしかたがない。プラシーボだったかどうかが判明するのは二年後だが、この薬のおかげで、べつの小さな種子がわたしのお腹に植えつけられ、芽を出しはじめた。研究への知的好奇心と、この病気についてもっと知りたいという願望だ。ひいては、それがあらたな感情を芽生えさせる。目的意識、希望、また役に立てる存在になった喜び、認知症にはぎ取られたものをいくらか取りもどしたことへの達成感を。

バスは軽快に走り、側道や車や人が窓の外をびゅんびゅん過ぎ去っていく。なのに耳には、どくんどくんと打ちつける心臓の音しか聞こえない。わたしはもう一度尋ねてみる。

「ここで停まることはできませんか」

「だめだね。次の停留所は三キロ先だから」

また、やらかした。不安が心の奥から湧きあがる。

アルツハイマー病の恩恵とも言うべき無料乗車パスを手に入れてから、バスの利用頻度がどんどん増しているが、ときどき、車体の前に表示された番号がこんがらがる。乗りたいのは番号が1のバスだと考えていたのに、気づいたら、目的地とは反対の方向に進んでいるのだ。そして降車し、首を振って、なぜこんなにまちがえるのだろうと情けなくなる。べつのバスが同じ停留所に停車するとはかぎらない。だから、きょうみたいにバスをまちがえたことに気づくと、すぐにブザーを押すことにしている。

「だけど、降りなきゃいけないんです」わたしは運転手に訴える。声ににじむパニックはごまかしようがなく、頭はすでに、なんとか状況を把握しよう、ちゃんとした速さで頭を回転させようともがいている。このバスはどこへ向かっている？　三キロって、どのくらい遠い？　降りる停留所はどこ？　どうやって引き返せばいい？　バスの通路に立ちつくして停車してくれと懇願しても、運転手はどこ吹く風だ。道のでこぼこが体に響き、ふらついて、足をぐっと踏ん張る。そのとき、ひとりの若者がわたしの視線を捕らえようとしているのに気づく。にこやかな笑み。彼が立ちあがって、こちらへ歩いてくる。

「だいじょうぶですか？」

「だといいんですけど」わたしは言う。「停留所を見逃しちゃって。どうやって引き返すのかわからないんです。わたしはアルツハイマー病で、ときどきバスの番号がこんがらがってしまうの」

「心配しないで」彼が言う。「どこで帰りのバスに乗ればいいか、ぼくが教えますから」

安心感をもたらす、穏やかな声。彼を信用しよう。わたしは席に座り、胸の塊が少しほぐれる。だが、頭はまだぐるぐる回って、いまも突きとめようとしている。自分はどこにいる？　どうやって引き返す？　ようやくバスが停留所に止まって、運転手が運転台から声をかける。「次は、もっと気をつけなよ！」

自分が間抜けに感じられて、戸惑い――そして悲しくなる。ヨーク市は認知症にやさしい都市をめざしているし、バスの運転手もたいていはすごく親切だ。ひょっとして、この人は認知症講習が実施された日に非番だったのかもしれない……。さきほどの若者が、家に戻るバスの停留所まで案内してくれる。わたしはお礼を言う。

「次はまともにバスに乗れるといいんだけど」

「次はまともな運転手に当たるといいですね」彼はそう答え、手を振りながら立ち去る。


わたしはどきどきしながら大教室に足を踏み入れる——とても広く感じられるし、天井も高い。窓はなく、薄暗い照明だけだ。四方の壁に跳ね返る何十もの声と、はじめて見る顔、顔、顔。ぼんやりした記憶だが、昔のわたしなら、自信たっぷりに入っていったことだろう。セアラが横にいる。この娘の看護学の先生もここに来て、わたしたちふたりを支援してくれる。きょうは、認知症協議会にはじめて出席するのだ。ヨーク市のウィメン・オブ・ザ・ワールド（ＷＯＷ）・フェスティバルの一環で、認知症のほかの女性たちと顔を合わせるはじめての会合でもある。わたしは部屋を見回す。ここにいる八〇人ほどのうち、認知症の人はわずか六人だけ。だれがそうなのかを突きとめようとして、みんなの顔を、服装をまじまじと観察するが、やがてばかばかしいことに気づく。当のわたしが、認知症を抱えているように見えるだろうか？　いや、ほかのだれであっても？　病気というものは、ひたいに押される烙印ではない。目に見えない足枷なのだ。

主催者のひとりが近づいてきて、自己紹介する。たちまち緊張がやわらぎ、わたしは彼女にうながされて正面の席に向かう。できれば列の端に座りたい、そうしないと逃げ場を失った感じがするから、とセアラに頼む。不慣れな場所にいること以外に、これからみんなに話をするのだと思うと胃がぎゅっと締めつけられる。ずらりと並んだ見知らぬ顔を見回し、部屋のとんでもない広さを実感して、はたして自分は認知症を抱えた生活について伝える覚悟ができているのか、逆にどの程度の話を期待されているのだろうかと考える。これまでずっと、話すより聞くほうが得意だった。わたしが黙って耳を傾けてひとことも他言しないので、生涯をかけて得られた数人の親友たちからよく悩みごとを長々と聞かされたが、こちらの悩みを聞かせることはめったになかった。なのに、こんな大勢を相手に自分のことを話すだなんて、考えるだけで怖じ気づく。

照明が落ち、幅広い分野の専門家たちがステージの正面に陣取る。最初の議論はほぼ頭を素通りし、わたしはやむなく周囲に目を向けて、椅子にゆったりと体をあずける。ここにいるだけでいい——話についていこうとする必要はない。だが、次の講演者の名前が告げられた瞬間、はっとして神経を集中させる。アグネス・ヒューストン、二〇〇六年に若年性認知症と診断された人だ。彼女が自分の体験をよどみなく話しはじめると、わたしはぴんと背筋を伸ばす。一〇年前に診断をくだされたのに、いまなお落ち着いてはっきりと話しているのを見て、希望で胸が膨らんでいく。そして彼女がステージを去るときには、部屋のだれよりも大きく激しく手を叩いている。なんと励まされたことか。おかげで集中力が増してきた。次の人が立ちあがり、スーパーマーケットのセルフサービスレジを廃止するよう提案しはじめる。だけど、わたしは好きだ。自分なりのペースでゆっくり支払えて、急かされている感じがしないから。声を大にして、そう叫びたい。しかし、ここでそんなことをしたら無作法だろうか？　わたしはためらい、内なる自分に負けて、タイミングを逸する。気おくれして、声をあげられなかった。わたしはため息をつき、肩を落とす。アグネスなら、言いたいことを言わずにすませはしなかっただろう。

一時間ほどのちに、わたしたち認知症当事者六人が、座談会のためにひとつの部屋に通される。さきほどよりも居心地がよく、窓があって、大学の庭と青々としたみごとな芝生が見渡せる。わたしたちは自己紹介しあう。さまざまな職業の女性たち。医師、大学の先生、わたしと似たような境遇の女性。それぞれ経歴が異なるし、診断をくだされた時期はわたしがいちばん遅い。一〇年、さらには一五年前に診断された人もいて、それでもここに、わたしと同じテーブルを囲んで座り、自分の生活ぶりや何が大変かについて雄弁に語っている。わたしたちは笑い声をあげさえする。とくに、共通の苦労が話題になって、くどくど説明しなくても短い描写でそれがどういうことかわかるときに。もし何か頭に浮かんだら、その場ですぐに話しましょう、さもないと消えてしまう恐れがあるから、と互いに言いあって――それがどういうことか、いやというほど知っているので――またもや、笑い声が響く。みんなで話をすればするほど、希望が胸のなかで膨らむ。いまから一〇年、一五年経っても、まだ彼女たちみたいな状態でいられるかもしれないのだ。もっと話をしたい、もっとうなずきを返されたい、ほかの人も自分と同じように感じているのだと実感したい……

やがて、わたしたちは支援体制における政府の役割について話しはじめ、ある女性がひときわ声をあげて、マーガレット・サッチャーはもう少し助けてくれてもいいのにと言う。二、三人がちらりと視線を交わす――現在の首相はデイヴィッド・キャメロンで、就任してすでに五年経つ――が、だれも訂正はしない。そんなことをして、なんになる？　みんな、彼女の言いたいことはわかっている。わたしたちはそのまま会話を続けて、すっかりくつろぎ、出会ったばかりの女性の集まりというよりは家族のようだ。愛する人を失ったり見捨てられたりした話、自分たちを理解してくれない人々の話も出るが、たいていは笑いあう。この部屋では、認知症が勝つ気配はない――勝者はわたしたちだ。みんなでランチに出かけるとき、わたしはこの数カ月にはなかったほど勇気を感じている。

べつの部屋で、べつの議論が始まる。ＷＯＷの午後の会合は、同じテーブルに認知症の人がわたしたちふたりだけ。残りは健康管理のプロ、つまり大学の講師や、研究者、介護の専門家たちだ。だが、わたしはさっきのような自信を感じられない。隣にいるセアラは現在、看護師バンクの一員としてさまざまなケアホームで交代勤務し、各施設のよい点や悪い点を心に留めている。家族内ではよく、わたしが必要になったときに備えて全施設を調べているのだと冗談を交わすが、このテーブルを囲んで座っていると、それがひどく現実味を帯びてくる。セアラはいま、自分が見聞きしたことをみんなに話していて、耳を傾けながらわたしは誇らしく思う。たぶん、認知症の母親という存在があるからだろう、じつに真摯に取り組んでいるようだ。だが、誇らしさと同時に胃には固い塊があって、ケアホームの介護がお粗末なこと、選択の余地がないこと、ときには虐待も行なわれていることが語られるたびに、その塊が大きくなる。まさか、これがわたしの未来なのだろうか？ひどく恐ろしくて、自分がいかにも弱く無力な感じがする。どす黒い感情に気圧され、ひたすら耳を傾けるほかない。午前中に認知症の女性六人で議論したときと、なんとちがうことか。病気を抱えてはいても、わたしたちは力強く、勇気満々だった。なのに、ここではふたりとも押し黙って、テーブルを囲む会話はベルト・コンベアにでも載せられたかのように、希望もなすすべもなく、わたしたちの命の終焉へと向かい、何か問題を起こす前にやめさせておくべきだと社会がみなす事項がひとつ、またひとつと挙げられていく。ところが、ふいに、もうひとりの認知症の女性が口を開いた。

「じつは、すでにディグニタス［訳注：尊厳死を幇助するスイスの団体］に予約を入れてあるんです。自分で自分のことができなくなったとき、ちゃんと世話をしてくれそうにないケアホームの手に委ねたくはありません、だからそのときが来たら、このスイスの安楽死クリニックに行って、自分の人生を終わらせるつもりです」

部屋の残りの人たちは黙りこむ。わたしは思わずうなずいて同意を示すが、ふとセアラのようすを横目でうかがうと、頭を垂れている。うなずいたのを見られたかと思うと、罪悪感で心がちくちく痛んだが、きょう一日でこのことばに最も勇気づけられたのはまぎれもない事実だ。進行性の病気では、自分で自分のことを決められなくなるのが何よりもつらい。もし、わたしが認知症とともに生きる道を見つけられないなら、この病気とともに死ぬ道を探してもいいではないか。とはいえ、まさかきょう、頭のなかでこの自問自答をするはめになるとは思わなかった。午前中、わたしたち六人が交わした会話は自分たちに何ができるかに焦点が置かれていたのに、午後には、決定権が奪われてしまったかのようだ——ディグニタスに行くつもりだと主張したこの女性のように、それを取りもどさないかぎりは。彼女がすでに決断をくだしているのはすばらしい。そう思いながらも、わたしはひどく気落ちして挫折感と疎外感を覚え、未来に絶望してよろよろと部屋を出ていく。

その後何日間も、この安楽死に関する自問自答が繰り返し頭に戻ってくる。いままでは一度も真剣に検討したことがなかったのに、あのとき、女性のことばにたちまち賛同してしまった。両親をそれぞれがんで亡くしたとき、苦しむ姿を目にして、当然のように、できることなら苦痛を終わらせてやりたいと願ったものだ。だが、こと自分に関しては、なぜかその可能性を考えてみなかった。あの女性の信念、スイスで自分の命を終わらせようという決意には憧れる。だが、わたしにはできない。娘たちに一緒に行ってくれとはけっして頼めない。帰りはあの子たちふたりだけになると考えただけで、胸が張り裂けそうだ。安楽死が違法であることがひどくもどかしい。自分の手からまたも決定権が奪われてしまった――今回は、この国の法律によって。こんなふうに、自主性も決定権もないように感じるとき、心のなかにパニックが募る。〝もし、こうなったら〟や〝このときはどうするか〟といった問いがどんどん湧きあがって、口からことばとして押し出されそうなとき。涙が目の裏をちくちく刺激するとき。恐怖を感じるとき。一線を越えて見知らぬ人になってしまったら、わたしの身に何が起きるのだろう。おめでたいことに、何もわからずにいるのか？　わたしにとっていちばん大切なふたつの顔――セアラとジェンマの顔――をよぎる痛みさえも、わからなくなる？　安楽死はこんな状態からわたしたち三人を救ってくれるだろうに。

6

調子がよくない日には

風が髪の毛をなぶり、足もとの大地が動いている。右のほうに目をやると、平行する川の水が勢いよく後方へ流れ、道の前方からいくつもの顔がぐんぐん迫ってはうしろへ去っていく。挨拶を交わして、わたしはかすかによろけるが、自由で自立した感じ、自分らしい感じがしている。ランニングを再開したみたいな感覚。だが、いま舗道を走っているのは自分の足ではなく、真新しいピンクの自転車の車輪だ。外に出て、新鮮な空気に抱かれ、認知症が存在しない世界、広い空間と頭上の大きな空だけがある世界とつながりを持っている。

ある晴れた日のこと。セアラと散歩中に、ロウンツリー・パークで自転車フェスティバルの案内板が目に留まった。川沿いに歩いて公園に入ると、色とりどりのテントがぐるりと輪をなすように建てられ、売り物の自転車がたくさん展示されていた。買うつもりもなくふたりでぶらついていると、鮮やかなピンク色の自転車がスタンドに立ててあるのを見つけた。フロントにつけられた昔ながらの籐籠、茶色い革のサドルとハンドルグリップ。完璧だ。

「本気なの？」とセアラは言ったが、あれこれ質問する隙を与えずに、わたしは店の男性に代金を支払い、お揃いのピンクのベルとヘルメットも選んだ。とくにピンクが好きというわけではないが、これほど鮮やかな色の塗装なら、見失ったり、どれが自分のものかわからなくなったりしないはずだ。

きょうは、はじめてこれに乗って本格的に出かけている。最初はちょっぴりよろけたが、道を数分走ったら自転車のリズムをつかめ、ブレーキを握る感覚にも慣れた。世界がびゅんびゅん過ぎていき、免許証を返納したときの心の痛みがなぜかいくらか消えて、走る距離が伸びるごとに自信が増していく。ふいに、車の運転ができなくなった理由を、つまりスピードが速すぎて情報を処理する時間、交差点でどうするべきか考える時間がじゅうぶん得られなかったことを思い出すが、この自転車は進みかたがもう少しゆっくりだから、脳が追いつく時間はありそうだ。交差点が近づくのが見え、ブレーキをかける。すべて順調だ。右に曲がろうとしたそのとき、何かが起きる——連絡の切断。次の瞬間には舗道の上にいて、小石が肌に食いこみ、刺すような痛みに襲われて、一瞬わけがわからない。体をどさりと投げ出され、傷だらけで、混乱しているのだ。なぜ、こんなことが起きた？　わたしは立ちあがると、自転車を道から起こして、あたりを見回す。幸いにも、しんと静まっている。車は一台もいない。わたしは幸運だった。足を引きずって自転車を押しながら帰宅するあいだ、何が起きたのかと繰り返し考えてみる。きっと道にくぼみがあったにちがいない、何かが車輪に引っかかってバランスを崩したのだ。

数日後、もう一度サドルに座ってみなくてはと決意する。今回はもっとおそるおそる試して、風がヘルメットの下を抜け、世界がびゅんびゅん過ぎていくと、自信が戻ってくる。前回はきっと何かが道にあったのだ。同じ交差点が近づく。わたしは舗道を調べるが、何も見当たらない。そこで右に曲がろうとして、また同じことが起きる。どこかに情報の遮断が、配線ミスがあるのだ。わたしは道路から体を引きあげる。今回も運がよかった。だけど右へ曲がれないなんて、いったいわたしの脳はどうなってしまったのか。車だけじゃなく、自転車でも同じことが起きるとは。まっさらなピンクの自転車に目をやる。完璧だった塗装には二回の転倒で擦り傷ができていて、心がずしんと沈む。だけど、何かこの病気の裏をかく手段がきっとあるはずだ。この自由を手放さずにすむ手段が。

それを考えているあいだ、自転車は動かさずじっと待機させていたが、ふと思いつく。左にしか曲がらなくてもすむように大きな円を描けばいいのだ。わたしはヘルメットをかぶり、自転車のハンドルを握って、道に出る。サドルにまたがるとき、かすかなためらいと不安が根づこうとするが、それを無視する。胃がぎゅっとなるたびに気にしていたら、残りの人生は家に縛りつけられたままだ。舗道を蹴って漕ぎはじめ、耳にあの軽やかな風を感じて、世界がなめらかに過ぎていく。にこやかな笑み、自転車仲間と交わす挨拶、目が覚めるような色の自転車に見とれる顔……。最初の左折が近づいてくる――簡単だ。ふたつめ、三つめ、すべて完了。店に到着し、その後はまた左へ曲がって、円を完成させながら自宅に戻る。家が近づくにつれて、鼓動が激しくなり、こめかみに血がどくどくと流れる。不安からではなく、勝利の高揚感からだ。そして自転車を降り、壁に立てかける。

今後も、これに乗る機会はたくさんあるだろう。たとえばバラの苗木と堆肥ふた袋をどうにか籠に載せて、よろけつつも家を目指すのだ。ジェンマとセアラに目撃されて叱られませんように、と願いながら。これからも外出が、自由が、自立がある。わたしは顔に笑みをたたえて、あちこち出かけるだろう。またしてもアルツハイマー病の裏をかいたのだ、と喜びつつ。

しわくちゃの地図を握りしめてその通りに入り、端から端まで見渡す。どう考えても、この道だ。なのに看板がない――自分が探している看板は。吸いこんだ息が肺のなかで固く膨れ、呼応するかのように喉が締めつけられる。深呼吸をしなさい。そう自分に言い聞かせて、今度はもう少しゆっくりと歩く。道の端から反対の端へ、そこからまた反対の端へ。探しているカフェは、やはりここにはない。案内状をもう一度確かめる。けさ、この認知症サポートグループに参加するために家を出たときには、わくわくしていた。わくわくして、ちょっぴり不安だった。とりわけ、ひとりで目的地まで行くことを考えると。家を出る前に紺色のパーカをはおり、ジッパーをあげて固い不安の塊を腹に閉じこめてから、寒さよけの毛皮のフードをかぶった。そしてここに到着し、つきそいなしにカフェに入る心の準備をしていたのに、道に迷ってしまった。案内状をまた確かめ、それから地図を、通りの標識を、地番を確かめる。二五番で終わっているようだ。ありえない。もう一度引き返して、マンションに改装された高層建築物と、黒い鉄柵のうしろにどんと構えたジョージ王朝様式の邸宅の前を通りすぎるが、カフェは一軒もない。もう一度、反対の端に戻り、ふと気づく。交差点の向こうにべつの道があるではないか。そちらへ渡ったら、なるほど、通りの名称が同じで、見あげた先に看板があった。安堵の息が肺に広がるが、いまや両手がじっとりとして、この場所を見つけられなかった自分の間抜けさが情けなく、緊張が高まっている。ところが、カフェに入るとにこやかな顔に出迎えられる。

「エミリーです」彼女は言い、握手をして、ほかの人たちに紹介してくれる。わたしはひと呼吸おいてから地図をしまい、道に迷ってしまったのだと説明するが、こちらを見あげる顔はどれも咎めたり責めたりしておらず、この人たちはだいじょうぶ、理解してくれる同志なのだと思いあたる――とはいえ、こうも混乱したのは、認知症ではなく単におかしな道路設計のせいだろうけれど。

わたしは腰をおろし、ダミアンという名の男性がお茶を淹れてくれる。彼は以前アルツハイマー協会で働いていて、エミリーはメンタルヘルスの看護師だったが、ヨーク市に認知症支援がもっと必要だと感じてこのグループを立ちあげたのだ。熱いお茶が少しずつ喉を通って胃に落ち、そのたびに肩の力が抜けていく。わたしはコートを脱いで、テーブルを見回す。人数はそう多くなく、どう見ても自分がいちばん若い。ほかの人たちは六〇代から八〇代くらいで、あるご婦人はたいそう物静かに見える。じっと膝を見おろして、人の話を聴いてはいるが会話に加わろうとしない。わたしもきょうはただ耳を傾けるだけにしようと心に決め、みんなが話しはじめると、WOWフェスティバルで抱いたのと同じ温かさを感じる。家族のなかにいる感じ、まだなじんでいないこの新しい脳とともに生きるのはどういうことかを心から知っている人たちと一緒にいる感じ。だが、それだけでは終わらない。ダミアンとエミリーは、わたしたちがただここに座っておしゃべりすることを求めてはいない。この病気を抱えた人がもっと暮らしやすい街にするための手助けを求めているのだ。

「市議会は、観光客向けにヨーク市の新しい地図を作製しようとしています」ダミアンが説明し、新提案の標識のコピーを配る。「そして、わたしたちに、認知症の人にわかりやすい地図にするにはどうしたらいいか知恵を貸してほしいそうです」

なんとなく不安で丸まっていた体が、自然にぴんと伸びる。わたしは書類を手にとって、じっくりと目を通す。

「写真が必要ですね」だれかが言う。「どこにいるか確認しやすくするために」

わたしはうなずく。

「そして現在地を示す、わかりやすい標識も」ほかのだれかが言う。

わたしはまたうなずき、「ええ、確かにそうですね」と言う。おやおや、きょうはただ耳を傾けるだけではなかったのか。だけど、意見を求められるのはじつに気分がいい。

わたしたちはその後二時間をこんなふうに過ごし、ダミアンとエミリーがほかのさまざまな事項について意見を求めていく。たとえ、だれかがまちがったり頭がこんがらがったりしても、何も言われない。わたしたちはくつろいで話し、ちゃんと意見を聞いてもらう。自分たちにも存在価値があるのだと、テーブルのみんなが感じている。解散したときには、次の会合までの一カ月が長すぎて待ち遠しい。わたしは笑みを浮かべて新しい友人たちにさよならを言い、会議じゅうひとことも話さなかった例の婦人も笑みを返してくれる。

帰りには、ヨーク市の丸石敷きの通りを歩き、スコーンにジャムを添えて観光客に提供する小さなコーヒーショップの前を通りながら、みんなで何かの役に立てたことをうれしく思う。それだけではない。きょうは不安に負けなかったこと、最初にカフェが見つからなくても、いや、そもそもひとりで出かけるのが怖くてたまらなくても、あきらめなかったことに充足感が湧いてくる。これからも、ひたすら前進しよう。ボランティア活動に参加し、どんなことにも尻込みせず、あらたな出会いを求めつづけるのだ。果敢に取り組めば、きっと何かが待ち受けているだろう。

きのう、わたしは迷子になった。いったい何が起きたのかわからない。調子が思わしくない日の認知症はどんな感じかとよく尋ねられるが、思い出すのはむずかしい。なんだか、自分がその場にいない感じなのだ。もしかしたら、アルツハイマー病が勝った日があることを認めたくないのかもしれない。外の世界が何ひとつ意味をなさず、ベッドに入って耳まで布団をかぶって過ごす日のことを。ふわふわと意識の外へ出たり入ったりする感じ。ある瞬間は、世界が鮮明で自分のやっていることを承知していたはずなのに、次の瞬間には、何ひとつわからなくなって、自分がさっき何をやっていたのかすら言えない。そんな日には、頭のなかにこの病気がいるのが感じられる。周囲のよいものをどんどん食い荒らし、醜悪な使命をまっとうするために脳の細胞をもっともっとよこせと要求し、記憶という記憶を盗んでいく。そんな日には、頭がぼんやりして腫れぼったくなり、自分のものではないように思える——いや、事実、この病気に引き渡されているのだ。以前、認知症フレンズの講義でひとつのたとえを聞いた。この病気は、毎年クリスマスにツリーの電飾を箱から取り出すようなもので、絡まったコードを解きほぐし、コンセントに差してゆるんだ箇所がないか調べてみると、いくつかの電球はちかちかと点滅し、いくつかはまったく点灯しないが、どれがだめでどこが断線しているのか、いつそうなるのかはあらかじめ予測がつかない。

調子が思わしくない日は、周囲の世界がぼやける。壊れかけたテレビの画像に似ていて、解読するのがむずかしい。霧が降り、混沌状態に支配されて、目を開いた瞬間から鮮明なものはひとつもない。わたしはどこにいる？　ベッド脇のメモ用紙に書かれた自分の字も謎で、わたしが眠っているあいだに見知らぬ人が書いてこっそり立ち去ったみたいだ。そんな日には、脳内に手がかりになるものはほとんどない。まるで、夜中に夢のなかで頭を空っぽにされ、工場出荷状態に戻されて再起動されたかのよう。

毎日、アイパッドとアイフォーンにセットしておいたアラームが、薬をのむのを思い出させてくれる。単純なタスクで、毎日二回欠かさずやっていることなのに、調子が思わしくない日には、アラームが鳴ってもまるではじめてのことのような気がする――毎回、必ず。もしアラームが鳴らなかったら、そのタスクは存在しない。そんな日には、自分がこんがらかった細いネックレスに思える。わたしは何時間もひたすら結び目を解こうとする。ごく単純な作業なのだから指令を出せと脳を叱咤激励する。きょうは何曜日？　アイフォーンのリマインダーには何かセットしてある？　手がかりとなるような服装を揃えていない？　もし冷静でいられれば、辛抱強くその場でネックレスを解きほぐして、現実のきょうを見つけ出すか、単純に霧が晴れるのを待つことができる。ところが、もしパニックが喉にこみあげ、さらには心臓に侵入して強く速くうるさく打ち鳴らしはじめ、わたしがそれに屈したなら、この比喩上のネックレスに苛立ち、床に投げつけてビーズよろしく思考をばらまきたい衝動をこらえるのは大変だ。

肝心なのは、つねに冷静に考えること。じっと待って、霧から注意をそらしてくれる何かを見つめること。記憶の部屋に並べてある写真。にこやかな顔、丘、湖、娘。

ちゃんと見えないか、理解できないものだけでなく、見えるものも問題を引き起こす。こんな日には、自分には現実と思えるものも、無断欠勤を決めこんだ脳が見せている幻覚にすぎない。ある朝、階下におりて窓から裏庭をのぞいたら、物置小屋が消え、それがあるはずの場所は空っぽで、ただコンクリートの基礎があるだけだった。代わりに、カーペットタイルが一枚、塀に載っていた。ひょっとして、強盗が小屋を庭の外へ引きずり出したのかしら、と論理的思考が説明をつけようとした。ところが、何かがそれを遮り、もっと論理的に諭した。物置小屋が消えるわけがない。そうでしょう？

このとき、パニックに陥る可能性はあった。警察を呼んで犯罪の届け出をしてもおかしくはなかった。だが、そうはせず、じっと見つめながら、自分の脳が騙そうとしているのではないかと考えた。三〇分後にまたここへ戻ってこよう。それでもまだ小屋がなかったら、現実と言えるだろう。あとで見たら、小屋はそこにあった。あって当然だ。だが、この種のできごとがよく起きるのだ。音の場合もある。居間で、くつろいで椅子に座っていると、銃声が耳をつんざく。はっと体を起こし、冷たいものがぞくぞくと背筋を走って、心臓が激しく打ちつける。だが、外をのぞいて逃げまどう人々や散らばった死体を探しても、通りには何もなく、おのおのやるべきことをやっている人たちだけだ。あの銃声は、頭のなかが一時的にショートした結果にすぎない。ノックが聞こえたのにだれもいない、というのと同じだ。

調子が思わしくないそんな日は、ただ静かに待つべし、とわたしは学んだ。じっと座りつづけて、庭に小鳥たちが飛んできては朝食をついばむようすを眺める。彼らの確かさが混乱のなかに正常感をもたらすのだ。わたしは自分が見るもの、聞くものを必ずしも信用できない。なんであろうと見えるものが必ず存在するとはかぎらないし、聞こえるものが必ずそういう音だとはかぎらない。〝パニックを起こさず、ひたすら待ちなさい、そうすれば、じきにだいじょうぶになるから〟論理的思考が勝利しなくてはならない。

調子が思わしくない日について思い出せるのはただひとつ、あしたはよくなると自分に言い聞かせていることだ。わたしが悪いのではない、頭に侵入したこの残酷な病気のせいだ、と。せめてもの慰めは、まだ悪い日といい日の区別がつくこと。朝、目を覚ましたらまず考える。〝きょうのわたしは、どっち？〟少なくとも、まだちがいがわかる。その点に関しては、ありがたいことだ。

タナー通り《ロウ》の支援グループをまた訪れて、今回は難なくカフェが見つかる。前回ここへ来たときのわたしが、気を利かせて地図上のこの場所をボールペンで丸く囲っていたのだ。けさは不安もためらいも覚えずに、店内に足を踏み入れる。テーブルを囲む顔に見覚えはないかもしれないが、彼らと過ごしてとてもくつろげたことは記憶にある。今回、テーブルを囲んだわたしたちは、世間の関心を引くためにこのグループにキャッチーな名称を考えることになった。ほぼみんなが意見を出す――例によって、われ先にと口を開き、今回はわたしもそのひとりだ。とにかく〝イエス〟と言う姿勢が新しい自分にはぴったりだし、何かに参加して、意思決定に加わり、意見を述べれば気分がよくなることに気がついた。今回と第一回めのあいだにも会合が一回開かれ、わたしは少しだけ意見を述べたが、第一回めに目に留まったご婦人、静かに座って膝の上の手を見つめていたご婦人は、やはりひとことも発さなかった。彼女はきょうもここにいる。もしかしたら、ただ何かに参加している感じが好きなのかもしれない。その気持ちも理解できる。

テーブルの両サイドからあれこれ提案が出て、ブレインストーミングでああでもないこうでもないと言いあっていると、か細い声があがる。わたしたち全員が、はっと見あげる。

「〈マインズ・アンド・ボイシズ（心と声）〉はどうかしら」ずっと黙っていたあのご婦人だ。

「いいですね」とわたしが言うと、誇らしげな表情が彼女の顔に広がる。達成感を覚え、この部屋に存在する意義を味わっているのが見て取れる。目の前の椅子で、彼女は成長しているのだ。

このグループは満場一致で〈ヨーク・マインズ・アンド・ボイシズ〉と命名され、キャッチフレーズも決まった。〝心を開いて前進しよう〟わたしたちにぴったりの表現だ。

7

『アリスのままで』

わたしと見知らぬ人のあいだのダイニングテーブルには、小さな黒いビデオカメラがある。ジムという名のその人――BBC放送の記者――が、わたしの記憶力代わりにセアラがいるにもかかわらず、使いかたを何度も説明してくれた。説明されたことはすべて書き留めた。おそらくわたしは何度も同じ質問をしたはずだが、彼はじつに辛抱強く朗らかだ。おかげで冷静さを保てるし、この黒い物体、配線やボタンだらけのこれがどすんと置かれた当初にくらべて、半分も怖くない。わたしは電源スイッチの場所をもう一度書き留め――ぜひとも自分で全部覚えたいから――セアラはやれズームだ編集だとスピルバーグもかくやという複雑な質問を次々にしている。話が途切れると、わたしは顔をあげる。「あのう、もう一度、スイッチのオン、オフのやりかたを教えていただける？」

きょうは二〇一五年一月で、ジムがここにいる理由は、『アリスのままで』という、若年性アルツハイマーと診断された女性をジュリアン・ムーアが演じるハリウッド映画がもうじき劇場公開されるから。映画の公開に合わせて、BBCのヴィクトリア・ダービーシャーの番組がショートフィルムを制作することになり、わたしたち認知症を抱えて生きる三人がビデオカメラを与えられて、日常生活の断片を記録するのだ。

最近はよく、アルツハイマー協会から、さまざまなインタビューに応じないかと打診するメールが届く。可能なうちは、すべてにイエスと答えるつもりだ。この新しい経験を享受できる期間はどのくらいなのかわからない以上、あらゆる機会をつかみたい。たとえ尻込みしたくなるものであっても——いや、尻込みしたくなるものなら、なおさら。というわけで、わたしはジムと知りあった。自分の役割は、今回のショートフィルムでこの病気の初期段階を代表すること。そしてキース・オリヴァーが中期の段階を、クリストファー・デヴァスという男性が、妻のヴェロニカの撮影で後期の段階を代表する。

ジムが立ち去ったあと、残された装置がテーブルからこちらをじっと見つめている。わたしはそれをじっくり調べて、おそるおそる各ボタンに手を触れる。いきなりスイッチが入って、とっさにあとずさるが、いま、やらなければ二度とできないはず、そう自分に言い聞かせて深呼吸をする。カメラを手にし、マイクに話しかけながら家のなかを歩きはじめ、冷蔵庫の扉に貼りつけたカレンダーを撮影してその週の自分の行動を示す。いや、少なくとも、自分では撮影しているつもりだった。撮りおえて再生してみて、〝録画〟ボタンを押すのを忘れていたことに気がついた。もう一度試したときには、マイクが逆向きだったが、さっきよりもビデオカメラが手になじんで、失敗したにもかかわらず自信が増した。

三度めで、撮りたかったものすべてを撮影する。一週間分の日付のラベルが貼られたピルケース、その小さな各区画を埋める、お菓子のような彩りの錠剤。〝記憶の部屋〟、心を落ち着けてくれる写真のすべて。その部屋に保管してある思い出の箱――セアラとジェンマが最初に履いたちっちゃな靴がいちばん上に載せてある。続いて、自分が最も恐れていることがらをカメラに向かって話す――娘たちの顔がわからなくなる日だ。

「あの娘たちには、ある日、部屋に来てくれたあなたたちがだれなのかわからなくなるだろう、と話しました。でも、たとえあの娘たちの名前がわからなくなっても、互いに抱いていた愛情の絆は感じられるはずだと確信しています。そしてあの娘たちも、だれなのかわたしが忘れても、愛情は相変わらず抱いているのだとわかってくれるはずです」

わたしはカメラを置く。心の奥底にしまっていた恐れを話すのは、思っていたよりもつらかった。しばらく休んで、何度かゆっくりと呼吸をし、この映画は認知症について人々の理解を深めるためのものなのだと自分に言い聞かせる。そして、またスイッチを入れる。できるかぎり率直であろう。四週間の期限が過ぎたら、きっとジムが必要なシーンを選んでくれる。

翌日、わたしはリュックサックにカメラを入れ、バスに乗って出勤する。ほかのだれかが来る前に撮影したいので、いつもより一時間早く出発した。着いたときオフィスはまだ暗く、夜の名残が窓に貼りついている。きょうは、職場で迷子になった瞬間、部屋の外に出たはいいが、どこにいるのかさっぱりわからなかったあの瞬間を記録したい。録画ボタンを押して、赤いライトが点滅しはじめたのを確認する。だが、口を開いてもことばが出てこない。そこでデスクに戻り、ちょっとした台本を用意する。歩きながら読める程度の走り書き。そして再開し、あの日と同じように、安心できる自分の部屋から廊下に出て、自分の声が空っぽの通路にこだまするのを耳にし、ブラウスの下で心臓がどきどき脈打つのを感じる。なんだか、また、あれが起きているみたいだ。ファインダーの小さな画像があの日を甦らせて、かつて経験したことのない恐怖に身がよじれる。あの喪失感、自分の精神から完全に切り離された感じ。怖い。

廊下で足を止める。台本を読んでいるにもかかわらず、胸の鼓動が激しすぎてボールペンで書いたことばが奪われそうになる。こわごわと一歩、また一歩と踏み出す。あの日の行動のほぼ正確な再現だ。ふたつの扉を抜け、それから安全ガラスがはまったトイレへ、淡いピンク色の個室へと入り、そこにしばらく留まる。あの日とまったく同じように。そして録画を停止し、深呼吸を一、二回する。こめかみをどくどくと血が流れ、ビデオカメラはスタンバイ中で、機械の静かな運転音がまだ聞こえている。やがて個室を出たときには、廊下でひんやりした空気に出迎えられたのがうれしく、周囲にもちゃんと見覚えがある。きょうは、あのときとはちがうのだ。

急ぎデスクに戻り、ビデオカメラをリュックサックに押しこむが、すでにこのフィルムがもたらす影響の大きさを確信し、不安ではなく、力を手にしたという思いが湧いてくる。これまでは気持ちを表に出さず、私的なことをいっさい話そうとしなかったけれど、いまは、話すことによって人々の意見を変えられることを知っている。人々の頭に植えつけられた認知症患者の姿、たとえば最初にこの単語を示されたときにわたし自身の頭に浮かんだような、ベッドに横たわったお年寄りといったイメージを、わたしは変えられる。認知症には終わりだけでなく、始まりも、中間もあることを示せるのだ。

数週間後、アルツハイマー協会からべつのメールが届く。今回は、公開前に『アリスのままで』を観て感想をくれないかと尋ねるものだ。もちろん、イエス、とわたしは答える。さっそく速達郵便が届いて、配達人が白いクッション封筒を差し出し、そのなかに『アリスのままで』のＤＶＤが入っている。言語学の教授が五〇歳で認知症と診断される架空の物語だ。パッケージを握る手に力がこもる。けっして気楽に観られないことはわかっている。原作本はすでに三回読んだ。アルツハイマー病の恩恵とでも言うべきか、読むたびにストーリー展開に驚かされたが、描写の正確さに気圧されつつも――ページをめくるたびに、最悪の恐れが現実になった――耐えられないと感じたら、本を置くことができた。だが、映画はちがう。本で親近感を覚えた人物が動き、衰弱の一途をたどるのだから、それを目にするのはかなりきついだろう。

午後の早い時間、まだ太陽が窓から燦々と差しこんでいるうちに観るほうが、なんとなくよさそうだ。わたしはＤＶＤをプレイヤーに挿入し、クレジットが流れるのを待つ。膝にはメモ帳とペンがあり、気づいたことをメモしようと自分に言い聞かせていると、最初の場面が現れる。客観的に観よう、と心に誓う。仕事に徹して、私情は挟まないこと。はじめのほうの場面で、アリスが大学のキャンパスをジョギングしている。わたしは自分のランニング体験を思い出し、つい微笑む。衣装戸棚の奥にあるシューズのことを考えたら悲しみが膨らんできたが、そのとき、ふいにアリスが足を止める。周囲の世界がぐるぐる回って止まらず、よく知っているはずの建物群がいきなり認識できなくなったのだ。うつろな表情。ここがどこなのか、わからないようす。自分の体験とそっくりなせいで、わたしはにわかにあのオフィスの廊下に引き戻される。手がじっとりしてペンがすべるのを感じるが、画面から目を離せない。

数場面先で、アリスがスピーチを行なっているが、わたしと同じく、途中で単語のひとつが出てこない。わたしは画面を食い入るように見つめる。まるで自分の人生から取り出されたかのような場面が、目の前で展開していく。体が動かない。息さえも盗まれて、呼吸が面倒になってくる。呼吸は鑑賞の邪魔だと言わんばかりに、知らず知らず息を止めていて、長く深い吐息を耳にしてようやくわれに返る。そろそろ学校の終業時間で、窓の外ががやがやし、わが子を迎えにいく親たちが音響装置つきの横断歩道を渡るようすが耳に入るが、目は画面に釘付けになったままだ。

〈Butterfly（蝶）〉という名のフォルダーの画像に、心を奪われる。アリスはそのなかに、自分が一線を越えて知らない人物になったときに命をいかに絶つか、指示を入れていた。だが、認知症の悲しい現実が画面のなかで展開する。一線を越えて崖から落ちる寸前だということが、どうすればわかるのか。自分にはわかる、ふだんの決断に用いている理性的な思考がきっと知らせてくれるはずだ、とだれしも考えるだろう。だが、わたしがひどく恐れている瞬間、未来が早送りで自分を迎えに来たのかと思うような瞬間が画面で示される。アリスはもっと健康だったころにみずから残した指示をなんとか実行しようとするが、残酷な時の流れによって、それができない地点に運ばれてしまっていた。

少し先の場面で、病気が進行して次女の顔がわからなくなるさまを見て、わたしは息も切れ切れになり、肩の上の頭がやけに軽く感じられる。この瞬間についても、本で読んではいた。そのときは頭に描こうとしてもつらすぎて描けなかった痛ましい場面が、目の前で繰り広げられている。アリスから目が離せない。娘を見つめる表情、生気のない目。ジュリアン・ムーアの演技はすばらしい。ここでようやく映画の世界から抜け出して、ムーアはこの女性を演じているのだと自分に釘を刺す。だけど、彼女はどうしてこんなによくわかっているのだろう。彼女が演じる女性は娘にまっすぐ視線を向けてはいるが、その姿を見ていないのだ。

映画が終わってエンドロールが流れ、プレイヤーがDVDを吐き出しても、メモ帳はまだ膝の上に開かれ、ペンは手のなかにあって、ひとことも書き留められていない。

お茶が必要だ。わたしは椅子から立ちあがる。体がこわばって、頭をいくつものイメージが走り抜け、感覚という感覚が失われている。窓の外に目をやり、鳥たちが小さな細い脚で庭をぴょんぴょん跳ねまわるさまを眺めるうちに、思考力が戻ってくる。もう一度、これを見なくては。そこでDVDを機械にまた押し入れ、メモ帳とペンを手にして腰をおろす。

観はじめると、冒頭の場面で、知的で裕福な女性が自分の誕生日を家族と祝っている。〝アルツハイマー病は、この病気に立ち向かう人間を選ぶにあたって年齢、性別、知性、富、人種で区別しない、という事実がよく示されている〟と、わたしは書きつける。ところが、数場面先で、アリスの目の表情にまた注意を引かれる――わたしの調子が思わしくない日に、ジェンマとセアラに見えるのはこれなのだろうか？　思考が自分の未来へ飛んで、同じぼんやりした表情を満面に浮かべてあちこちうろつくわたしの姿が、脳にどっと流れこむ。娘たちにはあの目しか見えず、ふたりを見返すこの目のことは忘れ去られてしまった未来。ふいに、パニックに襲われる。娘たちには介護者になってほしくない、自分はあの娘たちの母親でありたい……母親でありたいのだ。映画の場面はどんどん過ぎて、わたしははっとしてまた集中する。そして最後に書いた文の下に、四つの感想を加える。説得力がある、衝撃的、生々しい、避けられない運命。やがて、知らないうちにプレイヤーがまたＤＶＤを吐き出している。わたしは二回めの鑑賞を終えて、窓を見あげる。車が激しく行き交い、まだ明るい。いまのところは。

お茶をもう一杯淹れて、もう一度観る。この映画のとくにすごいところは、診断前の段階、ほとんど目につかないほどゆるやかに機能が低下していく段階から、この病気の真の姿をとらえていることだ。果てしなく長い日々に抱いた、いくつもの答えのない問いが思い出される――説明がつくのを、願うのと同じくらい恐れていた。この映画は、記憶が手当たりしだいにはぎ取られていくさまを示している。いかに深い愛情を抱いていようと、その人を認識する能力が奪われるのは防げない。だが感情は残りつづけるはずだ、たとえ名前のあるべき箇所が空白になろうとも。これほど深い愛情がすっかり消え去るなんてありうるだろうか？　消えずに、ずっと残りつづけるに決まっている。娘たちにそう伝えて、ちゃんと知っておいてもらうこと、とメモに記す。だけど、ひょっとして、前にも同じ考えを抱いたことがある？

大切なもの、心情的な価値を持ったものを失うのはどんな感じかは、だれでも知っている。それなりの年齢であれば生きていくうえで何度も味わうことだし、その体験が幼児期だったら、いつまでも消えない大きな心の傷になる。アルツハイマー病の人間ではこれが日常と化すが、失うのは品物ではなく、きわめて大切な記憶、いまの自分を作っている物語だ。それでも感情は失われない、だから、あの生気のない悲しい目の裏には、きっと愛情がしまいこまれているにちがいない。

もう一度、観る。アリスの衰えていく姿がすがすがしいまでに現実的、陳腐な表現を避けて細やかに描かれていることに感銘を受けた、とメモに書きつける。認知症を説得力のある形で示し、この病気の現実の姿、本人や周囲の人々におよぼされる現実の影響をとらえている。わたし自身の経験をぞっとするほど正確に反映するものだ。そのせいでつらいが、同じくらい勇気づけられる。

プレイヤーが四回めにDVDを吐き出すころには、漆黒の夜が訪れていて、画面には何もない。わたしはひとり、暗闇に座っている。

さらなるメール、さらなる要請、さらなる〝イエス〟がアルツハイマー協会に返信されるが、今回ははるかに熱意が込められている。というのも、ロンドンで行なわれる『アリスのままで』のプレミア上映への招待メールだからだ。わたしはひとりで赴いて、早めに到着し、自分が訪れる場所をあらかじめ調べて、いつ認知症とともに襲ってくるかもしれないパニックを回避しようとする。カーゾン・シネマは見つかるが、扉にはきっちり錠がかけられ、その向こうは真っ暗だ。出演者が続々とやってくるまで、あと数時間はある。だが少なくとも、場所はわかった。そこで、この日のために新調した優美なキャメルのコートでメイフェアの通りをぶらつく。襟の折り返しに、〈認知症フレンズ〉のわすれな草のバッジを誇らしげにつけて。

近くにカフェが見つかり、座ってお茶を飲みながらほかの客たちを眺める。会議の合間に慌ただしく出入りするビジネスマンたち、街の地図を握り締めた観光客たち、テーブルと椅子のあいだにブランド名の入った大きな紙袋を置いている買い物帰りの友人どうし。ときおり、自分がここロンドンのカフェに、ヨークシャーの職場からはるかに離れた場所にいることが信じられない。わたしのなかのひどく内向的な人格は、病気の雪崩に埋もれてしまった。じつに天の邪鬼なこの病気は、日々あらたな機会、あらたな経験をもたらしてくれ、わたしはいかに人生が短いかを実感させられて、それらを両手で思いきりつかむのだ。いまは微笑んでお茶をすすり、病気のこの脳に憎悪を抱くいっぽうで、奇妙にも感謝の念を抱いている。進行性の病気と診断されるという、途方もなくつらいことにも、心から喜べる側面がありうるのだろうか?

きょうの日程に関心を向ける。まずは、例のヴィクトリア・ダービーシャーの番組に登場するクリストファーと、撮影を担当した妻のヴェロニカに会う予定だ。それから認知症サポーターのアンジーと、彼女がサポートしているジリアンにも。WOWフェスティバルと〈ヨーク・マインズ・アンド・ボイシズ〉での経験上、ほかの認知症の人たちと会えば安心感を覚えるとわかっているので、きっとジュリアン・ムーアに会う前はさほど緊張せずにすむだろう。この映画の話が出るまで、わたしは彼女の名前すら聞いたことがなかった。だが、セアラが小躍りして、ハリウッドの大スターで大好きな女優さんなのよと言ったので、わたしのリュックサックには原作本が二冊入っている。サインをもらってくると娘たちに約束したのだ。

ようやくカフェの時計盤の針が回って、カーゾン・シネマに戻る時間になる。あらたな経験のために、またひとりきりで部屋に入るかと思うと、コートの下で募る不安を無視するのはむずかしい。シネマに到着したら、状況が一変していた。数時間前とはまるきりちがう。だれもなかに入れないように柵がめぐらされ、はしごに乗ったパパラッチが人垣を作って道路にまであふれて、その足もとにちらちらと赤いものがのぞいている——スターたちが歩くカーペットだ。しばらく立って眺めていると、なんとしても避けようとしていたパニックがむくむくと湧いてくる。どうやって、なかに入るのだろう。バッグから電話を取り出し、知らされていた担当者の番号にかける。

「そこらじゅうに記者やカメラマンがいるんです。どうやって入ればいいのか、わかりません」

電話の向こうの温かい声が、その場にいてください、こちらで見つけますのでと告げて、数秒後に人垣のうしろに笑顔が現れ、手が振られる。

「こっちよ、ウェンディ！」

わたしは彼女にくっついて赤いカーペットの上を歩く。かかとの低い靴は、セレブリティが履く高いヒール向けの通路にはそぐわないが、とにかくなかに入って外の混乱状態からは切り離された。安堵の吐息をつき、さらに歩いて、ジャーナリスト・エリアでほかの人たちに引きあわされる。そこはがやがやと騒々しくて、テレビ司会者や記者たちが周囲を飛び交い、せりふのリハーサルをしたり、大スターとの対面に備えて調査メモに目を通したりしている。わたしは新しい友人たちのそばに腰をおろす。同じくアルツハイマー協会に招待された人たちで、もっぱら周囲のできごとを観察し、胸がどきどきしますねなどと言いあっている。わたしはお茶がもたらす〝ふだんどおりの感じ〟にしがみついているが、まわりの雰囲気になじむにつれて、顔に浮かべた笑みが大きくなる。

ひどく騒々しくて会話を聞き分けることなどとうてい無理なので、わたしたち認知症当事者は黙ってひたすら眺めるだけでよしとして、だれかと話したり、自分たちのあいだの沈黙を埋めたりしようとは思わない。そうこうするうちに、窓の外でフラッシュが光る。

「きっとジュリアンね」だれかが言い、わたしの胃はきゅっと縮む。

彼女があざやかな黒いヘビ革柄のドレスでさっそうと入ってきて、たちまち記者たちに襲撃され、さまざまなインタビューを受けはじめる。その間《かん》に、わたしは外へ連れ出され、BBCラジオ4の『トゥデイ』［訳注：ニュースワイド番組］のためにやはりインタビューされる。部屋に戻ると、みんながぞろぞろと引きあげていくところで、コメントを手にしたジャーナリストたちは満足顔でプレミア上映を観に行き、ジュリアンとわたしたちだけが残った。彼女はすがすがしいほど自然体で飾り気がなく、わたしたちひとりひとりに以前からの知りあいのように話しかけ、名前を覚えて、特別な存在だという気にさせてくれる。そして今回の役作りのためにどんなリサーチをしたのかあれこれ語り、わたしたちは笑ってうなずく。もちろん、しばらくしたら、こうした逸話はすべて記憶から失われるのだけれど。

「次にお会いしたときに、どちらさまですかなんて言っても、どうかお許しくださいね」とわたしは言う。「だって、あなたがわたしたちと会ったことを覚えていらっしゃっても、わたしたちはすっかり忘れるはずですから」

みんなが笑う。

「わたしはこの役をちゃんと演じていたでしょうか、ウェンディ？」ジュリアンが尋ねる。

「際立っていたのは、目です」とわたしは告げる。「目が、あなたは認知症だと語っていました」

彼女はうれしそうに微笑んだ。

「いつも、どんなふうに過ごしていらっしゃるの？」彼女が尋ねる。

「いまこの瞬間を生きています。もう将来の計画は立てません。毎日をありのままに楽しんでいます」

ジュリアンがうなずき、一瞬、わたしはまた奇妙な感じを覚える。アルツハイマーが恵みであり、その苛酷な教えからわたしたちみんなが何かを得られる、というような。

彼女は急かすそぶりも見せず、わたしたちが持参した多種多様なものに笑顔でサインして、わたしたちひとりひとりと写真撮影したうえに、グループ写真も欲しいと言う。それから、またひとりずつ名前を呼んで別れのことばを告げ、風のように自分の世界へと去っていった。

その夜、自宅でチャンネル4のジュリアン・ムーアのインタビューを観ていると、記者がわたしの名前を口にする。彼女の目がぱっと輝き、笑みが満面に広がる。

「ウェンディには会いましたよ！」にこやかな声。「すばらしい人ですね！　以前は、前もって一年間の予定を立てていたそうです。だけど、いまはちがう――さすがに翌週の計画は立てるそうですが、いま起きていることを考えて、いまこの瞬間に感謝して、いまを生きているんです。ある意味、わたしたちもみんなそんなふうに生きて、いまあるものを心から大切にするべきじゃないでしょうか、なぜって自分たちがちゃんと知っているのはいまだけなのですから」

またしても、アルツハイマーはただ奪うだけでなく、与えてもくれるのだという気がする。

数日後、朝起きるとパソコンや携帯にメールが続々と届いている。ジュリアン・ムーアが『アリスのままで』の役で英国映画テレビ芸術アカデミーの主演女優賞を受賞したのだ。そのうえ、受賞スピーチでわたしの名前を出したという。なんとも現実離れしているではないか。ハリウッドスターが全世界を前にわたしのことを話すだなんて。部屋の端まで行き、ジュリアンがわたしにサインしてくれた原作本を手にとって、表紙をめくる。

〝ウェンディへ、あなたと知りあえて光栄です、愛情と感謝を込めて、ジュリアン〟

二カ月後、わたしはロンドンのべつの通りを歩き、ホテルとBBCスタジオのあいだを行きつ戻りつして、翌日の朝に自分がどこに向かって、どんな目印に注意を払うべきかを頭にたたきこむ。経路を二回往復したあとで、暗くなる前にサンドイッチと飲み物を買ってホテルに戻る。一日の終わりに、昼間の光が消えてべつの灯りが点き、ビル群が本来の姿から幽霊めいた影に変わるとき、この大都市は恐ろしげでどこがどこなのかよくわからない場所になる。そうなったら、安全なホテルの窓のうしろから眺めるほうがいい。今回、わたしはヴィクトリア・ダービーシャーの番組向けに自分が撮影した映像を観るために、ここに来た。当初は『アリスのままで』の公開に合わせて放映される予定だったが、少し延ばすことになったのだ。スタジオで映像を観たあとはそのままインタビューに応じる。だが、なによりもわくわくするのは、ついにキース・オリヴァーに会う機会が得られたことだ。そもそも、ユーチューブで彼の認知症生活の動画を見たからこそ、この病気をがらりと異なる視点でとらえて、診断後の人生があると思えるようになったわけだし、あす、わたしたちがやることはその生きた証になるはずだ。

翌日の朝、BBCを訪れると、アルツハイマー協会広報部のケイティーが受付でにこにこと出迎えてくれる。キースとその妻のローズマリーも一緒だ。わたしはふたりをハグし、早くも友情を覚える。ほかにも認知症の人が何人かいて、わたしたちはそろって楽屋に案内される。配偶者か子どもが何くれとなく彼らの世話を焼いて、居心地よく過ごせるようにし、コートを脱がせて畳んでやり、お茶を持ってきている。みんなにはつき添いがいるのに自分にはいないことが、どういう意味を持つのだろう。だが、それを深く考える間もなく、ケイティーがわたしの手にお茶を押しつけ、思考が湯気のように蒸発する。

順々にスタジオに案内され、マイクを衣服の下にもぐらせたあとで、キースとわたしはソファーに並んで腰をおろす。隣には、アルツハイマー協会のジェレミー・ヒューズがいる。フロアマネージャーがカウントダウンし、さあ放送開始だ。

「これから、認知症を抱えた生活について、一五分間の驚くべきフィルムをご覧いただきます……」ヴィクトリアがカメラに向かって言い、それからみんなで座って鑑賞する。わたしが何時間も撮影した映像は――とはいえ、どれひとつとして記憶にないのだが――数分間に縮められているはずだ。再生が始まり、わたしはまたあそこに、職場の病院の廊下にいて、どこがどこなのかわからないあの感覚が甦る。ぽんとあの瞬間に引き戻されたわけだが、自分がそんなふうに感じるのなら、きっと視聴者も理解しやすいだろう。キースの映像になって、バスルームの日用品をバスケットからひとつずつ取り出して数えてはまた戻し、その朝ちゃんとひげを剃ったか確認するさまを眺める。そしてクリストファーが〝月〟という単語も思い出せない段階に達しているのも目にするが、それがどうした。彼は空に浮かぶ美しいものだと知っているのだから、じゅうぶんではないか？日常生活を送るうえで、すべての単語を覚えている必要があるだろうか？

　インタビューはあっという間に終わり、キースとわたしはテレビの生放送がさほど楽しいものではないと意見の一致をみ、だけどそれでも、自分たちがどんなことにも、やります、参加しますと答えることで世のなかに影響をおよぼせるのはまちがいない。

　別れぎわに、ＢＢＣのジムが二枚のＤＶＤを手渡してくれる。一枚は映像の放送版で、もう一枚はわたしが撮影したすべてが収められている。そのなかにはきっと、ひとりごとをつぶやくわたしや、キッチンテーブルを囲むジェンマとセアラの姿があり、将来のいつか——いつなのかは、だれにもわからないが——娘たちがそれを見て、いくばくかの慰めを得るだろう。わたしからはとうの昔に失われた記憶になっているだろうけれど。

　スタジオを出て、ヨークシャーの自宅に戻り、この日の体験もまた、認知症と診断されたおかげで転がりこんできたすばらしい機会なのだと考える。アルツハイマー病になった恩恵の一覧を作っても、べつに悪くはないはずだ。それどころか、救いにすらなるだろう。

8

さよならを言う覚悟

　この仕事の初日のことを覚えている？　いまもまだ、グレーのピンストライプのスーツと、垢抜けたブラウスを着こんだあなたが目に浮かぶ。当時あなたは三三歳で、その日が残りの人生の出発点に感じられた。人生最高の年だった。リハビリ科の自動ドアをくぐり抜けるときも緊張はせず、ただわくわくしていた。なかに入ると、待合室は満員で、受付のデスクの裏にあなたの新しい椅子があった。初日の朝は何をすればいいのか観察していただけだが、午後には電話を手にとっていた。「リハビリ科のウェンディです、ご用件はなんでしょう？」と告げるのがとても誇らしかった。いま、わたしは電話を使ってすらいない――相手が早く話しすぎて、わけがわからなくなるからだ――が、あなたはてきぱきと返事をし、つねに複数の処理を同時にこなし、あごの下に受話器をはさんでコンピューター画面で予約をとりながら、デスクの前で待つ次の患者に微笑みかけていた。いまのわたしにはどうあがいても無理な芸当だが、あなたにはなんてことはなかった。電話がひっきりなしに鳴っても、ひるまなかった。前回の予約から数カ月経っていても患者の名前を覚えていた。そうすることで患者は特別な存在になった気がするのだと、あなたはわかっていた。

そのときが来たら、終わりというものはあっけなく、無慈悲だ。わたしはもともと長々と別れを惜しむ性質ではないが、じつに皮肉ではないか。なにしろ、この病気のせいで、毎日少しずつ自分に別れを告げているのだから。

二〇一五年五月、職場での最後の日。チームのみんなはわたしが大騒ぎされたくないと知っているので、ひとりが代表で、朝早くほかのだれも来ないうちに、カードとプレゼントを手渡してくれる。きょう、わたしはオフィスに二時間しかいない。それ以上は、あまりにもつらいから。いつも夕方にやっていたように、あっさりとさよならを言って立ち去るが、今回はもう戻ることはない。こんな形で別れを告げるのは、どうでもいいからではなく、たぶん思いがあまりにも強いせいだ。

廊下に出ると、さわやかな空気が肺を満たすが、締めつけるような感覚はまだある。二重扉をひとつ、さらにもうひとつ抜けて、自分が愛した二〇年間の仕事から一歩ごとに遠ざかる。心はうつろで、認知症の人が働きつづけるのを支援したがらない制度に打ちのめされている。認知症とともに生きるわたしたちは状況に応じて変わっているのに、彼らは変われないのだ。わたしがいなくても業務が継続されるのはわかっているし、スタッフが対処できるのを誇りに思うが、もはやわたしを必要としない上層部の姿勢には憤りを覚える。職場では自分に価値があるように思えていたのに、いまは役立たずになった気分だ。

　この日を記憶に留めるつもりはない。覚えていたくはない。たぶん、だからこそ、ここに書くことがほとんどないのだろう。

　さよならを言う覚悟はまだできていない。


　わたしははっと目を覚まし、アラームを聞き逃したかと考えるが、すぐに、起きる必要はないのだと思い出す。ベッド脇の時計は、最近は沈黙したままだ。夜になかなか寝つけず、漆黒の闇を太陽が白々と明けさせるまで数時間しかないと気を揉むのも、やむをえない。これが退職後の新しい生活なのだし、慣れるまでしばらくかかるだろう。わたしは枕にまた頭を沈めるが、時計の表示に心を乱されている。午前四時半。体はいまも古い予定表に従い、体内アラームを認知症がまだ無効化していない。きょうは何曜日だろう。わたしは指を折ってゆっくりと確かめる。水曜日だ。

　退職した当初、何もない水曜日が前方にたくさんあるように思えた。ほかの曜日についても同じだ。ところが、現実はちがっていた。きょうは、ありがたいことに遠出はしない――リーズの研究イベントに出て、〈認知症研究に参加しよう〉の有益な事業について話す。比較的近い場所に出かけると気分転換になる。なにしろ、退職してからは遠いところへあちこち飛びまわっていたのだから。ブラッドフォード大学に哲学の博士課程の学生を支援しに行き、北はユニバーシティ・オブ・ザ・ウェスト・オブ・スコットランドへ赴いてイベントで話をし、認知症と診断されたのちの雇用に関する社会調査にも参加した。さらにはロンドンまで何度も往復して、アルツハイマー協会のリサーチ・ネットワークの会合に出たり、自分がどういうふうに診断をくだされたかをさまざまなイベントで話したり。いまや生活は、仕事をしていたころよりも忙しく、変化に富んで、やりがいがある。ただし、ちょっと方向性はちがうけれど。

確かに、何もない一週間の連続に戸惑うはめにならなかったとはいえ、ある種の喪失感はあった。最初はなぜなのかよくわからなかったが、ふと思い当たった。脳内でアイドリングさせていた仕事関係の情報のあれこれ、当番表やらスタッフやら、やることリストやらが、いまや古びて役立たずになったからだ。これらが失われたあとの空白にはなかなかなじめなかった。だが、やがて、ひっきりなしに招待される会合や、自分の病気について学んだあれこれや、この病気を——そして、この新しい自分を——理解する助けになったものすべてがその空白を埋めた。研究はどんどん進んでいるようだし、この病気を解明しようとじつに多くの人が頑張っていることを、日々知らされる。だからこそ、わたしは〈認知症研究に参加しよう〉の推進者になって、研究者と被験者をマッチングする新しいデータベースに登録するよう世間に呼びかけているのだし、認知症の人のための新しいアプリケーションソフトの試験的な利用に参加している。記憶を補助するさまざまな機能、たとえば相手がだれなのか忘れたときのための顔認識機能などを提供するアプリケーションだ。わたしを突き動かしているものは、ほかにもある。ちょっと利己的な動機——研究に関与すれば、娘やその子どもや孫たちのために未来を変える手伝いができる、ということだ。そうすれば、いつか彼らがこの病気と診断されてもむなしさに満たされず、治るという希望を抱けるし、この病気への理解が進んで、ケアハウスでの環境も改善されるだろう。

退職後の生活では、ほかにもちょっとした順応を迫られた——ささいなこと、たとえばイギリス人の大いなる余暇とも言うべき、天気予報の確認だ。以前は、週末に晴れるかどうか調べる程度だったが、いまは天気がよければ、平日でも庭に出てゆったりと座り、鳥たちが餌箱から餌箱へと飛び交うようすを眺められる。

お腹がぐうぐう鳴るのも感じている。以前の、急かされるようにシャワーを浴び、着替えをし、午前五時半のバスに飛び乗っていた朝には、けっして持てなかった感覚だ。いまは、朝食としてトーストかポリッジをお茶とともにいただく時間があり、体内アラームもそのようにセットされて、最後のひと口を皿からぬぐって食べるころにはもう、昼食のことを考えている。

同僚たちには「退職したら、さぞかし時間をもてあますだろうね」と言われていたが、まだそうなってはいない。むしろ、よく仕事をする時間があったと不思議になるくらいだ。わたしは枕に頭をまた沈め、布団をあごまで引きあげる。起きて出かける準備をするまで、あと二、三時間は眠る時間がある。


認知症の人のところへ行ったことを覚えている？　あなた自身がそうだと診断される、はるか前のこと。仕事の一環で、あなたはよく病棟を訪れていた。会う相手はもっぱらスタッフだけど、ある日、高齢者向けの病棟でいつもより長く過ごすはめになった。ある認知症の患者さんが騒いでなかなか落ち着いてくれないのだと、看護師たちがぼやいたからだ。その患者は、目に不安を浮かべて隅っこに座っていた。見るからに動揺し、話を聞いてくれそうな人にはだれ彼かまわず、妻はどこかと尋ねている。看護師たちとの会話は背景音に溶けこんで、気づいたら、あなたはその人に歩み寄って、横に腰をおろし、話しかけていた。

「奥さんはどこにいらっしゃるのかしらね」あなたはやさしく尋ねた。

「わからない」不安そうに、唇をわななかせている。気をしっかり保つだけで精一杯なのだ。

そこで、奥さんはどんな人なのかしらと尋ねて、話をするうちに、その人の目に光が灯った。輝きを取りもどし、笑みが顔に浮かんだ。想像力で、妻が——ほんの一瞬にせよ——甦ったのだ。写真を見せてほしいと頼んだところ、一枚もないという。ひょっとして、だからこんなに話したがるだろうか。妻を〝見る〟手段が、心に姿を描くほかにないせいで。そう考えて、ご家族に奥さまの写真を持って来てもらったらどうかしら、と看護師に提案した。聞けば、妻はしばらく前に亡くなっているそうで、それを彼は忘れているのだ。少なくとも、その瞬間は。妻の死がちょっとでも話題に出たり、奥さんはもうこの世にいないのよと諭されたりすると、頭がぐるぐるして、死別の悲しみをまたもや味わうはめになる。だったら、妻の姿を眺めさせればいい。もう一度妻と過ごさせるのだ。すでに人生の晩年で、病院食のトレイや、花瓶のなかでしおれていく花々、始めたはいいがけっして終わらないカードゲームに囲まれた生活なのだから。

次に病棟を訪れたとき、ベッド脇のテーブルに一枚の写真があった。彼はあなたを覚えていなかったが、べつにかまわなかった。写真の美しいご婦人はだれですかと尋ねると、こぼれんばかりの笑みを浮かべて、なんとも誇らしげに妻の話をし、同じ話を繰り返してはこの世に妻を甦らせた。彼女が一度も面会に来ていない事実は忘れていたし、妻はどこかと看護師に尋ねるたびに、奥さまどんなかたですかと逆に訊かれ、注意をそらされた。そして、また幸せな気分になった。妻は実在するのだから。

あの人に、愛する妻は死んだと何度も言って聞かせるのは、残酷なことだっただろう。記憶がない以上、彼にとって、妻は死んでいないのだ。

ベッドで跳ね起きた。肌が汗でじっとりしている。まばたきをした瞬間に、またあれが見える。夢に忍びこんできた悪夢が。最近はしょっちゅうある。身の毛のよだつ光景にはっと目を覚ますのだ。異様な恐ろしい光景――先日は、血の入ったバケツを持って走る熊たちだった。わたしは時計を確認する。午前三時。きっと今夜はもう眠れないだろう。かろうじてもぎとる二、三時間の睡眠、これがいまのわたしの生活だ。日中は、ひどく疲れて頭痛がする。以前はぐっすり眠って、目覚まし時計が鳴ってようやく起きていたのに、いまは眠りにつくまで何時間もカーテンの隙間から外の世界をじっと見つめている。まぶたを閉じても、その裏にある目は眠らずにきょろきょろと動きまわる。たとえ眠れたとしても一時間かそこらで、しかもひどく浅く、夢のまっただなかで起きているような感じだ。

ノートパソコンを開き、〝睡眠障害と認知症〟を検索する。何千件もの結果が表示されるが、理由を説明するものはひとつもない。やむなく、この件についてブログに書く。ひょっとして、カーテンの外の世界が説明を提供してくれるかもしれない。

翌朝、目覚めると何十ものコメントがある。多くは、ドネペジルを服用しているかと尋ねるものだ。この薬は一〇年前に使われはじめ、アルツハイマー病の進行を抑制すると考えられている。一年前に服用を開始したとき、わたしは娘たちと過ごす時間が延びるだろうと、大きな希望を抱いていた。だが、夜中の三時に、地上で過ごす時間が刻一刻と去るのを感じながら眠りをひたすら待っていると、いわゆる特効薬の恩恵はどうでもよくなってしまう。そんなおり、用法どおりの夜ではなく、朝に服用してはどうかと勧められる。

〝朝にのんだ最初の夜、頭が穏やかになって、二年ぶりに悪夢に妨げられずにすみました〟と、あるご婦人が書いていた。〝夜中に目が覚めて、何が現実で何が夢なのか必死に考えるはめにならずにすんだのは、久しぶりのことです〟

わたしは彼女の助言に従うことに決め、その夜、ひさびさに悪夢のない眠りを得られた――ひと晩じゅうぐっすりとはいかないが、はるかにましだ。べつの理由、つまりドネペジルの服用をやめたくないという意味でも、うれしかった。この薬は軽度から中度の認知症患者の症状を軽減または抑制するために投与されてきたが、最近の研究で、この薬の服用を中止すると、一年後に養護施設に入る確率が二倍になることが判明したのだ。どうやら、ドネペジルは当初考えられていたよりもはるかに長く効き目を保つようだし、ケアハウスに入居する年間費用が数万ポンドなのに対し、この薬の年間費用はわずか二〇ポンドあまりなので、どちらを取るべきか考えるまでもない。わたしはできるだけ長く自宅で過ごして、目盛を反対方向へ押し戻したいので、もう一年自宅で過ごすためなら完璧な夜の眠りを喜んであきらめられる。

筑摩書房 新刊案内

● 2020. 3

●ご注文・お問合せ
筑摩書房営業部
東京都台東区蔵前 2-5-3
☎03（5687）2680　〒111-8755
http://www.chikumashobo.co.jp/

この広告の定価は表示価格＋税です。
※刊行日・書名・価格など変更になる場合がございます。

梨木香歩

風と双眼鏡、膝掛け毛布

双眼鏡を片手にふらりと旅へ。地名を手掛かりにその土地の記憶をたどり、人とそこに生きる植物や動物の営みに思いを馳せ、創造の翼を広げる珠玉のエッセイ集。

80493-8　四六判（3月18日刊）　**予価１５００円**

山本貴光／吉川浩満

その悩み、エピクテトスなら、こう言うね。

——古代ローマの大賢人の教え

仕事、進路、人間関係……。尽きない悩みも、古代の賢人に学べば、みるみる氷解。不安をなくし、自分でできることを拡張するためのヒントに満ちた人生哲学の書！

84750-8　四六判（3月14日刊）　**予価１４００円**

今井むつみ

親子で育てる

ことば力と思考力

たくさん単語を暗記してもことば力は育たない。ことばの意味を自分で考えて覚えれば、ことば力、思考力、学力もアップ。その仕組みと方法をわかりやすく伝える。

84749-2　四六判（3月下旬刊）　**予価1300円**

6桁の数字はISBNコードです。頭に978-4-480をつけてご利用下さい。

架神恭介／池上英洋

仁義なき聖書美術【旧約篇】

西洋美術の大テーマ、旧約聖書。大親分ヤハウェの大活躍と大虐殺、対する人類の苦悩と希望はどのように表現されてきたのか。やくざ風物語と作品鑑賞で読みとく。 87405-4 四六判型（3月下旬刊） **予価1600円**

架神恭介／池上英洋

仁義なき聖書美術【新約篇】

カリスマ親分イエスと十二人の舎弟をめぐる悲喜劇、そして神の王国。新約聖書の物語を西洋美術はどのように描いてきたのか。やくざ風物語と作品鑑賞で読みとく。 87406-1 四六判（3月下旬刊） **予価1600円**

クラウディア・ヴァーホーヴェン

宮内悠介 訳

最初のテロリスト カラコーゾフ

――ドストエフスキーに霊感を与えた男

1866年4月4日、ロシア皇帝アレクサンドル2世が銃撃された。犯人はドミートリー・カラコーゾフ。事件の真相を探りテロリズムの誕生と近代の特異性を描く。

85819-1 四六判（3月14日刊） **3400円**

6桁の数字はISBNコードです。頭に978-4-480をつけてご利用下さい。

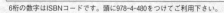

西崎憲

未知の鳥類がやってくるまで

「行列」「開閉式」「東京の鈴木」などSF的・幻想的・審美的味わいの作品と、書下ろしの表題作をはじめ本をめぐる冒険の物語で編む全10作の短篇集。

80494-5　四六判（3月28日刊）　**予価1700円**

ウェンディ・ミッチェル　**宇丹貴代実 訳**

今日のわたしは、だれ？

――認知症とともに生きる

認知症になったら世界はどう見えるのか。記憶が消えるとはどんな体験なのか。病を得てなお自立して生きる女性が、当事者の立場から認知症のリアルを語る。

86090-3　四六判（3月21日刊）　**予価2200円**

市川紘司

天安門広場

―― 成立と近代

世界最大の広場は、1949年まで「無名の空間」だった。なぜここが中国史の主要な舞台となりえたのか。新進気鋭の建築史家が、中国都市史の巨大な空白に挑む。

85817-7　A5判　（3月下旬刊）　**予価4200円**

6桁の数字はISBNコードです。頭に978-4-480をつけてご利用下さい。

好評の既刊

＊印は2月の新刊

住み開き 増補版
アサダワタル ●もう一つのコミュニティづくり
自宅の一部を開いて、博物館や劇場、ギャラリーにしたり、子育て世代やシニアの交流の場にしたりして人と繋がる約40軒。7軒を増補。（山崎亮）
43658-0 820円

注文の多い注文書
小川洋子／クラフト・エヴィング商會 この世にないもの探してください
43593-4 860円

佐武と市捕物控 江戸暮しの巻
石ノ森章太郎 マンガ史上に輝く傑作シリーズ！
43599-6 780円

アサイラム・ピース
アンナ・カヴァン 山田和子 訳 その叫びは、美しい歌になる
43603-0 860円

沙羅乙女
獅子文六 こんなに面白い小説がまだある!!
43601-6 840円

御身
源氏鶏太 60年前の禁断の恋愛小説、遂に復刊!!
43609-2 780円

わたしの中の自然に目覚めて生きるのです 増補版
服部みれい 悩みの答えを見つけるには
43611-5 680円

森毅 ベスト・エッセイ
森毅 池内紀 編 生きるのがきっと楽になる。
43615-3 950円

赤塚不二夫のだめマンガ
赤塚不二夫 三振でホームランのマンガなのだ！
43621-4 780円

父が子に語る日本史
小島毅 次の世代に何を伝える？
43624-5 800円

温泉まんが
山田英生 編 白土三平、つげ義春、楳図かずお、他収録
43631-3 780円

したたかな植物たち ●あの手この手のマル秘大作戦【秋冬篇】
多田多恵子 眠れなくなるほど面白い植物の本！
43619-1 950円

家族最初の日
植本一子 家族で過ごした、素晴らしい瞬間の数々がここにある
43627-6 980円

独居老人スタイル
都築響一 ひとりで生きて、何が悪い。人生の大先輩16人のインタビュー集
43626-9 1000円

やっさもっさ
獅子文六 〝横浜〟を舞台に鋭い批評性も光る傑作
43638-2 840円

エーゲ 永遠回帰の海
立花隆 須田慎太郎［写真］ 伝説の名著、待望の文庫化！
43642-9 1000円

高峰秀子の流儀
斎藤明美 没後10年の今読みたい、豊かな感性と思慮深さ
43630-6 860円

＊**鴻上尚史のごあいさつ 1981 - 2019**
鴻上尚史 「第三舞台」から最新作までの「ごあいさつ」！
43636-8 1200円

＊**小川洋子と読む 内田百閒アンソロジー**
内田百閒 小川洋子 編 最高の読み手と味わう最高の内田百閒
43641-2 880円

6桁の数字はISBNコードです。頭に978-4-480をつけてご利用下さい。

3月の新刊　●11日発売　ちくま学芸文庫

類似と思考　改訂版

鈴木宏昭

類似を用いた思考＝類推。それは認知活動のすべてを支える。類推を可能にする構造とはどのようなものか。心の働きの面白さへと誘う認知科学の成果。

09969-3
1200円

大名庭園

白幡洋三郎

■江戸の饗宴

小石川後楽園、浜離宮等の名園では、多種多様な社交が繰り広げられていた。競って造られた庭園の姿に迫りヨーロッパの宮殿とも比較。（尼崎博正）

09968-6
1300円

戦後日本漢字史

阿辻哲次

GHQの漢字仮名廃止案、常用漢字制定に至る制度的変遷、ワープロの登場。漢字はどのような議論や試行錯誤を経て、今日の使用へと至ったか。

09972-3
1200円

Math & Science

はじめてのオペレーションズ・リサーチ

齊藤芳正

問題を最も効率よく解決するための科学的意思決定の手法。当初は軍事作戦計画として創案されたが、現在では経営科学等多くの分野で用いられている。

09975-4
1100円

6桁の数字はISBNコードです。頭に978-4-480をつけてご利用下さい。
内容紹介の末尾のカッコ内は解説者です。

雨のヨークをそぞろ歩きするのは格別だ。有名なシャンブルズ通りの、にわか雨に濡れてきらめく石畳の上をわたしは歩いている。建ち並ぶ木骨造りの店は築数百年で、ごちゃごちゃと突き出した上階が低すぎて、さしている赤い傘に触れないのが驚きなくらいだ。この通りはかつて精肉の販売でよく知られていたが、それもとうの昔に廃れ、窓の外にただ肉の解体処理台だけが残されて、あふれかえった夏の観光客がよくそこにもたれかかっては、バッグから取り出した冷たい飲み物でひと休みしている。だが、きょうはちがう。みんな雨宿り中で、だからほぼ空っぽの通りを、わたしは足を引きずりながら歩いている。よく通る道の、歩き慣れた石畳だし、ぎこちない歩みをはばむ観光客もふだんより少ない。突きあたりで右に折れ、キングス広場に入る。ひとりの大道芸人が芸を披露していて、濡れそぼつ見物客たちは雨なんかどうってことないと強がっているが、濡れた髪が顔に貼りつき、足もとの水はじわじわと広がりつつある。

わたしはしばしば足を止めて、ひとり笑みを浮かべる。ところが、目をあげたとたん、いまいた場所が消えている。さっとふり返って建物群に視線を走らせるが、どれも見覚えがない。風にそよぐ木々、赤れんがの建物、ジョージアン様式のパネルの小窓。だが手がかりは何もない。ここはどこ？　すぐそばの人たちをじっと見つめても、見つめ返す顔は無表情で、見ず知らずの他人だ。パニックがどっと湧き起こる。胸の奥深くからこみあげて、呼吸のたびに息を奪う。深呼吸をしてみたが、まだ速すぎるし、事態が唐突すぎて、頭がくらくらする。どこへ行けばいい？　大道芸人はいまも歌っていて、その声があまりに大きく、ギターがかき鳴らされるたびに頭から思考が剝ぎ取られていく。怖い。わたしは迷子になった。

ふらつく足で人混みをかきわけて戻り、開けた空間を探して、あっちへよろよろ、こっちへよろよろ。広場から小道が数本出ているが、見慣れない石畳が敷かれたおかしな形の道は、わたしにはなんの意味もない。いまや足が凍りつき、恐怖のあまり動かない。目を走らせて、何か見覚えのあるものは、手がかりはないかと探す。わたしはどうやってここへ来たの？　どこから来たの？　雨だ――屋内に入らなくては。そのとき、カフェの看板が目に入る。人々の頭越しに、どこかで見た気がする青い看板が。安全そうなその空間へふらふらと引き寄せられ、わたしは広場を横切る。車のクラクション。飛びあがるが、足を動かしつづける。とにかく屋内へ入ろう、座ってちゃんと考えて、頭の霧が晴れるのを待つのだ。なぜ、こうもだしぬけにこれが降りてくるのか。よく晴れた日に、厚い雲めがけて車で突っ込んだかのようだ。

わたしはカフェに入り、片隅に席を見つけて腰をおろす。水滴が靴のなかに垂れてくる。だが、じっと動かない。ほかの人の顔は頭に入らず、店員の顔もまともに見られない。ここなら安全だと、本能が霧を突き破って告げる。窓の向こうをじっと見つめても、外の景色はやはり異質だ。目をそらしなさい、と自分に言い聞かせ、代わりに赤い肩掛けかばんに手を入れて、新聞を取り出す。ページをめくって白と黒の紙面を目で追うものの、単語も記事の内容も写真も理解できず、わたしはひたすら待つ。世界が明快になるのを。時間が過ぎるのを。どのくらい座っていただろうか、ひとつの音が霧を抜けてくる。大道芸人の奏でる音。窓の外を見ると、彼がいる。彼の向こうには、見覚えのあるチョコレート店、その隣にビスケット店、角のパン店。広場がまた戻ってきた。わたしはどうにか笑みを浮かべる。

もうしばらく、きっとだいじょうぶだと確信が持てるまで、わたしはそこに座っている。コーヒーを飲み、外の広場を眺める。こんなによく知っていながら、ふいに失われてしまった広場を。なぜ、こんなことが起きるのだろう。脳の配線のショート、目と目のあいだのどこかが切断されたのだ。この病気は過去も、現在も、未来も盗んでしまう。そのことを、あらためて思い知らされた。

カフェを出るころには、雲間から陽光が射しこんでいる。わたしはとぼとぼと、見覚えのある通りを家へ戻っていく。


生まれつき恐怖心を抱いている人はいない。これは人生経験を重ねるうちに蓄積するもので、動物への恐怖心がいつ芽生えたのかをまだ覚えている。いまとなってはばかみたいだけれど、あなたは動物を飼ったことがなく、ペットなんてものは異質な存在でしかなかった。子どものころ、キックスクーターに乗っていて、歯をむき出しにした大きな黒い犬に追いかけられ、吠えたてられた。このとき感じた恐怖はのちの人生にずっとつきまとうほど強烈で、犬を散歩させている人がいたら道を渡って避けた。猫が相手でも同じで、塀の上でゆったりくつろぐ猫のそばを通るたびに、うなじの毛が逆立った。ジェンマが何匹か飼いだしたら、あなたはどの猫も怖がった。あまりの怖がりように、あなたが家に立ち寄るたびに、あの娘は猫たちを外に出すはめになった。

ビリーにも、あなたはひどく怯えた。黄緑色の目をしたハンサムなこの黒猫が部屋に入ってくると、たちまち落ち着きをなくし、ぴりぴりした。この猫に心を見透かされている、いや、猫みんなに見透かされている気がした——ひどく敬遠されていたから。互いに嫌っていたのか、尊重しあっていたのか。いずれにせよ、向こうが近づかないかぎり、どうでもよかった。なんとまあ、あなたとわたしはちがっていることか。あのころ猫との仲立ちをしてあげられたらよかったのに。ついこのあいだも、わたしはジェンマに頼まれてビリーの世話をした。杖をついて家の角を曲がる音を、ビリーはきっと聞きつけているのだろう、玄関扉に鍵を差しこんだ瞬間にはもう、出迎えてくれている。自分を見あげるあの大きな目に遭遇したら、あなたはたぶん敷居をどうしてもまたげず、不安を募らせるばかりだっただろうけど、わたしはビリーを目にしたとたんストレスがすっかり消え去る。

ビリーがキッチンにそっと入ってきて、わたしの足もとで小さなダンスをしてから、キッチンタイルの上に日だまりを見つけ、どさりと寝転がる。耳のうしろを掻いてやると、満足そうに喉を鳴らす。わたしは餌入れにビスケットをばらばらとあけてやり、ビリーは起きあがって、騒々しい音を立てながら食べる。与えていいのは、数枚だけ。ジェンマがダイエットさせているからだ。なぜ最近こんなに体重が増えたのか、あの娘にはわからない。獣医にも注意されたのだという。

お茶を淹れるために、やかんを火にかけていると、ビリーの尻尾が足にまとわりつく。見れば、餌入れが空っぽだ。

「あら、ビリー、わたしったら、ごはんを忘れていたのね？」

猫が大きな目で悲しそうに見あげ、ごろごろと、沸騰中のやかんよりも大きな音をたてる。わたしはビスケットを数枚、餌入れにあける。

　わたしたちがこれからどう過ごすのかはわかっている。ほかの多くのことは、日々記憶から消えていくのだけれど。わたしは座ってお茶を飲み、ビリーは金色の房つきの赤いひもを探してうろうろする。クリスマスプレゼントとして、わたしが房をつけてやったものが、お気に入りのおもちゃなのだ。ビリーが姿を消したので、階段をのぞいてみると、ひもの横にちょこんと座って、黄緑色の目で〝ほら、ここにあるよ〟と訴えてくる。そこで、一緒に屋根裏部屋にあがって――そのほうが遊ぶスペースが広いから――ひもの端っこに結び目を作ってやり、ビリーがそれを追っては爪で捕らえて、飽きるまでふたりでこの遊びを続ける。そのあと、わたしは椅子に腰をおろす。ビリーが横にやってきて座り、一緒に中庭を眺める。こうしてそばにいてくれるだけで、わたしの心は落ち着く。膝に飛び乗ってきたら、やわらかい毛に指を走らせる。

　以前だったら、こうはできなかったはずだが、わたしは動物からたくさんのことを学んだ。性格がこんなふうに変わって、脳の一部がこんなふうに軟化したのは、何もせずに座って眺めるようになったからだ。そう、動物たちと同じように。彼らの生活はシンプルだ――いまという瞬間に生きている。これがビリーとの共通点。いまを大切にしている。恐怖心の多くはもはや消え去った。たぶん、認知症より怖いものはないせいだろう。わたしは不確かさとともに毎日を生き、だからこそ、もう怖くはない――猫も、暗闇も、病気も。

　しばらくして、玄関の扉が開く音が聞こえ、下におりて、仕事から帰宅したジェンマを出迎える。お茶を淹れるためにやかんを火にかけ、ビリーが膝に乗ってきて、ジェンマとわたしはその日のできごとを互いに話す。二〇分ほどそんなふうに過ぎただろうか、ビリーが膝から飛びおり、空の餌入れの匂いを嗅いだあと、座ってそれをじっと見つめる。

「おやまあ」わたしは言う。「きっと忘れてたのね」

ジェンマが疑わしげにビリーを見る。「獣医さんは、本当ならこの子の体重は落ちているはずだから、きっとだれかに餌をもらっているんだろうって言うの、だって食餌療法が効いていないんだもの。ビリーのお守りをしてくれているとき、ビスケットはちょっとしかやってないのよね、ママ?」

「ええ、もちろんですとも」ボウルにばらばらとビスケットをあけてやると、ビリーはうれしそうに喉を鳴らす。

9 認知症とともに生きる

わたしの前で、医師が最新のミニ記憶テストの結果を書きつけている。何が書かれているのか、デスクの反対側からは読もうとしても読めない。彼はやがて椅子に背中をあずけ、ため息をつく。

「前回より少し悪化していますね」

進行性の病だと承知してはいても、そう言われると心臓がずしりと沈む。

診療室からとぼとぼと出て、病気の脳にまたもや期待を裏切られたことを悲しく思う。今回のテストのどこで、どんなふうに失敗したのか、どの箇所、どの質問でやらかしたのか、よくわからない。覚えているのはただ、〝悪化〟ということばだけ。帰宅後、この〝悪化〟ということばとともに頭を枕に沈めて眠りにつく。

もちろん症状がよくならないのは百も承知だが、医師が患者と話すとき、単語の選択やことば遣いがいかに重要であることか。仮にこんなふうに言ってくれたなら、無力感は減っていただろう。「今回の成績は二六点でした。どうやら、筋肉の動きがうまく協調できていないようですね。何かお手伝いできることはありますか」

〝悪化〟という否定的なことばを省いてくれるだけで、もはや本来の働きをしない脳の一部を出し抜く手段が見つかるのではないかと希望を抱ける。また、いまもまともに働く部分への信頼感と、ときにはひらめきさえも得られる——たとえば、毎朝スクラブルゲームをするとなんだか調子がいいから続けてみよう、とか。そうなれば、無力感ではなく勇気が湧いてくる。自分でなんとかできるのだ、と。

ほかの人たちと同じく、診断をくだされたときにこう告げられた。「わたしたちにできることはありません、残念ながら」あのときの喪失感、恐怖、絶望感をいまも覚えているし、その後の数日、いや数週間、頭に浮かぶのは〝残念ながら〟ということばだけだった。おそろしく否定的で、ぞっとする響きだった。もし、ちがう表現で告げられていたら、どうだっただろう。「ええ、診断結果は認知症でした。今後、さまざまな状況に対処するお手伝いができる人たちの連絡先を教えましょう、同じように診断されて、役に立つ情報を交換しあえる人たちです」そうすれば、たちまち希望を持てたはずだ。

数週間後、わたしは看護学生の前で、話をする。みんな真剣な表情で座り、ノートとペンを両手で膝に押さえつけている。わたしはまず、〝認知症〟と聞いたらどんなことばが頭に浮かびますかと尋ねてみる。ホワイトボードのほうを向くと、みんなから次々に声があがる。痴呆、ぼけ、心の負担、病人、高齢、生ける屍……。

　わたしは手を止めて、部屋を見回す。

「こういうことばを聞いて、わたしがどんな気持ちになるか想像してみてください。もちろん、自分が年寄りに見えることも、髪の毛にちらほら白いものがあることも承知していますが、それは染めてないからなんですよ――あなたたちの先生のロブとはちがってね！」

　彼がばつの悪そうなふりをして、みんなが笑う。

「だけど、全体から見ると、認知症を発症するにはまだかなり若い。わたしは〝病人〟に見えますか。わたしは〝負担〟になるように見えますか」

　何組かの脚が、きまり悪げにもぞもぞと動く。これらのことばを、わたしはホワイトボードに書きつけてから、みんなのほうを向いて、前向きなことば遣いが前向きな精神状態につながること、うしろ向きなことば遣いをされるとだれでも気が滅入ることを説明する。

「もし、上司から毎日、毎日おまえはばかだと言われたら、気が滅入って、やがてそうだと思いこむようになるでしょう。わたしたちも、認知症の〝病人〟だとしょっちゅう言われたら、そんなふうに感じてしまうのです。認知症の診断はつらいこと――ひどく打ちのめされる知らせ――ですが、こういうときこそ、うしろ向きなことばを封印し、前向きなことばを口にしてください。だれかに来る日も来る日も病人だと言われたら、そういう気になってしまいます。わたしたちは目の前の問題に対処しようと毎日〝苦闘〟していますが、たいていはだれかの助けを借りながらも、乗り越える道を見つけているのです」

部屋の全員から真摯なまなざしが注がれる。認知症を〝患っている〟という表現は〝抱えて生きている〟に置き換えられるのだと、わたしは彼らに話す。

「もちろん、自分が直面している大変な問題を否定するわけでも、軽視するわけでもありません。ただ、いやな気持ちにならない言いかたにしたいだけなのです」わたしは言い、彼らがうなずく。理解しはじめたようだ。

自分が診断されたときのこと、やがて思考が前向きに変わって、不可能を可能に置き換えられるようになったことを思い返す。

「何ができないかではなく、何ができるかを考えるようにしたいと思っていますが、ときには、そうするためにみなさんの助けが必要なのです」

マスメディアも助けにはならず、きまって〝認知症患者〟と表現することや、さまざまなイメージ――たとえばわたし自身が認知症と診断された当初ネット検索で見つけた、寝たきりのお年寄りの写真など――が、いかに希望を失わせるかについても話す。そして自分が参加している支援グループのこと、妻には夫が、夫には妻がつき添って、彼らがつねに配偶者を代弁し、認知症を〝患っている〟と表現することも。自分の番が来ると、わたしはいつも「認知症を患っているのではなく、抱えて生きているのです」と言うことにする。あるとき、そう告げた瞬間に、夫に代弁されていた妻が目をあげてまっすぐこちらを見た。頭に種が蒔かれたのだ――認知症は必ずしも終わりではない、と。そう、わたしにとっては、断じて終わりではない。

　この数カ月、自分の横にいるべき人がおらず、空間がぽっかりできているように感じる瞬間が多かった。だれしも心の奥では、ほかのだれかに見守られて人生の晩年を過ごす絵を描いている。わが子にはわが子の生活や家族があるのを承知していながら、ひとりきりで過ごす姿をけっして描かない。わたしにしても、部屋を見回してだれか一緒にいてくれたらと願う瞬間がないと言えばうそになる。『アリスのままで』のプレミアでは、だれもがペアでいるように見えた。認知症の人はみんな、歩く記憶装置につき添われて、ちゃんと薬を服用したか、食事をとったか、飲みものを飲んだか確認してもらっていた。だが、つき添う家族の顔には、大切なパートナーが衰えていくのを目にする痛みがはっきりと見て取れた。だからこそ、負担をかける夫がいなくてよかったと思うことがよくある。

　ほかにも、理由がある。だれかと暮らしていると、片づけるのであれ散らかすのであれ、当然のように物があちこち移動するが、どちらにしても困った事態を招く。以前のわたしはとても几帳面だったのに、いまでは書類を出しっ放しにしている。見えないところに片づけたが最後、存在しないも同然になるからだ。キッチンのカウンターには、今後一週間に自分が何をすべきか知らせる紙が散らばっている。講演する予定の会合、調査委員会や運営グループの人たちに会うために訪れなくてはならないロンドンやイギリス国内のさまざまな場所。いまのわたしは散らかし屋だ。もし、同じように散らかす人と住んで、本来ないはずのものが行く手にあったら、しじゅうつまずいてしまうだろう。確かに、記憶を呼び起こしてくれるだれか、脳の補助役や話し相手になるだれか、一緒に笑ったり、うまくいかないときに抱きしめてくれたりするだれかが、わたしにはいない。だが逆に言えば、何かを思い出せないせいで相手を動揺させなくてすむし、お腹が空いていないのに食べなさいと言われたり、まちがいを正されたり、話の途中でことばを引き取られたり、調子がよくない日にあれこれ世話を焼かれたりする心配もない。

そう、頭のなかには、退職後の生活として描いていたのとは少しちがう絵があるけれど、もともと自立心が強いから——そのおかげで、いまのところは、この病気にうち勝っているわけだが——時間がちょっと余分にかかるという理由だけで、自分のやるべきことをだれかにやってほしくはない。

たぶん、だからこそ、わたしの隣は空いているのだろう。

前庭で、石の下に隠れた草を抜いているとき、隣人のジムがいつものように通りをやってくるのが見えた。うちの前に来たら笑顔で挨拶しようと、わたしは熊手を放し、膝をよいしょと持ちあげたが、彼は道を渡って反対側を歩きだす。わたしは戸惑って、ちらりと土に視線を戻す。きのうも同じで、その前もそうだった。ふだんの彼は陽気に笑って手を振りながら通りすぎるか、足を止めていかにもイギリス人らしく天気について会話する。ところが、この数日はそうしなかったし、きのうはわたしの姿をちゃんと目にしていたのだ。

土に数本残された緑色の茎を抜きはじめた瞬間、はっと思い当たる。数日前の地元紙のインタビュー記事で、自分が認知症と診断されたことや、世間の認識を高めるために取り組んでいるさまざまな活動について説明したではないか。ジムはその記事を読んだのだ。まさか、だから、わたしを避けている？　ぜひとも確かめないと。立ちあがって、ズボンから土をぱらぱらと払い落とし、門扉の外に出ると、道路を渡って彼に近づいた。

「ジム？」と呼びかける。

彼は下を向いたまま黙って前を過ぎようとするが、わたしはこのうえなく朗らかにこんにちはと声をかける。

彼はむにゃむにゃと挨拶を返すが、立ち止まっておしゃべりをする気はなさそうだ。

「何か怒らせるようなことをしたかしら」わたしは困惑して尋ねる。

ようやく、彼が足を止める。目を横にそらし、視線を合わせようとしない。

「いや、その、新聞で見たから」

わたしは笑う。「これで有名人の仲間入りよ！　だけど、もっといい写真を撮ってくれたら、一〇歳は若く見えたのに！」彼は気まずそうな表情だ。「そのせいで、話しかけてくれないのかしら」

彼はため息をつく。「ただ、なんと言っていいのかわからなかったんだ」

「あの写真は、そこまでひどくはなかったでしょう？」わたしは笑い、明るい雰囲気を作ろうとする。

彼は足もとの歩道を見おろして、重心を変える。こんなふうに困らせるつもりはなかったのだけれど。

「あんたはピンクの自転車に乗ってるのに、認知症だなんて、そんなことがあるのか？」

これは、軽くやりすごせることではない。彼が理解していないようなので、最初から説明を始める。

「認知症にも、始まりがあるのよ。みんなが末期というわけじゃないし、わたしは初期の事例のひとつなの。あなたが記事を読んだ前の日と、どこも変わってはいないのよ。あの日、わたしたちはおしゃべりをしたでしょう」

彼はうなずき、ゆっくりとのみこんでいるようだ。新聞を取りにまた歩きだすが、今回はちょっと足どりが遅く、考えに沈んでいる。

だが翌日は、うちの前に来ても道路を渡っていかない。それどころか、新聞を脇に挟んでまっすぐやってきて、あれこれおしゃべりする――とくに、天気について。

「体はだいじょうぶなのか？」さっきよりも、ちょっとだけまじめな口調だ。

「ええ、ありがとう」わたしは笑顔で答える。

彼は安心したようすで、歩き去る。

だれにでも説明がこんなふうに簡単だったらいいのだけれど。わたしの診断を耳にして鳴りを潜めた友人はひとりやふたりではない。何人かは幼いころからの友人で、おかげでひどく傷ついた。メールを送っても、さっぱり返事が来ない。最初は忙しいせいだと考え、しばらくしてからもう一通送った。やはり、なしのつぶて。二、三カ月ごとに必ず連絡をくれていた友人も何人かいたが、気づいたら、音沙汰がなくなった。クリスマスや誕生日のカードの数が減り、電話線やネット回線を通じてやりとりする近況報告も少なくなった。人生をともに過ごしてきた人たちなのに、いままでは、携帯やパソコンでメールをよこす気もないようだ。この事実を、わたしはたちまち認識したわけではない――徐々に、なんとなく悟った。みんな、どこへいったのだろう。

　姿を消した友人もいれば、残った友人もいて、後者は思いやりと愛情に満ち、ときには実際的な解決策も提供してくれる。ブログを読んで、わたしが目覚めたときに何曜日かわからないことが多いのを知り、プレゼントをくれた友人もいる。ベッド脇に置く大きくて派手な時計で、時間だけではなく年月日がわかる。

　メールの署名には、自分のブログの名称を添えている。そうすれば、返信をよこさない相手にも、わたしがいま何をしているのかわかってもらえるからだ。たとえ、かつてのように向こうの近況が返ってこないとしても。ごく親しかった友人のひとりから音信があるまで、じつに一年半近くかかった。近くに来たので外で夕飯を食べないかと誘ってくれ、わたしがまだ文を紡げるのを知って、見るからにほっとしたように肩をさげた。認知症ということばは一度も口にしなかった――いまなお、口にしていない――が、それでもまた連絡をくれるようになった。

　べつの友人ふたりは、じかに連絡をとっていないあいだも、わたしのブログを読んでいたと告白してくれた。

〝あなたがこんなふうに前向きで、いまも活発に過ごしていると思わなかったなんて、なんて愚かだったのでしょう〟再び連絡をよこしたとき、彼らはそう書いていた。

　だけど、わたしはいまもわたしだ。ただし、病気の脳を抱えたわたし。この種の病気の何が、人々をこれほど怯えさせるのだろう。もしかしたら自分の身に起こるかもしれないという恐れ？　自分もまた死すべき運命にあることに気づかされて、逃げ出したくなるのか。わたしという存在は、何を思い起こさせるのだろう。未来の姿？　ほかのみんなの脳もいずれは機能が衰えていくが、わたしの場合はそれが一〇倍の速さだから？　いずれにせよ、認知症の真実を知ってもらうには、彼らをにこやかに呼びもどすしかないし、わたしはそうする。そうせざるをえない。身近な人たちに理解してもらえないなら、赤の他人を啓発しても意味がない。彼らもジムと同じく、わたしがアルツハイマーと診断されたのを聞き、ケアハウスのベッドに横たわって死を待つ姿を思い浮かべたのだろう。だからといって、責められるだろうか。当初、わたしの頭はまさに同じイメージで押しつぶされそうになっていたのだから。

すべてを大きく変えたのは、わたしのことばだが、口で話したのではなく書いたものだ。口は認知症にことばを奪われて、ひとつの文を完成させられるほど早く単語を呼び出すのがむずかしい。だが、よどみなくタイプする脳の機能は、まだ損なわれていない。わたしは国じゅうを駆けまわって、会議に参加したり臨床試験のモニターをしたりし、その過程で発見したあれこれをほかの人にも役立ててもらいたくてブログに書いているが、それを読んだ友人たちはびっくりする。

「働いていたときよりも、いまのほうが忙しそうだね」と、一度ならず言われたし、それは事実だ。忙しくしているのは、自分が過去を失いつつあるという事実を忘れたいから。そして、あらたな記憶を作ってはブログに保管して、現在に集中できるようにし、新しい形の自分史をこしらえている。なにしろ、どんな未来が待ち受けているかわからない。友人や家族は過去の番人、認知症が盗めない記憶の守り人だ。さまざまなできごとに関して、さすがにわたしとまるきり同じ記憶を持っているわけではないが、その場にいたから、わたしに話して聞かせたり、わたしが話すあいだ耳を傾けたりしてくれる。そう考えると、わたしの人生の証人を手放さないようにするのは、何よりも大切なことだろう。彼らは、認知症がその任務を完了した暁に、かつてのわたしがどうだったのか教えてくれる最適任者なのだから。

彼らのほうにも、わたしと友人でありつづける恩恵はある。さまざまな話を聞かされ、人生最大の秘密を仔細に打ち明けられても、わたしはつねにこう請けあえる。「秘密はちゃんと守るわよ——だって、この部屋を出るころにはすっかり忘れるでしょうから」

10

いたたまれなさと罪悪感

　あなたは都会の喧噪が好きだった。ぴくりとも動かない車の列と市壁のあいだをひっきりなしに抜けていくサイレンの音、周囲が活気に満ちていることを示すさまざまな音たち。そのなかにいると、生きているのを実感できた。よく、シャンブルズ通りの石畳をそぞろ歩く観光客のおしゃべりに耳を傾けては、人混みのなかで垣間見た人生の断片に笑みを漏らした。通りがにぎやかなこと、そこを歩く人の群れに自分が加わっていることも気に入っていた。また、道を渡るあなたたちを縫うように追い越していく自転車も、ヨーク・ミンスターの尖塔をぼうっと見あげている観光客をクラクションではっとさせる車も好きだった。それから、にぎやかな地域社会の一部であることも、玄関から出るたびに生活音に包まれて五感という五感が刺激されることも。都会の生活以外は考えられず、ほかのどこかに住むなど想像もつかなかった。いまのわたしには、すべてがなんと異質に思えることか。

玄関から出ると、ほら。あらゆる方向から襲ってくる。ただ耳にぶつかるのではない――ぐいぐい押し入って、脳のなかを駆けめぐる。息をのみこむと、下へ、腹へと轟音をたてて落ちていく。どこもかしこも音だらけで、以前よりもはるかにうるさい。いまのいままで気づかずにいたが、わたしは最近、玄関の外に出ると自然に身をすくめている。まるで、世界が一夜でいきなり音量をあげたかのようだ。リモコンでもとの大きさにさげられたなら、どんなにかうれしいだろう。

門の外に出て、横断歩道のボタンを押す。車道の信号が赤に変わり、歩行者信号が点灯したのを見て渡りはじめるが、思わずひるむ。音響装置の響きが耳のなかでどんどん大きくなり、けたたましく体の奥へ侵入してくる。たまらず、両手で耳を覆う。まさか市当局がスピーカーの音を調整し、わたしが眠っているあいだに大きくしたのだろうか。歩きつづけるが、すぐにほかの問題が生じる。遠くに、青い光の点滅が見える。救急車だ。立ち止まって縁石からあとずさり、目の前を過ぎていくのを目にした瞬間、さらに飛びのいてしまう。息を奪われ、救急車が緊急任務のために消え去ったあとも長々と、サイレンの音に苦しめられる。どうしていきなり、これほど音が苦痛になったのだろう。

帰宅したときには、家がもたらす静寂がありがたくてたまらない。コンピューターの前に座って、検索バーに〝聴覚過敏と認知症〟とタイプし、画面に現れた結果の多さに驚く。そして次から次へと、認知症の診断後に周囲の音が大きくなった人たちの話を読みあさる。どれも認知症を抱えた当事者のもので、医療関係者の説明はない。読めば読むほど心が沈んでいき、いすに背中をあずけたときにはもう、これが何を意味するのかを悟っている――愛するこの街を離れなくてはならない。わたしは終の棲家になると思いこんでいた家の壁を見回して、じきにこれらの写真をフックからはずし、本を箱に詰めなくてはならないのだと考える。かつては平穏なオアシスだったもの、にぎやかな都市のまっただなかで得られる静けさは、もはや必要ない。とにかく騒々しすぎるのだ。

その後も日ごとに、ヨーク市内を駆けまわるサイレン音がどんどん大きくなるが、ひょっとして、いままでより気にしているせいかもしれない。この街の狭い道は四トンの車が走れるようにできてはおらず、数世紀を経た壁と石畳の道を救急車がスピードダウンして抜けていくあいだは、足を止めて耳を覆っても痛みが鼓膜をつんざく。観光客のおしゃべりも耐えがたく、会話の断片はいまや頭のなかをぶんぶん飛びまわる蜂の群れのようで、思考が断ち切られてしまう。子どもの泣き声もひどく不快で甲高く、心ならずも通りの真んなかで立ちつくすはめになる。この場所を愛する理由だったすべて、都市の喧騒のサウンドトラックを構成するすべてが、いまやここを去らざるをえない理由と化した。

だけど、どこへ行けばいい？　認知症に関する説明はどれも、診断後に引っ越しすると症状を悪化させる可能性が高いと指摘している。だめだ。この件はひとまず頭の奥へ押しやろう。代わりに、耳栓を買う。耳の穴の形状にぴったりと合う発泡ウレタン製だ。玄関の外に出てみると、世界は静寂そのもので、なんだか冬を思わせる。降雪が通りを覆い、ふわふわのまっ白な毛布で音をくぐもらせているときのよう。だが、この耳栓はべつのものを奪った――重要な音を聞く能力だ。右手から自転車が近づいてきたのに気づかず、うっかりその進路に足を踏み入れ、あやうくぶつかるところだった。すぐに耳栓を引き抜き、弁解がましく事情を説明する。ともかく、これは役に立たない。強烈な音をやわらげつつも、ある程度は通すものが必要だ。数日後、どぎついピンクの耳栓を店頭で見つけ、かなりましになるが、それでもじゅうぶんとは言えない。週を追うごとにヨーク市はじわじわと音量をあげ、もはや音を無視して締め出すのは不可能に思えてくる。いや、ヨーク市ではない。変化しているのは、このわたしだ。

インターネットで市内の静かな地域の家を探すが、どれもこれも予算を超えている。もう無職なのだから、いまの家の売却代金から新居の改装費用をいくらか残しておき、なんであれ今後認知症が投げかけてくる問題に備えなくてはならない。来る日も来る日も、家探しを打ち切ってノートパソコンを閉じ、胃には黒々とした重い感情が溜まっていく。この変化に、心がついていかない。こんなことが起きてほしいなんて、頼んだ覚えはない。頭のなかで丹念に作りあげてきた将来像を、憎たらしい認知症に盗まれた。脳内に手を突っこまれ、知らないうちにむしり取られたのだ。自分にできるのはただ、事態に順応することだけ。

この週末は、ジェンマとその恋人のスチュアートのもとで過ごしている。ヨーク市から五〇キロほど離れた静かな小村の家だ。客間をあてがわれ、束の間の平穏を味わっている。ここは屋根裏部屋を改装した空間で、階下からテレビの音やおしゃべりが漏れてくることもなく、ビリーがしじゅう膝で丸まって、わたしは外の鳥たちや自然の風景をながめ、窓の向こう側では木々が風にそよそよと揺れて、聞こえる音といえば葉っぱのざわめきか、ムクドリやヒヨドリのかすかなさえずりだけ。忍耐を求めるものは何もない。日中は村の店まで散歩して新聞の日曜版を買い、すれちがうみんなに微笑みかけて挨拶を交わす。店の人はじつに愛想がいい。なんとなく、全員の生活について何かしら知っている印象を受けるし、たぶん、こういう場所では噂話を交換することで共同体を成立させているのだろう。住人は正面玄関をぴったり閉じることさえせず、あらゆる営みがレースのカーテン越しに行なわれている。おかげで、温かい気持ちになる。

　ふいに名案が浮かび、ビリーをよっこいしょと膝からどかして、ノートパソコンでこの村の家を探しはじめる。たとえジェンマが引っ越してここにひとりきりになっても、はたして自分は幸せに過ごせるだろうか。そんなことを考えていると、予算オーバーの家がずらずらと現れる。ため息をつき、がっくりしながらノートパソコンを閉じる。居場所がどこにもないという例の感覚が、ためらいがちに居座っている。こうなる前には、何もかも計画してあった、そうでしょう？　なのに、自分がどこに向かうか――いや、どこにいたのかさえも――わからないなんて。代わりに、空白とともに残されてしまった。

　その後数週のあいだにまた何度かこの村を訪れては、いつも同じ問いを頭に浮かべる――ここで幸せに過ごせるだろうか、と。そして、この場所がじつに静かなことをいっそう認識させられる。細いデッキ状の小道を通って池のそばに立ち、村の店で買った袋入りの特別な餌をカモたちに投げてやる。ここではカモたちですら面倒を見てもらえるのだ。彼らはビリーと同じく、わたしから餌をじゅうぶんすぎるほどもらえると知っている。村のほかの長所も見えはじめた。店と郵便局があるし、近くの町からはヨークへの直行バスが出ている。都会を完全にあきらめなくてすみそうだ

――あの道の果てにちゃんと存在しているのだから。

数日後、ヨークに戻り、セアラが来て食器棚の整理を手伝ってくれる。家を見つける前に、引っ越しの準備を始めることにしたのだ。今回はぎりぎりに慌てて荷詰めするなんて無理だし、持ち物を数カ月前から減らしておいたほうがいい。まずはキッチンから始めて、古い缶詰や賞味期限がとうに過ぎたスパイス類を廃棄する、日付を二度見したうえで――以前は、こんなふうに廃棄することはけっしてなかったのに。わたしたちはあちこち引っ越した思い出を語りながら、手を動かす。

まずは調理道具の詰まった戸棚からだ。

「ハイド・クローズのあの庭、覚えている？」チーズおろし器を戸棚から出しつつ、わたしは尋ねる。

「あの下に芝生があるだなんて、想像もつかなかったよね」ぼうぼうに茂った草をわたしが丸一週間かけて刈り取ったことを思い出して、セアラが言う。

わたしはチーズおろし器をもうひとつ戸棚から取り出す。

「それに、あの窓のありさまときたら！　あなたとジェンマがちっちゃな歯ブラシでごしごし磨くはめになったの、覚えている？」

もうひとつチーズおろし器を見つけて、ほかのものとまとめながら、戸惑いの目でそれを見つめる。

さらにおしゃべりを続けながら、戸棚の奥のほうを探る。玉杓子と木匙が何本かと、リンゴの芯抜き器がひとつ。そして、チーズおろし器がもうひとつ。

「変ね」わたしは背後の山をふり返る。「もう三つも見つかっているのに」

　セアラとわたしは笑いだすが、戸棚のいちばん奥に到達するころには、一〇個のチーズおろし器がキッチンカウンターに並んでいる。ふたりでそれらを見つめ、どうしてわたしがこう何度も、チーズおろし器を持っていないと思いこんだのだろうかと不思議がる。

「何より変なのは、チーズがそんなに好きじゃないくせにってこと」わたしは言う。「おろしたチーズは、なおさらね」

　ふたりでくすくす笑いながら、チャリティーに出すために袋にまとめる――かさばるのは九個のチーズおろし器のせいだ。いま、セアラが隣にいて一緒に笑っている瞬間には、引っ越しはそう悪くはない考えに思える。きっとできるはず。いい場所が見つかりしだい。


　わたしは毎日インターネットをチェックしては、きょうがその日ではないかと期待するが、たくさんの日々が無為に過ぎていく。そしてある日、それが現れる。ジェンマが住む村の、長屋形式の家だ。寝室が三つで、広すぎず狭すぎず、手ごろな価格。何よりも好ましいのは、居間の大きな窓から望む美しい放牧地で、それを取り囲む木々が小鳥たちや野生の生物を玄関先まで呼びこんでくれる。すべてが望みどおり。ジェンマに詳細を送ると、電話で内覧の予約を取ってくれ、その数日後に、わたしは終の棲家となるであろう新しい家のなかに立っている。

　がらんとした室内の、何もない壁を見回して、いまの家のあれをここに貼ろう、あの椅子をここに据えよう、と思い描いてみる。以前とちがって、新しい生活はすんなり見えてこない。脳がいつも以上の働きを求められ、部屋から部屋へと回っても、かつてのようにはさまざまな光景が浮かばない。すべてがきちんと配置されないかぎり、部屋がどうなるのか考えられないのだ。だが、それでも、あの窓からの美しい景色はちゃんとある。

「言うことなしね」平らな細長い芝生の庭を眺めながら言い、こちらを見返すジェンマの表情には気づかないふりをする。

「玄関扉までのあの段差はどう?――だいじょうぶかしら」彼女が尋ねる。

以前のわたしならその欠点を見つけていたし、この家を買わない理由をもっとしっかり探して、心ではなく頭の声をはるかに重要視しただろう。だが、いまは娘の問いを無視して大きな居間に戻り、窓枠を覆うカーテンがないせいでいっそう広く見える牧草地を、あらためて惚れ惚れと見つめる。

「ここに決まりよ」わたしは娘に言う。

数週間後、わたしの家が売りに出され、買いたいという人が現れて、事務弁護士が引っ越しの日取りを決める。以前のわたしだったら、とんとん拍子にことが進むのを喜んだだろうが、いまはくらくらして、受信箱に新しいメールが届くたびに驚きと高揚感を覚えてしまう。やがて引っ越しの日が近づき、箱詰めを開始する。いつもやっていたように作業を進め、直感に任せて手を動かしていく。〝やかんの下の戸棚〟と書いた白い紙を、キッチンで詰めた最初の箱の前面に貼りつける。ふたつめの箱には、〝ガスレンジの隣の戸棚〟だ。

翌日の朝、わたしは化粧着とスリッパで階下におりてキッチンに足を踏み入れる。そして熱いお茶をすすりながら、箱の前面に貼られた文字を読む。ガスレンジの隣の戸棚ですって？ はて、と首をかしげる。戸棚の扉をあけると、当然ながら空っぽだが、そこに何が入っていたのかさっぱり思い出せない。なんであれ、中身は箱に収められ、きっちり封をされて、引越先であけられるのを待つことになるだろう。だが、その日、わたしはべつの方法を試す。箱の封を剝がして、場所ではなく、入れたものすべてを一覧に書き出そうとしたのだ。なのに、入れる端から忘れてしまう。黒いマーカーペンをまっ白な紙の上に浮かせ、目を閉じて鼻筋に皺を寄せながら、さっき見たばかりの箱の中身を思い出そうと頭を懸命に働かせる。そして、また箱を開く。もちろん、調理用具に決まっている。そこで箱を閉じ、またテープで封をする。それから、いま自分は何を覚えようとしていたのだろうかと考える。またもや箱をあけるが、はるかに時間がかかってしまう。次にまた箱に品物を詰めるとき、はたと手を止める。まずは書き留めよう。混ぜ鉢、小さな水入れ、ラムカン容器……と、書いては箱に入れていき、ひとり微笑みながら箱に封をする。今回もまた問題点を打開する方法を見つけられた。だが、できることなら、この病気を頭から取り出して箱に入れ、テープで固く封をして、この家と新居のあいだで失くしてしまいたい。

日が経つごとに、封をした箱がまわりに増え、謎が夜ごとに深まる。朝、階下におり、しばし迷子になって家のなかをうろつく。箱とその中身の一覧は、なんの手がかりもくれない。

ジェンマとふたりでさらに二回、新居を訪れる。カーテンの長さや家具を入れる空間を測るのではなく、あの大きくて美しい居間の窓の前に立って、牧草地を眺め、新しい生活を思い描くためだ。

今回もいままでの引っ越しとまったく同じだ。そう自分に言い聞かせる。だが、すでにいろいろちがっている。

彼らはよく見かけるタイプの夫婦で、妻が主導権を握っていた。夫の腕からコートを脱がせて畳み、夫を座らせてだいじょうぶかと確認し――一回、二回と繰り返して――それからお茶を取りにいく。どこを訪れても、このタイプをよく見かける。助けになりたい一心なのはよくわかるが、どういうわけか、世話をされる夫たち――または妻たち――は病気の進行がわたしよりはるかに速い気がする。わたしには、何かを取ってきたり、ことばを引き取ったり、肉体的にも知的にもまだこなせるはずのちょっとした作業をできないものと決めつけたりする人はいない。ほかにも、ちがいがある。妻がお茶を取りにいっているあいだ、この男性の顔を罪悪感が大きくよぎるのが見え、毛孔や小さな皺のひとつひとつに本人が覚えている以上の過去のできごとがうかがえる。妻が戻ってきて、またわたしたちの横に腰をおろす。

「わたしたち、アメリカにいる息子に会いに行こうと計画していたんですよ」妻が言う。「だけどもちろん、こうなった以上はできないんですけどね」この女性のことは知らないが、口調に棘があるのはまちがいない。「かわいい孫たちにも会えません」と彼女はつけ加える。

その横で、夫が膝をじっと見おろしている。罪悪感の重みで、皺がいっそう深くなる。

「きみひとりで行ったらどうかな」彼が穏やかに提案する。

「そうしたら、だれがあなたの面倒を見るの？」妻がぴしゃりという。

夫はため息をつく。妻の言うとおりだ、自分と自分の頭に巣食うこの病気が妻にみじめな思いをさせているのだ、とわかっているから。

わたしは咳払いをして、できだけ明るい口調で言う。

「フェイスタイムで顔を見ていらっしゃるんでしょう？」

夫の顔がぱっと輝く。

「そうです、画面越しにしょっちゅう会っています、最近のテクノロジーはすご――」

「ええ、だけど、じかに会って顔を見るのとはちがいますから」妻のせりふが、夫の目の輝きをたちまちかき消す。

「あら、でも、まったく見られないよりはましですよ。考えてもごらんなさい、二〇年前は、電話をかけたら相手の顔が現れる、なんてことはありませんでしたから」

「二〇年前は、訪ねていくことができましたからね」妻は肩をすくめ、夫は椅子のなかで縮こまる。ナイフがいっそう深くねじこまれた瞬間だ。

彼がこちらを見て、わたしたちは視線を交わす。ことばは必要ない――口に出さずとも、すべてわかる。わたしたちのどちらも、認知症になろうと思ってなったわけではない。気づいたらなっていて、原因さえもわからない。なぜなったのか、という問いが来る日も来る日も、わたしたち認知症の人間につきまとう。この病気は記憶を盗み、病状の進行にともなって重みが増していくささやかな尊厳も奪う。さらに、べつの責め苦も味わわせる。つき添う人たち、たとえば夫、妻、子どもたちに対する罪悪感だ。

わたしはこの病気を憎む。わたしからいま盗んでいるせいではなく、今後娘たちから盗み、つらい思いをさせようとしているせいで。この病気はみんなの人生を踏みにじり、かつては完璧な人間がいた場所にぼろぼろの抜け殻を残していく。たいていの日は、わたしもこの男性のように、自分がまだできることに目を向けている。ささやかなこと、たとえばフェイスタイムのおかげでいまも娘たちの顔を見られるし、電話で話すときの混乱を避けられる、といったことに感謝の念を抱く。だが、ときには、認知症に蝕まれ、ふだんは必死に退けている現実をつきつけられる日もある。そんな日は前向きになるなんて不可能で、何かの考えが頭をよぎるたびに喪失感がどっと押し寄せ、それだけでもう自分や、自分の思考、将来、現在に自信を失ってしまう。その瞬間、ふいに痛いほど実感する。未来は曖昧な概念にすぎず、確かなことは自分が衰えていくことだけ——そして、娘たちがつらい思いでその姿を見守るのだ、と。

あの娘たちは、わたしの頭に巣食うものを目の当たりにさせられるだけではない。彼女たちが自分の未来として描いたであろうさまざまな場面も、消さざるをえない——ブラックプールの浜辺でわが子と遊ぶ孫好きのおばあちゃん、いつでも頼れるし喜んで引き受けてくれるベビーシッター、人生の浮き沈みを乗り越えさせてくれるたくましくて有能な母親……。娘たちのためにも、わたしは肉体的、精神的にできるだけ長くここに留まりたい。なのに、現実はその逆だ。列車が遅れて家に帰る方法がわからなくなり、わたしがジェンマを頼る。横に座ってウェブサイトの閲覧のしかたを教えるのは、わたしではなくセアラだ。だれしも両親がいずれ緩慢になることを承知しているが、その過程で、これまでずっと愛してきたわが子の顔や名前を忘れるとは思いもしない。それがこの病気の残酷さであり、深い罪悪感を生じさせる要因だ。

自分が頭にあらたに描く場面は、つらすぎてなかなか完成させられない。そんなとき、罪悪感が背中を押してくれる。自分の将来の望みをもう少しはっきりさせて、娘たちのどちらにも介護者になってほしくない、それよりはプロの手に委ねてほしい、と毅然と示しなさい、と。娘たちが幼いころ、わたしはひとりずつお風呂に入れて、愛情の温かい泡で肩を包んでやったが、もはや自分で自分のことをできなくなったときに同じようにやってほしいと娘たちに頼むなんて耐えられない。罪悪感を減らすには、永続的委任状に自分の意思を書き、早めに娘たちとテーブルを囲んで気詰まりな会話を持つことが何よりも重要だ。

ある認知症のグループで、べつの夫婦と並んで座ったときのことを思い出す。妻がお茶を取りに行き、わたしとふたりだけになると、夫は自宅でいろいろなものがどこにあるのか思い出すのに苦労するのだと話してくれた。

「ごく簡単なものでも忘れてしまう――ナイフとフォークがどこなのか、どこへ自分がしまったのか、みたいな。すごくもどかしいんです。自分がばかになった気がする」

「そのことについて、奥さんと話をしましたか」わたしは尋ねた。

彼は首を振った。「とんでもない、妻を煩わせたくないですから。ただでさえ、あれこれ気を揉んでいるのに」

このとき、またもや目に留まった。彼の顔に深く刻まれた罪悪感が。

「だけど、あなたが話さなかったら、奥さんにどうやって助けてもらうのでしょう？　それに、何も話さなかったら、どうやってあなたのことを理解してもらうのでしょう？　理解してもらえないと、現実に何が起きているのか知らないまま、奥さんは自分なりの物語をこしらえてしまうんじゃないですか」

するとと、彼の顔が少しやわらいだ。「なるほど、そんなふうに考えたことはありませんでした」彼がそう答えたところへ、妻がお茶のカップを三つ持ってテーブルに戻ってきた。「そうしてみます」

自分がどんなふうに感じているのか、どんな問題を抱えているのかを、まだ正確に話せるうちに話さなかったら、今後意思の疎通ができなくなったあと、どうなっても文句は言えないではないか。

雰囲気を明るくするためにお手製のアフタヌーンティーを用意し、ジェンマとセアラに自分の望みを話したとき、わたしが何を望むかについてふたりの考えが大きくちがっていることを知って驚いた。それでも、わたしはふたりに話すことができた。もし、わたしたちが話していなかったら、将来どんな悲しみと精神的苦痛がもたらされたことか。どんな混乱と意見の衝突が生まれていたことか。ふたりのあいだに、大きな溝ができていたかもしれない。もし、わたしたちが話をしていなかったら、自分が死ぬときに深い悲しみが生じても、わたしにはどうしようもできなかっただろう。

罪悪感を抱えて生きるのはつらい。だが、まだ可能なうちに事態を収拾できるようにするために、これは存在しているのだ。

11

戸棚が消える……

たいていの人は引っ越しをしたがらないが、あなたはいつも、不用品を処分する機会、あらたな気持ちで一から始める機会ととらえていた。引っ越す数週間前にスーパーマーケットで箱をもらってきて、娘たちがベッドに入ったあとも長々と、やるべきことの一覧を作っていた。箱詰めに関しては、プロ顔負けだった。一度にひと部屋ずつ計画的に作業し、茶色いガムテープで箱に封をしては、その両横に黒いマーカーペンで中身を記していった。〝デスクの右側〟とだけ書けば、ばつぐんの記憶力で中身をひとつ残らず列挙できた。次から次へと箱に封をし、部屋の隅にきちんと積んで、金槌やねじ回し、やかんやティーバッグといった不可欠な品は〝だいじな箱〟と記した箱にすべて収めた――最後に封をして、引越先で最初に開く箱だ。

まんいち計画倒れに終わった場合を考えて、娘たちには、契約書にきちんと署名してからようやく話した。はじめての引っ越しでは、家族向けの広めの家から、すぐ近くのハイド・クローズという袋小路の小さな家に移ったので、悲しい雰囲気になってもおかしくはなかったが、品揃えがうんと多いお菓子屋さんがすぐそばにあると話して、わくわくする体験に変えた。新しい家の寝室はふたつで、あとは小さな納戸があるだけだった。喧嘩になりそうな状況だが、ジェンマがなんでも小さいものが好きだと知っていたから、あらかじめ納戸を居心地満点の空間にするアイデアを考えておき、セアラが大きいほうの部屋がいいと主張するころには、ジェンマを納得させていた。内覧の時点で、納戸の扉が内向きに開くことに気づき、引っ越してすぐにその扉をはずせるよう、〝だいじな箱〟にねじ回しを入れること、と頭に刻んだ。

引っ越し当日、あなたが運転する車の後部座席で、娘たちは〝だいじな箱〟を挟んで座り、新しい家でどんな楽しいことをしようかと話していた。だけど、あなたの頭には、その内容は入らなかったはずだ。ポケットのなかの一覧表、次々に片づけるべき作業を列挙した表に気を取られていたのだから。戸棚の掃除、ペンキ汚れの拭き取り、カーペットの掃除機がけ。どの項目も、二重線で消されるのを辛抱強く待っていた。

引っ越し業者が到着するころには、娘たちは空っぽの部屋から部屋へ、階段の上から下へと駆けまわり、あなたは家の細かい状況を頭に叩き入れて、汚れた窓越しに草ぼうぼうの庭を目にし、剪定ばさみを手にするのが待ち遠しく感じていた――だが、待たなくてはならない。箱が運ばれてくるたびに、娘たちは期待に満ちた目で自分の宝物を探したが、元の家できちんと準備しておいたから、引っ越し業者の仕事はかなり楽だったはずだ。

梱包を解くときには、いつも最初に〝だいじな箱〟に取りかかった。やかんを火にかけ、底のほうからティーバッグを探し出してマグカップに落とし、いつものプラスチック製タンブラーでスカッシュをこしらえて、新居で最初の一杯を飲む儀式を行なった。そのあとは、さほど時間をかけずに何もかもきちんと整理した。娘たちが手伝わせてくれとせがむので、〝だいじな箱〟から歯ブラシとクレンザーを取り出してやり、ふたりが困惑してぽかんと見あげると、寝室の窓とサッシの四隅の黒い汚れを見せてやった。小さな手がやる、小さな仕事。だけど、歯ブラシで磨けばどんなにきれいになるかを知ってふたりは驚き、たちまちおしゃべりの代わりに無言の真剣な顔が現れて、それぞれが自室の窓をぴかぴかにしようと一生懸命頑張った。その間、あなたは食器棚を片付けて、床に掃除機をかけ、ペンキ汚れを拭き取り、ベッドを整えた。一覧表の項目はどんどん減っていき、二重線で表が黒くなるにつれて充足感が増した。

夕方には、大きな箱はすべて梱包を解かれ、テレビがついて、特別なご馳走としてテイクアウトの料理が注文され、すでにわが家らしくなっていた。二日後には何年も住んでいる感じがするはずだ。だが、ゆっくりくつろぐ前にふと思い出した。ジェンマの部屋の扉をはずさなくては！　あなたはねじ回しを取り出して、階段をのぼった。

いさぎよく敗北を認めれば、逆に力が得られるのだろうか。箱の山とふたつの家の狭間で、引っ越し業者が到着するのを待ちながら、迷いを抱えている。この新しい冒険に抱いていた高揚感は、失せてしまった。いつもならペンキの色や庭の設計をあれこれ考えているはずなのに、今回は脳が複数の計画を保ってくれない。これならよさそう、という考えが浮かんでも、べつの考えが浮かぶたびにぐしゃりと押しつぶされ、すべてがごちゃ混ぜの不明瞭なものになってしまう。やむなく、この部屋と、箱の山と、じきに引っ越し業者が到着するはずだと告げる時計に意識を戻す。きょうはジェンマが手伝いに来る。セアラは新しい仕事に就いたばかりで、最初の休日には顔を出すと約束した。娘たちが力を貸してくれるのはありがたいが、目を閉じて以前の引っ越しのイメージを呼び起こしても、今回はけっしてそんなふうにはいかないのがわかる。いつも仕切る側、主導権を握る側だったのに、いまは次にどうするのかをだれかに教えてもらわなくてはならない。

荷物がすべてトラックに積まれると、これが最後だと思いつつ鍵を錠に差しこんで回し、鍵穴の奥のかちりという音にどうしようもない空虚感を覚える。あちらの家では、ちがう気分になれるだろうか。この病気の進行と同じく、新しい家での生活がどうなるかをはっきりと描くのは不可能で、未来への心もとなさが膝の上の〝だいじな箱〟とともにカタカタ揺れるのを感じながら、ジェンマの運転でヨークを去る。新居に到着すると、引っ越し業者が小道で待ち受け、以前の所有者がそこで鍵を手渡してくれる。彼らは芝生を刈って、仕事を減らしてくれていた。これらの人がみんな去ったあと、わたしはまず〝だいじな箱〟を開いて、見慣れた赤いやかんとマグカップ二個とティーバッグをいくつか取り出す。わが家の味だ。リビングの大きな窓の前に立ってみると、下枠にわたし宛のカードがある。以前の所有者からで、あなたの新しいわが家にようこそ、と書かれている。わたしは高々と積まれた箱を見回すが、どれに何が入っているのかほとんどわからず、この家をどうやればわが家にできるのか見当もつかない。

「そろそろ始めましょうか？」ジェンマが言い、お茶の残りを飲み干す。

ふたりで部屋から部屋へと歩いて、各箱の前面に書かれた内容を確認し、自分がどんな宝物を集めたのか記憶がすっかり失われた状態で、箱をひとつひとつ開いていく。

「なんだかクリスマスみたいね」ジェンマにそう言いながら、自分が二〇代から使っているランプを取り出す。

その瞬間、不安と恐怖が消え去って、ずっと探し求めていた高揚感に置き換わり、わたしはあらたな終の棲家を構築しはじめる。だいじょうぶ、多少時間がかかっても、材料はこれらの箱のどこかにちゃんと詰めてあるのだから。


「ねえ、その服、おとといも着ていなかった？」

新しいわが家の扉を開くと、セアラがいた。彼女を招じ入れながら、わたしは自分の服を見おろす。青いウォーキング用ズボンと若草色のシャツだ。ふいに、前の日の混乱が甦る。なにしろ、ふた組の服しか見つからないのだ。これはきのう洗濯しておいたので、きょうは着るものがあった。だが部屋から部屋へと回って、未開封の箱をいくつか探り、洗濯機のなかものぞいたのに、自分の服がどこにあるのかわからない。ヨークに置いて来ちゃったのかしら。それとも、ジェンマの家に？

「さすがにまだ、梱包をすべて解いていないみたい」とわたしは言う。「服が見つからないの」

「衣装戸棚にあるでしょう、ママ」セアラがやさしく言い、先に立って二階の寝室へ行き、一枚の壁の扉をさっと開く。とたんに、さまざまな色が目に飛びこんでくる。レールにかかったブラウス類、きちんと畳まれたズボンの山、セーター、Tシャツ……。どうして、この造りつけの衣装戸棚の扉が目に入らなかったのだろう。この部屋には何十回も出入りしているのに。セアラに取っ手を譲られて、扉を数回開いては閉じてみる。それでも、なぜ、この存在に気づかなかったのかわからない。忘れないようにと、扉を開きっぱなしにして下へ戻る。

それから数日のあいだ、この客用寝室の前を通るたびに、開かれた扉が目に入る。わたしはなかに入って、並んだ洋服に手を走らせる。毎日、衣装戸棚からちがう服を取り出せて、もはや着るたびにすぐ洗濯せずにすんでいる。

数日後、わたしはキッチンでお茶を淹れる。小さなキッチン。ヨークの前の家よりも小さくて、廊下側に一枚、居間側に一枚扉がある。だが、きょうはどちらも閉じている。冷蔵庫から牛乳を取り出そうとしてふり返ったとたん、方向感覚が完全に失われてしまう。すっかり混乱して、こちらの扉とあちらの扉を交互に見やる。どこへ通じる扉なのかしら。不安が胸のなかでぞわぞわしはじめ、どちらの扉もあけるのが怖い。その向こうに何があるのか、どこへ通じているのかわからないのだ。息が切れ切れになり、心臓がどくどくと脈打つ。わたしは自分の家で迷子になってしまった。一枚の扉の取っ手に手をのばし、おずおずと隙間からのぞいてみる。居間だ。しんと静まりかえっている。そちらへ足を踏み入れ、それからキッチンに戻り、扉を閉める。そしてふり向いた瞬間、また同じことの繰り返しだ。やむなく二枚とも扉を開き、廊下に出て、そこから居間に戻って、さらにキッチンに入って、と何度もぐるぐるループを描いてようやく、胸の鼓動が静まる。キッチンに戻ると、窓台に光るものがある――ねじ回しだ。それを手にとって、両方の扉を蝶番からはずす。そして廊下に立てかける。だいじょうぶ、ちゃんとここからキッチンのなかが見える。キッチンに戻ると、廊下と居間がどちらも見え、不安が去って落ち着きが戻ってくる。

翌日、またキッチンにいて、扉があった場所にぽっかり空いた穴をほれぼれと眺め、これをはずしたのはわれながら名案だったと悦に入っていると、ふいに、銀色の取っ手がずらりと並んでいるのに気づく。ひとつを引っ張ってみると、戸棚が開いて中身が現れる。「わたしの缶詰たち！」桃のスライス、ライスプディング、ベイクドビーンズ。みんな、このなかに隠れていた。二階で起きたのと同じ現象だ。壁に溶けこんだ衣装戸棚の扉と同じく、わたしの目にはキッチンの戸棚も見えなかった。

そこでノートパソコンを開き、認知症とキッチンの設計に関する情報をネット検索して、扉が透明で中身がわかる戸棚があるのを知る。だが、すべてをこのタイプに置き換えるのは相当な出費だし、扉の向こうのごちゃごちゃが見えるのはみっともない。試しに、一枚ずつ扉を閉めては、中身をどのくらい思い出せるかやってみる。なんだか、隠された賞品を言い当てられたら獲得できるテレビのクイズ番組みたいだが、扉を閉じたらもう、何があったのかひとつも思い出せない。取っ手が目に入れば、何かがその裏にあることだけはわかるが、何度開いても、きちんと重ねられたカップやボウルやグラスや皿を目にして驚いてしまう。

だが、やがて名案がひらめく。わたしは一枚ずつ扉を開いてはカメラでなかを撮影し、二階にあがって、プリンターで写真を残らず印刷する。それから十数枚の紙を持って階下に戻り、各棚の収納物の写真をテープで貼っていく。また二階に上がって、今度は衣装戸棚の扉について同じことを繰り返し、あとずさって眺め、なかなかの名案だとほれぼれする。壁に埋まった扉の裏にあるものが見えるのだ――さすがにもう、服があることを忘れはしないはず。

笑みを浮かべて階下に戻り、やかんを火にかける。認知症をまたもやうち負かしてやった。

だが数日後、わたしはべつのことに気づく。セアラかジェンマがうちに来ると、迷いなくさっさと階下のトイレを使うのだ。

「いつも、そこにあるってことを忘れてしまうのよ」わたしは言う。自分の目には、ただの閉じた扉で、どこへも通じていない。おかげで、毎回その前を通りすぎてしまうが、衣装戸棚の場合とちがってずっと開きっぱなしにもしておけない。

その日の午後、わたしは行きつけの金物店〈バーニッツ〉にいる。ありとあらゆるものが置いてある、いわばアラジンの魔法の洞窟のような店で、釘が二本だけ必要ならちゃんと二本だけ買える。店内を歩きまわっていると、文字ステッカーの棚が目に留まる。そして〝T〟の文字を見て、ふと思いつく。

「これを、ふたつください」わたしは言い、Tの字ふたつ分の硬貨を財布から取り出す。

家に帰って、ふたつのトイレの扉にそれぞれ貼りつける。こうすれば、きっと忘れないはずだ。

新しいわが家で数週間が過ぎ、かなり片づけが進んで、何をどこへ収め、何を変える必要があるかが決まってくる。訪問客の何人かは、鏡が一枚もないことを指摘するが、最近は鏡を見ると混乱して方向感覚を失うことが多い。どこで部屋が終わってどこで始まるのかがわからなくなるからだ――エレベーターも同じで、いまではためらいがちに乗っている。どこが端なのか確信が持てず、足を踏みはずすのではないかと恐れながら、そろそろと床の上を進む。どこが端なのか確信が持てず、

べつの理由もある。わたしは自分の身に起きている変化を目にしたくない。だが、鏡を置かないのには、ーに答える姿を見て、こんな人間になったのかと悲しくなった。以前みたいにうまく話せず、見かけも記憶とはちがうし、歳を重ねるごとにこの状態が悪化していくだろう。しかも、認知症を抱えてひとりで暮らす人の多くは、自宅でいきなりだれかの顔を見かけるとぎょっとするらしいので、その段階に達する前に鏡のない生活に慣れておいたほうがいい。

認知症が目の働きを、というか、目で見たものを解釈する脳の働きを変える、なんてことはあるのだろうか。いまでは、テレビの画面にすら混乱させられる。電源がついていないとき、画面は真っ黒で壁の穴に等しく、キッチンから居間に入ったとき、テレビがあるはずの場所に黒い空間しか見えないことも多い。ほんの一瞬、まさかテレビが盗まれたのだろうかと自分に問いかけてしまうし、こんなふうにわずかでも現実を喪失すると頭がぐるぐる回りだす。いくつかのケアハウスでは、テレビをつけていないときには絵画か布で画面を隠すと聞いたことがある。わたしもそろそろ、そうしたほうがいいだろう。

新しいこの家では、べつの観点からも方向感覚を失いそうになる。部屋があることすら忘れてしまうのだ。二週間ほど前にサンルームを整えて、壁際にサイドボードを据え、座り心地のよい椅子を二脚、庭を見渡せるように置いた。熱いお茶のカップを手にして外の世界を眺めるには申し分の

ない場所になる。そう思ったのに、一度もそこに座っていないことに気がついた。家具まで据えていながら、庭への通り道としてしか使っていない。小鳥たちにしても、二階の寝室から木々の梢越しに見るだけで、庭でぴょんぴょん跳びまわって芝生から虫をついばむ姿を眺めてはいない。このサンルームが気に入らないのではない。習慣のせいだ。習慣に従うと安心感を覚えるが、新しい部屋ではそうならないので、いままでやっていたとおりのこと、しっくりくることをやり、階下のひと部屋が丸ごとむだになってしまった。そこに座ってはみても、どうにも落ち着けず、椅子の上で体がもぞもぞと動く。わたしはため息をついてあきらめ、二階に戻ってほっとひと息つくが、納得してはいなかった――じつに美しい部屋なのだから。

認知症を抱えた家族のための空間を自宅にこしらえた人たち――人として正しいことをしたいと望んだ人たち――の話が、頭に浮かんだ。参加したあちこちのグループで、認知症の当事者が口々にまさに同じ問題点を挙げていた。特別な場所をこしらえてもらっても、そこでは居心地が悪く、もとのなじみのある場所に戻ってしまうせいで、周囲をがっかりさせる、と。わたしは二階でゆったりとくつろぎながら、すばらしいサンルームのことを考えて、とくにだれにというわけではなく罪悪感を覚える。あの部屋で何か新しいことをやろう、古い習慣から抜け出そう。そう思い立ち、ラジオ番組やポッドキャストを聞く部屋にすることに決めた。そしていま、お茶のカップを手にして庭を眺め、クレマチスやスイカズラの茂みをコマドリやミソサザイがちょろちょろと出入りしては蜂のために花粉を振り落とすさまを楽しんでいる。

DIYの基本を教えてくれた人はたくさんいるけど、倹約の精神ほど多くのことを教えてくれたものはない。職人を雇う余裕などなかった。やりかたを学べば自分でやれるのに、人を雇わなくたっていいでしょう？　まずは、母親が先生だった。窓の下の低くて狭い部分のペンキ塗りをいつも任せてくれて、壁にしずくを垂らさないやりかたを教え、小さな手で染みをつけないようにさせた。母親が壁紙を貼る手つきはみごとで、糊づけ台から壁へとすばやく移動し、紙の裏から気泡をひとつひとつなくして完璧にならすさまに、あなたは目を見張った。

次の先生は、隣家のテリーだった。娘たちの父親が出て行ったあとで、テリーが居間に棚を吊すこつを伝授してくれた。代わりにやろうかと申し出てくれたが、あなたはそれを望まなかった。とにかく自立したかった。二度とだれにも頼るものか、と固く決意したのだ。一回教われば、それでじゅうぶんだった。左手でちりとりを持って削りくずを受けとめながら、右手で壁にドリルを押し入れる。

「本当に、助けはいらないんだね？」彼があらためて尋ねた。

「まずは自分でやらせてちょうだい、ドリルで電気の配線を切断したら、呼びに行くから」ちょっとしたジョーク――になってくれますようにと祈る。

娘たちがベッドに入るまで待ってから、お茶を淹れて床に座り、説明書きをもう一度読んだ。いまやらなかったら、いつやるのか。そう自分を叱咤激励し、テリーに教わったとおり壁に印をつけて、ドリルのプラグをコンセントに差し、おもむろに始めた。壁がかすかに振動しはじめたが、ドリルをしっかりと押しつける。二〇分後、勝手口の扉がノックされた。

「順調かな？」

「じゃじゃーん！」あなたは取りつけた棚を誇らしげに見せた。「配線を切断して真っ暗になる、なんてこともなかったわよ！」

それ以降、まずはなんでもやってみることにした。ジュリーの兄弟のロビンが、車に関する必要知識をすべて教えてくれた——ウィンドウウォッシャー液の充塡、タイヤの空気入れ、オイルのチェック。ただし、すぐに覚えられないこともいくつかあった。

「オイルゲージはどこに隠してあるんだった？」あなたがまた尋ねると、うしろの塀の上で眺めていた全員がくすくすと笑った。確かに、彼らは笑ったが、同時にひどく感心してもいた。あなたは気づかなかったかもしれないけれど。


お茶の残りを排水溝に流し入れ、リュックサックを手にしてジェンマの家に出かける。このごろは、あの子の家の屋根裏部屋に潜伏して、自宅の埃と騒音を逃れている。なかなか受け入れがたい事実だが、今回はじめて、引っ越し後に壁紙を自分で剝がして貼りなおす作業をしないことになった。歴代の家のペンキが飛び散った白いシャツと黒いジョギングズボンは、いまの自分と同じくもはや用なしだ。なんでも自分でやっていたわたしは、赤の他人に頼らざるをえない人間になって、以前ならできていたはずの仕事を職人に任せている。たいていの人は楽ができるのだからそれでいいと考えるが、わたしはちがう。

事前に、ペンキ職人に尋ねておいた。「飛沫よけの布は使ってくださるんでしょうね？」

彼はそうすると約束したが、なんとなく信用できない。そこで、けさ彼が到着するまでに、念のため、あらゆる場所を――それこそ家具も、ベッドも――ビニールシートで覆った。

「この大きさの家だと、二週間かかりそうだな」彼が言った。

わたしは思わず唇を噛んだ。自分でやれば、この大きさの家なら一週間もかからなかったのに。以前は。

壁紙はグレー、カーペットはもう少し濃い色にした。去る九月に、ユニバーシティ・オブ・ザ・ウェスト・オブ・スコットランドを訪れて、認知症にやさしい配置の部屋をあれこれ見学した。これらは、アルツハイマーの人の目に色がどんなふうに映るかを看護スタッフに理解させる目的で作られたものだ。どうやら、何よりも重要なのは色のコントラストらしい。認知症の世界では、記憶だけでなく、多くのものがぼやけてひとつに見えてしまうので、たとえば衣装戸棚の扉が壁に隠れたりする。見学した部屋では、コンセントが壁に同化しないよう赤く塗られていたが、こうした有益な情報を思い出すべきときがいずれ来るはずだと考えて、わたしはアイパッドでたくさん写真を撮影した。そこでは、やってはいけない事例も示されていた。ふだん使用するテーブルには、お揃いのテーブルクロスやナプキンや皿を置いてはいけない。食事時に混乱しやすいからだ。

その数日後、カーペット選びを手伝うために男性がひとりやってきて、さまざまなサンプルをブリーフケースから取り出す。かつての自分なら、ためらいもなくひとつずつ選択肢からはずせたはずなのに、今回はその多さに圧倒されてしまった。

「ただでさえカーペット選びは大変なのに、認知症を抱えているとよけいに迷っちゃって」と、わたしは告げる。

　彼はサンプルの半分をブリーフケースにしまった。

「起毛タイプだと困りますか？」と尋ねる。「足跡が残るようなものだと、ほかのだれかの足跡かもしれないと考えて、混乱するでしょうか」

「その可能性は考えてもみませんでした」とわたしは答えるが、尋ねてくれたことがうれしい。

　彼は予定よりも時間をかけて検討し、さまざまな状況を考慮して、毛足が中くらいのダークグレーのカーペットを最終的に勧めてくれた。足跡が残らないタイプのものだ。

　カーペットを敷きに来た人たちは、それほど理解がないらしい。家具をすべて動かしたあと、もとの場所にきちんと戻してもらえるよう、わたしは追加料金を払っておいた。

「認知症なんですよ。だから、もとあった場所に戻してもらう必要があるんです、そうじゃないと、その家具は存在しないことになりますし、べつの場所に見つかったらひどく頭が混乱しますから」

　彼らはうなずくが、ガムをくちゃくちゃ嚙んで、心ここにあらずという感じだ。

「できれば、携帯電話で写真を撮っておいていただけませんか？」わたしは提案する。「どこに何を置くか思い出せるよう、念のために」

　一瞬の間があり、彼らは互いの顔を見比べる。やれやれ、とでも言いたげな表情だ。

「心配いらないっすよ、おれたち、ちゃんと戻しますから」

　しばらくキッチンで作業を見守るが、彼らがサンルームに移るころには、家を出ざるをえない。胸がぎゅっと締めつけられ、両手が汗でじっとりしてくる。なんだか悪い予感がする。出かける準備中に、テレビが壁から離され、そのうしろからコード類が心もとなげに尾を引いているのが見える。わたしはすかさず、携帯電話でその写真を撮る。帰宅したときに、まんいち配線がつながっていなかった場合に備えて。

　数時間後、わたしは家に戻る。

「完了です」彼らはほがらかに言い、わたしは見送って扉を閉める。

　家のなかを見てまわりながら、この色を選んでよかったと考え、もうだれかに作業を依頼しなくていいことに安堵の吐息をつく。部屋の隅のテレビにふと目をやると、コード類が裏面からだらりと垂れて、一本もちゃんとつながっていない。わたしは床に座りこみ、携帯電話の写真を手がかりにして、もとどおりにつなぐ。

　二日後、サンルームに入って花瓶を目にし、両手で表面をなぞってつややかな釉薬の冷たさを味わう。はて、前はこれをどこで見かけたかしら？　ふいに、カーペットを敷きに来た人たちのことが頭に浮かぶ。ほかに置き場所がちがうものがあるかも。だが、もちろん、いまとなっては、どれも以前あった場所を思い出すのは不可能だ。

　電子レンジの扉を開いて、ため息をつく。またもや、ポリッジのボウルだ。そこに何日あったのかは知るよしもない。ターンテーブルから持ちあげてみる。どろどろした乳白色のオート麦が縁からこぼれて固まったらしく、くっついたボウルをはがさなくてはならない。いかに長いあいだそこにあったか、わかるというものだ。なんとかスプーンで中身をこそぎ取ってゴミ箱へ入れ、洗い桶にボウルを放りこむ。これは、きのうの？　きょう、それとも二日前の？　けさ朝食をとったかしら。手首につけたフィットビットをじっと見つめるが、答えを返してはくれない。

自分が料理好きだったころがあるのは知っている。たかがポリッジを作るのにあらかじめ計画する必要も、アラームをセットする必要もなかった——そのアラームも、いまは鳴ったあとたちまち忘れてしまう。電子レンジにボウルを入れっぱなしにしたあげく、中身が固まってくっつく、なんてことになるなんて。かつては、いまとちがっていた。大好きなカレーは、わたしの得意料理だった。これをひとつまみ、あれをひとつまみと、ハーブやスパイスを挽いて混ぜあわせ、一からルーを作って、その香りがキッチンにあふれていた。なのに友人を招待した最後の夏は、椅子をバリケード代わりにして自分をキッチンに閉じこめ、ふらふらと出ていったり、べつのことに気を取られたりするのを防いでいた。あのころは料理をするのがひどくストレスで、さまざまな炊事用具を使いこなして一度にいくつもの作業を進めるなど、不可能な離れ業だった。かつて料理がもたらした喜びは、ことごとくパニックに置き換わった。

最初は、数を減らした——同時にふたつ以上の鍋は使わない、と。あのころは、まだ自分で食事を作れた。だが、いったん蓋をしたら、その下に何があるのかどうやっても思い出せない。しじゅう焦げつかせて、こそげ落とすのを断念したあともしばらく、煙探知機がけたたましく鳴り響いていた。地元の消防団の人と顔見知りになって、家に煙探知機をさらに取りつけてもらったが、結局は、何かを焦がしたときに響く音が大きくなっただけだ。

そこで、ソースパンひとつに減らした。ある日、椅子に座ってフェイスタイムでセアラとしゃべっていると、鼻筋に皺が寄った。

「このひどい臭い、何かしら？」わたしは言った。

「まさか料理してるんじゃないでしょうね、ママ？」

思いあたるふしが、わたしの脳に到達する前に顔をよぎったにちがいない。

「話しながらキッチンに向かって」と娘が言った。

そこで見つけた。コンロの上にソースパンが一枚、中身は煮え立ちすぎて、もはやなんだったのかわからない。わたしたちは、食事の時間に二度とフェイスタイムで呼び出さない、という新しい取り決めをした。

そのあとで、タイマーを購入した。鮮やかな黄色で、ソースパンに食べ物を入れたら警告してくれるはずだった。だが、どんな色であろうと、セットするのを忘れたら意味がない。

失ったのは、料理をする喜びだけではない。食べる喜びもだ。食べ物はなんでも好きで、なかでもマッシュルームと唐辛子が大好物だったが、いまではそれらを買っても冷蔵庫の奥で干からびて丸まっているのを見つけることが多い。味蕾さえも、大好きな食べ物の味を忘れかけている。料理のしかたも、食べかたも、味わいかたも、すべて変わってしまった。

先日、マッシュルームをいくつか食べた。味は以前と同じだが、同じ喜びは味わえなかった――脳に送られる信号も、それを受けて分泌されるドーパミンもちがうのだ。ただの味、ほかの味と一緒。かつての存在意義はすっかり失われた。たぶん、脳が少しずつ消えているだけでなく、べつの細胞の記憶も失われているのだろう。いまでは、食べ物がもたらす喜びはなくなった。生きるために食べてはいるが、喜びはどこにいった？　それなのに、食べるのを忘れたら手首のフィットビットが光って思い出させるので、やむなくサンドイッチかサラダを作る。煙探知機をわめかせる恐れのない料理。だけど、淡白で風味に乏しい。これを、そそくさと食べる。何かに注意を逸らされてその場を離れ、翌日、皿の上でレタスが茶色く縮れているのを見つけるはめにならないように。

買い物からの帰りに、右折して新居の前の道に入り、白い手すりに手を載せて、小鳥たちが木々からちょろちょろ出入りしている小放牧地を見やる。また右に曲がって、庭の小道を歩いて玄関に到達し、ポケットを探って鍵を取り出す。だが、ふいに、何かがおかしいと感じる。扉に手を伸ばしても、取っ手があるべき場所にない。なぜ、こんなことが起きるのか？　取っ手が移動するなんてことがありうるだろうか。あとずさって、おずおずともう一度確かめる。取っ手は右側にある。いままでとちがう。ずっと左側だったのに。もう一歩扉からあとずさって、それから庭に目をやる。土があるべき場所に、こけら板だ。さらにあたりを見回すと、隣家の植木鉢と花が目に入る。わたしの植木鉢と花だ。なぜ、わたしの家があそこに？　なぜ、わたしはここにいる？　玄関扉をもう一度見て、ようやく理解しはじめる。これは、わたしの家ではない。うちの扉ではない。わたしは買い物袋を抱えて小走りで庭の小道を戻る。戻りきったところで、うしろをふり返る。そっくりな家が三軒、そっくりな小道が三本。わたしの家はまんなかだ、もちろん、そうに決まっている。なのに、さっきは記憶があやふやだった。自分の庭の道を小走りで進み、鍵を玄関扉の穴に挿すとぴったりはまる。

数日後、また同じことが起きる。ただし今回は庭の小道を歩いている途中で、隣人が玄関扉から頭を出す。

「やあ、ウェンディ」彼が微笑みかける。

「あら、やだ」わたしは言い、はっと立ち止まる。「次は、この通りの家すべてが自分のものだと思ってしまいそうね！」

「気にしなくていいよ」彼が言う。

だが、わたしはきまりが悪い。そして、気にする。わたしのせいじゃない、病気のせい、だけど新しい隣人にはそんなことわかりっこないでしょう？

一週間後、ヨーク市内をそぞろ歩きしていると、小さなクラフトマーケットに出くわす。こまごました手作りの品や、ヨークのちょっとした土産物や、歴史的なできごとをモチーフにした小物や、といったなかでひときわ目を引かれたものがひとつある。露店にぎっしりと並べられた鮮やかな色のタイルたち。それぞれにヨークの美しい風景――シャンブル通り、大聖堂など――や、花が描かれている。ふいに、ある考えが浮かぶ。

「わすれな草が描かれたものはありますか」わたしは尋ねる。

「いや、残念ながら、需要があまりないんでね」店の男性が答える。

ほかに待っている客がいないのを確かめてから、わたしはわすれな草の重要性を説く。この花は認知症を抱えた人たちの象徴であり、もし自宅の玄関前に置けるならどんなに助かるか、と。

「自分の家を見つける手がかりになるんです」

一、二秒間をおいて、どうやらこのことばをのみこんだようだ。彼はわたしのメールアドレスを書き取り、必ず連絡すると言ってくれる。

数週間後、小包が届く。ずっしりと重くて、郵便配達人がそっと玄関におろす。あけてみると、わすれな草のタイルが六枚、こちらを見つめ返している。花びらによく合う美しい空色の背景、深緑色の葉っぱ、きらめく釉薬。同じ日に、一通のメールが届く。

〝親愛なるウェンディ、自分の家がわからなくなったというあなたの話に、強く胸を打たれました。お送りしたタイルはぼくからの贈り物です〟

その日の朝、さっそく玄関扉の両脇の壁に貼りつけて、きらきら輝くさまを小道の途中からうっとりと見つめる――わが家へ導いてくれる灯台の火。なんとすばらしい贈り物だろう。

12
無知ゆえの反応

九歳のときの、あのクリスマスを覚えている？　さすがに忘れるわけはない？　はたして、そこまで断言できるかしら。

当時は、プレゼントがどうこうではなかった。サンタクロースがいると信じて、空中に魔法が漂い、目覚めたときにサンタは来てくれたかしらと考える、それだけで楽しかった。あの年のクリスマスイブもわくわくしてベッドに入り、目をぎゅっと閉じて、早く眠りが訪れてくれるよう願った。あの人が来るんだもの。耳をうんと澄ませば、橇の鈴がきっと聞こえるはず……。そうこうするうちに、眠りに落ちていた。

朝、家はしんと静まりかえり、だれの動きもなく、カーテンの裏の窓には夜がまだ居座って、その隙間から夜明けが顔をのぞかせていた。あなたはベッドからこっそり出て居間に入り、いつもプレゼントが待っているはずのソファーの横を調べてみた。ところが、何もない。小さな心臓がどくどく脈打ち、胃のなかまで沈んでいった。サンタさんは来なかったみたい。目に涙がにじんだ瞬間、メモに気がついた。

キッチンをごらん、と書いてある。

きっと、サンタさんだ。

そこで廊下に出て、歩きかけたがはたと立ち止まった。一瞬張り裂けていた心臓が、いまは修復され胸郭に激しく打ちつけて、興奮のあまり飛び出しそうになっている。なぜって、すぐそこに、テーブルに立てかけられて、ぴかぴかの青と黄色の自転車があったのだから。

クリスマスのちょうど一週間前、ロンドンはいっそう光り輝いて見える——そして、湿っぽい。ナイツブリッジの聖パウロ教会でアルツハイマー協会主催のキャンドルライト・キャロル・コンサートが行なわれるというので、わたしはジェンマとスチュアートとともにタクシーでこの街を走っている。窓の外の世界はきらめく妖精の光を照らし返すかのようで、買い物客たちがプレゼントでずっしりしたバッグを抱えて通りから通りへとせかせかと歩いている。会場の教会には大勢の人が詰めかけて、六〇〇から七〇〇人の聴衆のなかには著名な招待客もたくさんいる。到着したときにそう聞かされて、わたしは今回のために書いてきたスピーチ原稿を思わずぎゅっと握り締める。

礼拝が始まり、みんなで次から次へとキャロルを歌う。わたしもよく知っている歌で、歌詞もまだ認知症に奪われてはいない。歌いながら、これらの歌がたくさんのクリスマスを経てきたことをありがたく思う。このシーズンの見慣れた光景、年越しを象徴する伝統行事の数々には安心感がある。

ついにスピーチするときが来て、わたしは説教壇に立つ。ジェンマが信徒席から視線をよこす。「一年のどの時期でも、娘たちの愛情と支えに感謝の念を抱いていますが、クリスマスは特別な家族行事ですし、診断をくだされてからは、あらたな重要性を帯びてきました」とわたしは話しはじめる。「クリスマスには、自分がいかに幸運であるか、身近に愛する人たちがいることがどんなに大切かを、いっそう実感します。だれもがわたしと同じくらい幸運ではないとわかっていますし、一年のこの時期には、そういう人たちのことを考えることがひときわ重要になってきます。あなたが『こんにちは、メリークリスマス！』と声をかけるだけで、今年はご近所のだれかの気分を大きく変えられるかもしれません」

次に、〈シンギング・フォー・ザ・ブレイン〉というグループが説教壇にのぼる。認知症の人々で構成されたコーラスで、何人かはすでに話す能力を奪われているのに、音楽のおかげで意思疎通の機能が甦るのだという。彼らは『きよしこの夜』を合唱し、それを聴きながら、わたしは腕にぞわぞわと鳥肌が立つのを感じる。

その夜のうちに教会を出て、翌朝、列車でヨークシャーに戻る。クリスマスの数日前ともなれば、村でも各家に色とりどりの電球が吊され、窓からその光がちらちらと漏れている。今夜は、真っ暗ななかを村人とともにカモの池まで歩き、キャロルを歌う。古風な手回しオルガンのまわりに人々が集まって、刺すような寒さをしのぐために肩を寄せあう。わたしは新しいご近所さんたちを見回して、結局のところ引っ越しもそう悪くはなかったと考える。みんなで古い歌を次から次へと歌って、そのたびに、過ぎ去りしクリスマスの記憶が蘇ってくる。永久に失われてしまったと思っていた記憶が。ぴかぴかの新しい自転車、海老のカクテル、鼻の上をすべり落ちていく紙の帽子。

歌が終わり、子どもたちが道の突きあたりに集まって、凍てつく空気が彼らのおしゃべりで活気づく。そこへぱっと閃光が走り、サンタのシルエットが現れたかと思うと本人が登場して、子どもたちみんなに手を振ってプレゼントを渡していく。受け取った子どもの表情をひとつひとつ眺めて、わたしも同じ気持ちを味わう。クリスマスの魔法が自分のもとに戻ってきたのだ。

ナイフとフォークがふだん使いのものより重く、それでクリスマスが来たのだと実感した。母は料理が苦手だったので、クリスマスのディナーはいつもレストランに出かけて食べた。あの年は、家にいて新しい自転車で遊べるならなんでもしただろうが、お腹がぐうぐう鳴っていたし、帰ってきたらちゃんとあそこにあるんだからと、あなたは自分に言い聞かせた。

父親がクリーム色の小型バンを運転し、あなたは後部の仮座席に陣取って車ががたごと跳ねるたびにきゃっきゃとはしゃぎ、クリスマスのこの日はだれもがご機嫌だった。後部座席のドアが開くと、あなたは転がるように外に出て、みんなを笑わせた。

テーブルでいっせいにクラッカーが鳴らされ、最年少だからという理由で、落ちてきた小さな装身具がひとつ残らずあなたに手渡されたので、ぱりっとした白いテーブルクロスの上にきちんと一列に並べた。紙の帽子は子どもの頭には大きすぎ、しじゅう鼻の上をすべり落ちて、海老のカクテルが出されると、みんなと同じように帽子をかぶりつづけるために鼻を上に向けて頭をそらしながら食べるはめになった。ウエイターやウエイトレスがせわしなくテーブルのまわりを歩き、毎年それを眺めながら、どうしてあの人たちはおうちで家族とディナーを食べないのだろうと不思議だった。七面鳥が来るころには、皿の上に食べ物がありすぎて何から食べていいのかわからなかったが、クリスマスプディングのためにとにかくお腹を空けておく必要があった。そして、六ペンス硬貨が隠されていますようにと祈りながら、黒っぽいフルーツをひとつひとつ検分してこれと思うひと切れを選び、きっとスプーンが茶色いクッキングペーパーの包みにかちんと当たるはず、と確信してすばやく調べた。なのに、向こうの端のテーブルから喚声があがって、だれかが硬貨を高く掲げ、あなたの心はナプキンの裏でずしりと沈んでいった——新しい自転車が家で待っているのを思い出すまでは。

先日も、また起きた。病気の脳がいたずらをしたのだ。ジェンマの家で薄明かりのなか目をあげると、わたしの母が廊下をせかせかと歩いていた。記憶にある姿のとおり、いつもの長い多色織りのドレスを着て、人工股関節の手術をしてもなお両足を引きずるような足取りで。わたしはぴくりとも動けず、論理的思考と闘いながらパニックを起こすなと自分に言い聞かせて、きょうの日付を懸命に探り、目の前の光景が見かけどおりに本物かどうか計算しようとした。いまは何年？　ママはまだ生きている？　ジェンマは何歳？　これらは手がかりになった？　母がこちらを向いて微笑み、その瞬間に不安が消えて、冷静さと、さらには確信すらも覚えた。これは現実ではないし、むしろ恵みを授かったようなもので、在りし日の母をもう一度見る機会が得られたのだ、と。この病気、わたしからどんどん盗んでいくひどい病気が、懐かしい過去の一幕を垣間見せてくれたわけだ。

べつのときには、父の姿だった。同じく薄明かりのなかだが、そのときは自分の新しい家で起きた。自宅でくつろいでいるとき以外は、父は必ずスーツかジャケットを着用していたのに、このときはカーディガンを着ていたので、きっとこの新しい家が気に入ったのだろう。だが、べつの何かも纏っていた。母の死後けっして消えなかった悲しみの表情を。母のときと同じく、父も微笑んで、わたしは思わず笑みを返した。論理的思考がしゃにむに割りこんで、目の前の男性――いかにも本物に見える――は脳のいたずらにすぎないと言い聞かせていたのだが。

あの瞬間、わたしは母や父がまだ生きていると考えていたのか？　たぶん、そうだろう。だからといって、何か問題がある？　たぶんない。母と父が亡くなった事実を、何度も言い聞かされる必要はない。では、この幻覚がほかの人に迷惑をかけるのか？　記憶能力に問題のない人たちは往々にして失念する――認知症を抱えたわたしたちは過去のできごとに想いを馳せるものだし、そんなときは現在に引きもどすのではなくわたしたちの体験に〝合わせる〟ほうがいい、ということを。倫理に反する対応ではない。ただ相手の体験を尊重すればいいだけだ。その人にとっては、いま手にしているこの本と同じくらい現実なのだから。

ありがたいことに、わたしのそばには、それは現実ではないと告げる人はいない――父があの懐かしい笑みを浮かべて一瞬現れ、その記憶で温かい気持ちにさせてくれたとして、なんの害があるだろう。好きなように幻覚を見させてほしい――大きな恵みなのだから。愛する人の死を嘆く者はだれしも、たとえ五分間でもいいからその人と一緒にまた過ごせるならありったけの財産を差し出すのではないだろうか？　唯一確かなのは、医師が言ったとおり、ときどき降りてくる霧と同じく、いずれそれは去る、ということだ。論理的思考がいつも勝利する必要はない。たぶん、ときには、しばらく病気に勝たせてやってもとくに害はないはずだ。

日常生活において、立ち止まる瞬間は何度あるだろう？　ひとつの場所からべつの場所へと急きたてられ、雑用や仕事や家庭のあれこれに追われる毎日。何もしていないと、気がとがめてしまう――無理やりぴたりと動きを止められる瞬間が来るまでは。わたしの場合、頭のなかの障害物に動きを止められて、何度も通った道が急に見通しのきかない曲がり角になった。たとえばシャワーを浴びるといった簡単なことにも、不確実さがつきまとう。ふたつの水栓が、文字どおり喫緊の課題になる――はたして、どちらが冷水なのか？　いまは混乱を防ぐために、赤と青のステッカーを貼っている。

先日は、べつの緊急事態が生じた。髪の毛にシャンプーをつけ、どろりとした感触のなかで両手の指をごしごし動かしたが、何かがおかしかった。足もとを見おろしても、水が排水溝へ流れていく気配はないし、石鹼の泡も洗い流されていない。なんと、あらかじめお湯を出して髪を濡らしておくのを忘れたのだ。恥ずかしいというよりも――目撃者はだれもいなかったので――ひたすら悲しかった。なんで、こんなことになる？　無意識にやっていた行為にも、いまでは相当な思考と集中力、さらには思い出すための手がかりを必要とする。赤ちゃんがはじめの一歩を踏み出すときや、ひとりで食事をとりはじめるときに、どれだけ多くの動作と思考過程が必要になるか想像がつくだろう。認知症の場合も同じだが、進行が逆向きだ。指令の送受信が、以前と同じではなくなる。遅いか、まったく消滅するかどちらかなのだ。

わたしのアイパッドとスマートフォンは一日じゅう鳴っている——やれ食事をしなさい、やれ薬をのみなさい、と。サンドイッチやサラダを作るときには、キッチンに椅子を並べて自分を閉じこめ、ふらふらと出て行って食べることそのものを忘れないようにしておく。先日、階下におりたら、洗いおえた食器が水切りになかった。きっと、きのう夕食をとるのを忘れたのだろう。そう気づいて冷蔵庫をのぞいたら、ひとり分の調理済み食品がぽつんと残っていた。

いまは、立ち止まる機会をあえて設け、生活がどんどん大変になっていく世界からちょっとばかり逃避することにしている。ヨーク市内の噴水は、買い物客がせわしなく行き交うなかで立ち止まれる平穏な場所だ。そこに座ってどのくらい水の音を楽しんだかわからない。次々にシューッと噴きあげる、脳にさほど負担がかからないリズム。近くの花売り露店から、切られたばかりのユリの花の香りが漂ってくる。忙しい母親を説き伏せて、ディズニーストアの陳列棚に目を向けさせた子どもたちのにこやかな顔。カフェの外に並べられたテーブルと椅子、それらの隙間を音楽で埋めるヴァイオリン弾き、彼の足もとで見返りに硬貨をいっぱい入れてくれと懇願する帽子……。そこへ、二人の若い女性が笑顔で近づいてくる。

「こんにちは」ひとりが言う。「一緒に座ってもかまいませんか?」

わたしは腰をあげ、喜んで空間を作る。

「たぶん覚えていらっしゃらないと思いますが、わたしたちは看護学生なんです」べつの女性が言う。「あなたは娘さんと一緒にいらして、話をして、わたしたち、それがすごく気に入ったんです。だからツイッターでフォローさせていただきました」

「あら、そう言ってもらえてうれしい」わたしは答える。

しばらく座って、三人でおしゃべりをする。クリスマス休暇のこと、いまやっている宿題のことを彼女たちが話し、ふいに、数週間前の記憶が甦る。看護学生が椅子の上でもぞもぞと体を動かし、認知症の人がこんなふうに話せるとは思っていなかったと言ったことを。

「認知症にも、始まりがあります」わたしはそう話し、彼女たちは背筋を伸ばしてうんと熱心に耳を傾けだした。

いま、わたしたちはおしゃべりを終えて、女性ふたりは日常生活に戻り、わたしはもうしばらく静かなときを過ごすことにする。水の噴きあげる音や、通りすぎる人々のおしゃべりに注意を戻し、ひたすら眺めて、待っている。何を待っているのか——忘れてしまったかもしれない。

娘たちがティーンエイジだったころを覚えている？　それとも、認知症に盗まれたらうれしい期間の記憶かしら。年ごろの娘をふたり抱えていたのだから、そう思ったとしても許されるはず。職業人生はすでに大きく浮上していた。責任がどんどん重くなって、理学療法士の日誌をしっかりと管理し、だれに何を伝えるべきかを頭に刻んで、一度も書き留めずにすませていた。そして、自分の記憶力がいかに特別かを悟った。オフィスから自宅へと頭をなめらかに切り替えて、家まで運転するあいだに、娘たちの清潔な制服が翌日分もあるのか、それとも帰宅後に洗わなくてはならないのかと思案したり、どこかへ送っていく必要はあるのかと考えを巡らした。わたしの脳とちがって、あなたの脳は疲れなかった。夜遅くまでずっと活発で鋭敏だった。そうでなくてはならなかった。

あなたは二階へあがって、洗濯物を取りこみ、娘たちの寝室の外に置いて小さな山を作った。ドアが開いて、音楽が大きくなった。

「ねえ、ママ」とセアラが言う。

うながされるままに部屋に入り、ベッドに座って、きょうはどうだったかと尋ねた。そして、前日に友だちとひと波乱あったことや提出した宿題が返ってきたことなど、娘の話をすべて記憶に刻みこむ。

「お腹が空いちゃった、おやつはなあに?」

あなたは階下に戻って用意しはじめた。そうこうすると、戸棚の扉をばたばたと開く音が聞こえ、冷蔵庫をのぞきこむ顔が見える。

「きょうはどうだった、ジェンマ?」あなたは肩越しに尋ねて、こまごまと話された内容を頭に入れた。いつも熱心に。

いまのわたしには、どうしてそんなことができたのか驚きだ。だれも助けてくれる人がいなかったから、なのだけれど。あなたは母親であると同時に、父親、タクシーの運転手、シェフ、カウンセラー、庭師、家政婦と、さまざまな役割をひとりでこなしていた。それがいやだったわけではない。むしろ、罪悪感をなんとか払いのけている状況だった――仕事を持つシングルマザーなら、だれもが下校時刻に家にいられないせいで抱く罪悪感。あの子たちがもう少し大きくなったら、もっと時間を割いてやるのだと、あなたは自分に言い聞かせていた。当時は、その時間に限りがあるとは思ってもみなかった。自分の役割ががらりと変わってしまう日がくるだなんて。当時は、母親以外にさまざまな役割を果たすのがうれしかった。いま、こうなってみると、ちゃんと果たしたい役割はただひとつ、母親だけだ。

認知症の世界に住むと、孤独になりがちだ。不確かなことばかりで、ときどき、きょうはどんな世界になるのかわからないことがある。わたしはいまも、自分が必要とされていて、なくてはならない存在だと感じたいので、居場所を懸命にこしらえている。まずは、ウェブサイトのフォーラムで友人を見つけた。わたしの言いたいことを理解してくれる人たち、説明の必要がない安心できる居場所。当時はまだ働いていて、夜にフォーラムのトピックス一覧をスクロールしては、自分の気持ちを最もよく表しているものを探した。ときどき、読んだ内容がじつにうしろ向きで、自分の経験した現実とは似ても似つかないことにショックを受けた。たとえば、ある女性が母親のために部屋を新しく飾りつけたのに、どうしてなかに入ってくれないのかと尋ねていた。わかりきった答え――知っている部屋のようすとはちがうから――は、返信のなかにひとつもなかった。それどころか、介護者の立場からひどい話だねと書く人たちもいて、この女性はそうした答えでよしとするほかなかった。何をやっても気に入ってもらえないだろうと、なんの助けにもならないことを言う人もいた。

彼らはちっともわかっていない。

だが、わかっていないのは、医療の専門家も同じだ。わたしがまず頼る相手はかかりつけ医だが、彼はドネペジルを服用しなくてもいい、効き目がないからね、と言った。

「でも、こちらの立場になってみてください」とわたしは答えた。「認知症と診断されて、ドネペジルは市販されている唯一の薬なんです。先生は、その服用をやめますか？」

彼は答えなかった。わたしはかかりつけ医を変更した。

講演を依頼されはじめたころ、ある会議で、自分の前の講演者が認知症の人の〝挑発的な言動〟について話した。それがあまりに悲しかったので、バッグから急ぎペンを取り出し、原稿を書き換えて医療従事者の挑発的な言動について話し、彼らの無知からくる反応にいかに傷つけられているかを訴えた。思っていることをこんなふうに伝えることができない大勢の認知症の人のために、わたしは声をあげた。

なぜなら、みんなわかっていないから。

こういう経験を重ねるたびに、悲しみが心に募った。そこでみずから進んで、研究にかかわる機会を増やした。ブラッドフォード大学の博士号取得希望者の選定を手伝うことを承知した。さまざまな研究委員会に出席し、二〇〇名の看護学生を前に話をして、認知症の人は看護内容について細かいことを覚えていないかもしれないが、そのときの感情はしっかりと覚えているのだと伝えた――手をそっと触れたり、笑顔を向けたり、といったことが大きな意味を持つのだ。銀行のマーケットリサーチにも参加して、支店やオンラインのサービスを認知症の顧客が利用しやすくなるよう協力した。さらには、首相主導の〈認知症への挑戦、二〇二〇年目標（Challenge on Dementia 2020）〉にも参加した。この施策は介護と介護者支援で世界一をめざすこと、研究を主導することを掲げているのに、当初は、認知症の人がひとりも加わっていなかったからだ。

そんなことすらも、彼らはわかっていなかった。

かつて計画していた退職後の生活は、望みもしなかった病気のせいで失われたが、いまは前にもまして忙しい。

わたしはこれを、自分流の数独ととらえている。毎週毎週、自分の脳を鍛えて、新しい会話や人々や環境にさらすのだ。ロンドンへの旅を計画するだけで、混乱して脳がずきずきと脈打つ。だが、あえてやっている。

そうしなかったら、どうなる？　一日じゅう何もせず、どんどん衰えていくのを待つ？　この病気の進行が早まるのを許す？　それよりも、ちゃんと機能する脳の細胞を保って、長く働かせるほうがいいではないか。

講演や審査や聴講の依頼にすべてイエスと答えている理由は、ほかにもある。いつこれが最後の機会になるのか、いつ依頼されなくなるのか、わからないからだ。結果的にあらゆる行動に神経を集中させているので、予定がひとつもないと不安でしかたがない。もし、忘れてしまったら、と。

予定がある。だから、わたしはやるのだ。

アイパッドを手にとって保護カバーを開き、キーボードを取りつけて、それからじっと見つめる――かなり長いあいだ。数週前、忙しすぎるから少し休みをとったほうがいいと考え、この三週間はアイパッドを遊ばせておいて、きょう再開したのだ。書くべきブログ記事、やるべき調査、開くべき電子メールが、首を長くして待っている。それはわかっているのに、思考がふいに麻痺する。何をどうすればいいのだろう？

デスクから窓に視線を移して、外の世界の青い空に手がかりを求め、またアイパッドに目を戻す。何も浮かんでこない。やりなれているはずの作業にまごついて、両手が目の前で、何もせずにじっと止まっている。脳がいらいらと指令を送る。〝ほら、メールを開いて〟だが指は従わない。やりかたがわからないのだ。ふいに、例の切断を感じる。あのおなじみの、頭の空白。また、これだ。やっとのことで電源を入れると、封筒の形のアイコンがある。何かがそれを押せと告げる。押す。78という数字が現れる。七八通の未読メールがあるのだ。一通に、友人の名前である〝スー〟が見える。安心感。わたしはその名前を押す。彼女のメッセージが右側に現れる。だが、わたしは画面のなかで迷子になって、ガラスの向こう側に囚われている。ぼんやりとこちらを見返す、亡霊のような影。あれは、わたし？　じゃあ、ここにいるのは？

落ち着いて、と声がする。わたしは息を吸いこむ。さらに、もう一回。本能的な恐怖に、両肩をすぼめる。

いままで毎日やっていたのは知っている、だから、どうすべきかわかっているはずだ。画面をタップするが、何も起こらない。隅から隅まで目を走らせて、手がかりを探す。だが最悪の恐れが、自分の姿とともにこちらを見つめ返すだけ。わたしは考えたり話したりするよりも速く文字をタイプできる。そう、考えたり話したりするより、速くタイプできるのだ。なのに、いまや何も考えられない。

思考が暴走しはじめて、パニックが湧き起こり、恐怖が頭のなかを縦横無尽に駆けまわる。終わりなの？　タイプする日々が終わりを告げた？　ブログを失ったら、どうやって記憶を保存しよう？　どうやって、ほかの人たちと意思の疎通をはかろう？

落ち着いて。あの声が、また聞こえる。呼吸をゆるめると、思考が静まりはじめる。お茶を淹れるのよ、と声が言う。お茶を飲めば、すべてがよくなるから。わたしはキッチンに入り、まだこの動作が無意識にできることをありがたく思う。

そして、また試す。画面の右上の端から。最初のアイコンを押すと、何も書いていない新規のメールが現れる。キャンセルという文字を押し、横にある矢印のボタンを押す。返信という文字が現れ、わたしはそれを押す。カーソルが責め立てるように点滅する。次はどうすればいい？　キーボードを見おろすが、意味がわからない。一〇本の指をすべて使って、無作為にキーを押す。jsjfjksllkksmfjkfslk。手が画面の上をさまよい、どうにか〝送信〟を押す。スーはわかってくれるはず。わたしはじっと待つ。何も起こらない。

画面を消し、もう一杯お茶を淹れる。やかんを火にかけながら、ある考えを抱いて苦悶する。まんいち、お茶の淹れかたを忘れたら？　だが、ふいに笑みが顔に浮かぶ。これまで参加したどの行事でも、みんながまずお茶を淹れてくれた。そうすれば、たちまちわたしが心を許すとわかっているから……。わたしは別室で待つ画面のことを忘れて、またもやほかの思考に気を取られてしまう。腰をおろし、温かいカップを両手で挟んで、鳥たちを眺めている。そこへ、ピンという音が聞こえる。頭の霧を通り抜けて、アイパッドだと告げる音が。スーの名前が、また画面に現れる。わたしはそれを押す。

〝どうしたの、ウェンディ？　わけのわからない文字の羅列は、なんなの？〟

わたしは画面に向かって叫びたい。「助けて！」

キーボードの文字がヒエログリフに見える。なんの意味も持たない。

jjdhsufsh。送信ボタンを押す。

キーボードは開いたままにしておく。きっと彼女は返信を待っているはずだから。数秒後、さっきと同じ音がする。

〝何か起きたの？〟

読めるが、書けない。

jknhafapod。

送信。

返信と送信がこんなふうに続けられ、何時間もの長さに感じられる。

〝Copy my letters, look on the keyboard and find the same shapes.（このもじを　こぴーしてね　きーぼーどを　しっかりみて　おなじかたちを　みつけるのよ）〟

言われたとおりにする。キーボードの上のくねくねした形をひとつひとつ探しては、押していく。

すべて見つけるまでに、数分が経過する。

〝copymyletterslook……（このもじをこぴーしてねきーぼー……）〟

送信。

〝The same again.（もういちど　おなじようにして）〟と返信が来る。

〝thesameagain（もういちどおなじ……）〟

送信。

次の返信。

〝Do you see the long key at the bottom? That will give you a space.（したの　ながい　きーがみえる？　それで　くうはくが　できるはず）〟

〝したの　ながい　きーが……〟

送信。

こんなふうに、何度も何度も続けるうちに、やがてひとつ、またひとつと、目の前の文字がはっきりと形を結びはじめる。また意味がわかるようになってくる。そう、もちろん、わかりますとも。ありがとう、と最後にタイプする。わたしが戻ってきたのだ。

椅子にどさりと体をあずけて、呼吸をゆっくりと安定させる。そして胸の鼓動も。もし、何が起こっているのかスーにはわからないままだったら？　どうすればわたしを戻せるのか、わからなかったら？　もし、この能力が永久に失われてしまっていたら？　わたしは目をぎゅっと閉じ、そんなふうに考えてはだめだと自分に言い聞かせるが、思考はどんどん力強く早くなっていく。かわすのは不可能だ。疲れた。頭痛がして、横になりたいが、目を閉じるのが怖い。もし、また消えてしまったら？

そのとき、もう休みは取れないのだと悟る。使っていなければ、この能力は失われてしまう。きょう、その瀬戸際まで行った。自分の最後のかけらを失うのが怖い。画面の前でタイプして明確に思考できる人を失うのが。まだ彼女を手放す心の準備はできていない。最近は、見慣れたはずの景色を見回しても自分がどこにいるのかわからないことが増えたが、これは次元がちがう。わたしは自分のなかで迷子になっていた。外に出たいと叫んでいた。すごく怖かった。

13
認知症者の自立とは

テレビ画面にエンドロールが流れるのをじっと見つめる。時事ドキュメンタリー番組『パノラマ』で認知症をテーマにした回を見終わったところで、さまざまな思考が頭を駆けめぐっている。友人のクリス――認知症を抱えている――とその妻のジェインを、カメラクルーが追ったものだ。ふたりとは講演会で知りあった。クリスのほうがわたしよりやや病状が進行した状態だ。ひどく疲れることが多いようだが、彼はわたしと同じくできるだけ活動的であろうとしている。

生半可な気持ちではこの番組を観られなかったし、まずはジェンマとセアラが頭に浮かんだ。きっと、それぞれの家でこれを観ているはずだ。だが終わったあと印象に残ったのは、認知症の人がひとりで暮らす場合と、配偶者と暮らす場合とでは生活が大きくちがう、ということだった。ジェインはクリスが可能なかぎり自立を保てるよう心がけている。たとえば、いまも庭から暖炉の薪を取ってきてほしいと頼んでいる——たとえ、庭に足を踏み入れたとたん、なんのために外に出たのか彼が忘れてしまおうとも。これまで、認知症の人の配偶者がなんでも代わりにやる事例を数多く目にしてきたが、個人的には、かえって病気の進行が早まる気がする。やりかたを忘れてしまうからだ。わたしが会った多くの人は、夫なり妻なりを自分の〝脳のバックアップ〟だと言う。忘れてしまったことを思い出させてくれて、自宅で迷子になったときに助けてくれて、夜に玄関の外へふらふらと出て行ったら連れ戻してくれる人だ、と。わたしには、そういう存在はいない。

認知症とひとりきりで向きあうと、いいこともある。だれかが家のなかの物を動かしたせいで、わけがわからなくなる恐れがない。しかも、ものごとに自分で対処しなくてはならず、それが頭の訓練になって、脳の回路を活発に保ち、接続具合について試行錯誤もできる。たとえば、毎日、朝いちばんのお茶を飲みながらやっている数独、アイパッドでやるソリテア、セアラや友人のアンナとやるスクラブルは、脳を活性化してくれる。

旅も、必要に迫られてなんとかこなしている。そうしないと、自宅でただぼうっと庭を見つめて過ごし、脳がアイスクリームさながら溶けていくはめになる。いやでも意識的に生活を大変にして、東海岸本線の自宅とロンドン間を南北に往復し、西はブラッドフォード、北はエディンバラやダラムへと駆けまわるほかない。地下鉄の駅やロンドンの通りもどうにかひとりで歩いている。幸いにも、この病気になる前からなんでも計画的にことを運んでいた。聞けば、あまり計画的でなかった人はけっこう多く、このなじみのない技能を身につけるのに苦労しているらしい。わたしはいまも計画的に準備することで、認知症の裏をかいている。

一週ごとに、指示書やメールを印刷する。毎日自分が何をやっているのか、何を話しているのか思い出せるようにするためだ。それらをピンクのフォルダーにまとめてキッチンカウンターに置き、列車の時刻表と、まんいち予定を変更するはめになったときの詳細な行動指示と、目印になる建物の写真や地図を印刷したものを添える。迷子になるのを防げるし、どんな目印を探せばいいか知っていれば、到着したときにはじめての場所ではない感じがして安心できる。列車に乗車したら、アイパッドのアラームをセットして、スーツケースを持参したことを自分に思い出させる——さもないと、置き去りにしてしまうのだ。会議のためにホテルに泊まるのは怖くてたまらないが、これも周到な準備で克服している。たとえば、夜中に目覚めて自宅の寝室にいるものと思いちがいをしないよう、カーテンを少しだけ開いておく。眠る前にベッド脇に付箋を置いて、朝起きたときに自分がどこにいるのかを思い出させる。べつの付箋をドアに貼って、カード式のキーを抜くよう注意をうながす。見慣れないシャワーがあれば、お湯の出しかたを解き明かそうとする。だが、あきらめることも多い。たとえお湯を出せても、温度の変えかたがさっぱりわからないからだ。

日常生活も、以前には考えられなかった理由でひどく疲れる。カレンダーに予定を書きつけることさえ簡単にはできず、最近も二回、予定を二重に入れて相手に迷惑をかけてしまった。今後はもっと頻繁にやらかすだろう。

わたしはいま、テレビの前に座っている。何か問題を抱えていたとしても、だれにわかるだろう。確かに、近くにジェンマとセアラはいるが、わたしが夜中に起きあがってふらふらと玄関に向かっても、居間を出たあとどうやって二階へあがるのか忘れても、ふたりにはわからない。認知症を抱えてひとりで生活し、恐怖と困難と疲労がどんどん募っているのにだれにも気づかれない、という人はほかに何人くらいいるだろう。ナイフとフォークをうまく使えなくなっても、代わりに食べ物を切ってくれる人はいない。食事の時間は、アイパッドのアラーム音が鳴るからかろうじてわかる。だが、こんなふうにあれこれ対策を思いついていては認知症に対抗していても、ときどき、そのせいで罰を受けているように感じることがある。

退職後一年半のあいだ、わたしは政府から〝自立支援手当て（Personal Independence Payment）〟を受け取っていた。家計調査ではなく、個々の生活実態に基づいて給付される手当てだ。最近、その再判定を受けるために呼び出され、いつもどおり経路を調べたうえで、ウォーキングアプリを道案内に利用し、ひとりで担当事務所にたどり着いた。認知症の人の能力を判定する仕組みの根本的な欠陥は、日常生活の何が大変かといったことを、わたしたち認知症の人が覚えていることを前提としている点だ。だが、わたしは覚えていない。もちろん、覚えていられるはずがない。数週間後、あなたにはもう給付資格はありません、と告げる手紙を受け取った。ふつうに話せて、ふつうに歩けて、食事をちゃんと用意できて、適切な記憶があるという理由からだ。どれも真実ではない。判定のときに、アルツハイマー協会のために講演していることは話したが、あらかじめ内容を一字一句書いておいて、それを読みあげなくてはならないこと、そうしないと途中で何を話しているのか忘れてしまうことを、はたして自分はちゃんと説明しただろうか？　なんだか、全面的に国の世話にならないよう心がけた結果、金銭的な命綱を奪われてしまった気がする。なんとかしようと頑張ってきたせいで、罰を受けているのだ。

もうひとつ、認知症に盗まれたものは、感情だ。だから、わたしは怒りを抱くことができない。抱くのは悲しみだけだ。

あなたはけっして怒鳴り散らす人間ではなかった。いつも沈黙で怒りを表した。娘たちが喧嘩をしていても、声を張りあげる必要はなかった。黙然と居間を横切ってテレビのスイッチを切れば、あなたが怒っているのだとふたりに認識させられた。小さいころも癇癪を起こさなかったので、早いうちに怒りが――さほど深く根づいていなかった感情が――奪われたのも驚きではない。ひとつだけ、怒りに血をたぎらせる要因が――腹の奥底から湧き起こっていまにも頭を吹っ飛ばしそうな、あの不可解な怒りを覚えさせるものが――あった。それは、父親の迎えを待っているときに娘たちの顔をよぎる悲しい表情だ。彼は家を出ていったあと月に一度の面会しか求めなかったが、それすらまともに果たさなかった。娘たちは二階の窓辺であごをソファーの背もたれに載せて待ち、車のエンジン音にぱっと目を輝かせては、父親の車の音ではないとわかっていっそう曇らせた。

「遅れそうね」あなたは淡々とした声でふたりに告げた。「いつも、そうだもの」

体内で破裂しそうな怒りをぐっとのみこむ。

「たぶん、道が混んでいるのよ」セアラが慌てて父親の弁護をし、背中を向けてまた車を見張るいっぽうで、ジェンマが少しでも早く時間が過ぎないかと本を手にとるが、両耳はずっとそばだてている。

彼が来たら責めちゃだめよ、とあなたは自分に釘を刺す。娘たちが彼に飛びついてハグやキスをして車に乗りこんだら、何もかもたちまち許せるのだし、とにかく迎えに来てくれてほっとするのだから。

「遅かったのね……きょうも」あなたは言い、怒りに声を震わせる。いやみを言っても、何も変わりはしないのだが。

当時、あなたはこの状況に激怒した。いまだったら、わたしはただ悲しみを覚えるだけだろう。

わたしはロンドンの往来の激しいユーストン・ロードを歩いている。車がびゅんびゅん通りすぎるが、例の鮮やかなピンク色の耳栓のおかげで音はくぐもっている。印刷しておいた地図を見おろし、指で経路上の目印——大英図書館、ユーストン駅、マダム・タッソー館——をなぞる。時刻は午前五時半、すべてが計画どおりだ。リージェンツ・パークの横を抜け、通りの騒音がしだいに小さくなって背景音と化す。大きな白い邸宅群が、端正な門のうしろにそびえ立っている。どの庭にも、早春の兆しが見える。水仙が朝の光に頭をもたげ、紫色のクロッカスがその陰に屈託なく控えている。

きょうは英国王立産婦人科医協会で講演するためにここにいて、春の気配はいまの気分にぴったりだ。依頼された講演は二回で、午後の部では先陣を切ることになっており、リュックサックのなかには二回分の原稿がある。きょうのために、とくに考えた内容だ。

門の前に着くと、だれかが手を振っている。なんとなく見覚えがあるし、顔を合わせたら今回がはじめてではないと言われたが、バッジの名前は——当然と言うべきか——なんの意味も持たない。わたしはいつもどおり微笑んで、相手のことばを信用する。建物のなかに入り、高名な医師の肖像画が並んだ階段を案内されて、上階の会議室に足を踏み入れる。期待が部屋に満ちはじめている。「お茶をお出ししないといけませんね、ウェンディ」と係の人が言う。「あなたのブログで、きょうはお茶がなかったと責められたくありませんから」

互いに笑いあい、わたしはお茶を手にいそいそと腰をおろして、部屋を見回す。左側では、わたしたち講演者をスケッチするために画家が色鉛筆の箱を開き、人がどんどん入って来て、だれもがおしゃべりをしながら本日のプログラムに目を通している。きょうはここに約二〇〇名が集まる予定だが、わたしは大勢の前で話すときも緊張しない。認知症の人に対するみんなの期待が低すぎるおかげで、話しはじめれば否応なく感動してくれるからだ。というわけで、自分の番が来て、いつもどおりに切り出す。

「これを読むのをお許しください。そうしないと、何を話すためにここにいるのかを忘れて、べつのことに気をとられ、まったく関係のないことを話しはじめるんです。さっき見かけた風刺画の人物のこととか」

笑いのさざ波が駆けめぐり、わたしは話しだす。

スピーチを続けながら、部屋のなかの顔をひとつひとつ見ていく。多くの人は、認知症を抱えたわたしたちが場を設けられさえすれば雄弁に話せることに驚いている。だが、アルツハイマーとの暮らしがどういうものかを知れば知るほど、戸惑いの表情がほぐれていく。席に戻ったとき、わたしの耳に拍手が鳴り響く。

食事休憩のあと、午後の部の司会者に引きあわされる。わたしはあそこに座っていますのでと説明するが、彼女が心ここにあらずのようすなので、やむなく席に戻り、午後向けの原稿を手にして呼ばれるのを待つ。時間が来て、部屋じゅうに沈黙がおり、わたしは原稿をかさかさと鳴らしながら再度の登壇に向けて心の準備をする。だが呼ばれた名前は自分のではなく、ピアズ、わたしのあとに話す男性のものだ。彼が隣のテーブルからさっと視線をよこし、同じくらい当惑している。わたしはプログラムを見返す。まさか、思いちがいをしていた？　だが、まちがいなく、自分の名前が最初にある。おそらく、主催者が順番を入れ替えたのだろう。

そう考えて、席に座ったままピアズ氏の話を聞き流しているが、問いが頭のなかをぐるぐる回り、混乱がじわじわと蝕みはじめる。しばらくして聴衆の拍手が聞こえ、わたしは椅子の上で姿勢をただし、考えを整理して膝の上で原稿をのばす。自分の名前が聞こえるものと思っていたのに、代わりに、次の講演者が呼ばれる。わたしはそこで立ちあがり、部屋から出る。心のなかは空っぽだ。怒りはなく、何も感じない。傷ついて、ぼろぼろだ。出る途中で、主催者のひとりに出会う。

「わたし、忘れられたみたいです」

「おや、そうですか。まあ、いいじゃないですか、けさ一回話されたんだし」

わたしは彼の前に立ちつくし、考えがすぐには出てこず、べつの何かがどっと表面に湧き出す――抑えがたい悲しみが。壮麗な階段をおりるが、その美しさも失望で輝きを失ってしまった。ユーストン・ロードをとぼとぼと戻る途中、涙で行く手がぼやけ、車の音に驚いて縁石から飛びのく。

ただならぬ大音量に見舞われた、ということは、耳栓をつけ忘れているのだ。だが、駅に着くまで足を止めない。とにかく家に帰りたい。わたしは列車に乗りこむ。座席につく。悲しい。

何かとかかわりを持てば、認知症を耐えやすくなる。だけど、忘れられるのは……

列車が駅を出発する。


いまは、単語が出てこないことも多い。イメージが記憶の手段だ。だれかと会話をしたり、新しく人と会ったりしても、おそらく内容は細かく覚えておらず、別れたときの感情だけが残っている。そして再会したときに、そのときの感情が甦る。いわば、以前の実際的、機能的な脳が直感に乗っ取られたわけで、基本的な本能——ここで安心して楽しく過ごせそうか？——に立ち返ったのだ。相手の感情も察知できる。その人を取り巻く感情のオーラが見えるとでも言えばいいのだろうか、覚えきれない圧倒的な詳細情報ではなく、覚えられるものに脳が接続している感じがする。

よき友人、よき母親でいるために、いっそう努力が求められるようになってきた。ほかの人への配慮をあきらめたくはない。そのためには、少しばかり事前準備が必要だ。以前なら、彼らの生活のあれこれをわがことのように記憶して、たとえば友人が大変な状況にあるとか、ジェンマやセアラが仕事で問題を抱えているとかいったことを頭の奥に刻んでおけたのに、いまでは、後日どうなったかようすをうかがいたければ、それを付箋に書き留めるか、アイパッドのアラームをセットしなくてはならない。そして、最後に届いたメールや前日のメッセンジャーのやりとりを調べてようやく、ジェンマに前夜友人と出かけて楽しかったか、セアラに車を修理したか、ビリーの足はよくなったかと尋ねることができる。

きょうは、友人のジュリーからテキストメッセージをもらった。

〝孫誕生の報せを、いまも心待ちにしているところ〟

〝すてき！〟わたしはすぐに返信した。胸が躍っていた。〝すごく楽しみね〟

〝そうなの、予定日は先週だったんだけど、あと二、三日で産まれるかな〟

わたしは携帯電話を見つめる。赤ちゃんは、本当はもう産まれているはずだった。ジュリーとのつき合いの深さを考えると、以前にもこの話を――何度か――してくれたにちがいないが、はじめて聞いたような気がする。

わたしたちが忘れるのは、悪い報せだけではない――よい報せもだ。認知症の人は、愛する人が亡くなったことを忘れて、繰り返し嘆き悲しむものだと思われがちだ。だが裏を返せば、よい報せを繰り返し何度も喜べる。もちろん、ジュリーも赤ちゃんのことをまた話すのを楽しんだ。ひょっとして、わたしたちの時間に生きるのもそう悪いことではないのかもしれない――その時間が、どんなものを運んでこようとも。

みんなには「ちっとも変わっていない」とよく言われる。たぶん、それは彼らが予期していた姿、心構えをしていた姿とくらべれば、ということだろう。友人たちが訪ねてくれたときには、玄関扉を開いたあとすぐ、こちらに向けられた彼らの表情を観察する。彼らはわたしが気づいてないと思っているが、その顔には問いがあり、病状はどうなのか、前回会ったときとどのくらい変わっているかを見極めようとしている。そして心配する必要はないこと、まだ中身がわたしであることを知って、彼らの肩から力が抜け、声に明るさが戻る。

何人かの友人が、最近こう言った。「去年からちっとも変わっていないね――同じに見える」たぶん、わたしが聞きたいせりふだと思っているのだろう。いま思えば、こう尋ねるべきだったかもしれない。「ほんのちょっと白髪と皺が増えただけでしょう？　どんなふうに見えると思った？　どんな姿を予想していたの？」

彼らのことばに、わたしはどう反応するべきなのか。その気になれば、いくらでも話せることはある。たとえば、認知症の症状を一時的にでも抑える――最終的には負かされるのを承知のうえで、この病気の裏をかいて時間稼ぎをする――ために、自分がどんなことをやっているのか、とか。〝最近のわたし〟向けにはできていない世界、しっかり準備していないと玄関の外に出るたびに混乱させられる世界で、ひどく疲弊していることも。彼らは、目に見えるほど急速な悪化を予期しているのだろうか。いや、きっと、頭のなかの帳簿に〝診断後〟と記して気に留めていないから、変わっていないね、とこともなげに言えるにちがいない。

わたしは懸命に努力して、ちがいを気づかれないようにしている。気づかれて、ここぞとばかりに憐憫を差し出されるのがいやだから。

友人たちは、わたしの目に見えるものが見えていない。認知症に足どりを変えられたせいで以前のようには歩けず、転倒しがちで、杖を必要としていること。村を散歩するときでさえ、対向者とすれちがうさいに足を止めざるをえないこと。そうしないと、どの方向に自分が歩いているのかわからなくなるからだ。湖水地方を歩くのも、数年前なら二、三時間しかかからなかったところを、いまでは五時間かかる。以前のようにさっそうと丘をのぼりおりして岩を越えられないのが、もどかしい。こんなふうに緩慢になった原因は年齢ではなく、脳の働きを減速させている認知症だ。以前よりも歩みが遅く、よろけることも増えて、その証拠に両腕があざだらけになっているが、袖をおろしてなんとか折り合いをつけている。

彼らには見えないが、歯の状態も悪化している。日に二回の歯磨きを忘れてしまうからで、歯科医が対策を考えて、ラミネート加工した歯磨き表を洗面台のそばに貼って朝と夜に印をつけること、アイパッドのアラームで歯を磨くよう思い出させること、ちゃんと磨きおえる前にほかに気を取られないようお気に入りの曲をかけておくことを提案してくれた。どれも効果はあるが、自分が子どもになった気がする。

以前とはちがって簡単な決断すらくだせないことを、友だちには話していない。たとえば、先日も、アイパッドで列車のチケットを取るのに一週間以上かかった。三回乗り替えがあって、座席の予約もしたからだ。しばらく列車のチケットを取らずにいたら、そのやりかたを完全に忘れてしまい、みんなは旅をしたいときにどうやってチケットを買っているのだろうと不思議に思えてくる。そして、もどかしさで頭がずきずきして、あきらめたくなる。そのほうが、たぶん楽だから。だけど、きょうも、あしたも勝ちたいし、つねにこの病気の一歩前にいつづけたい。なのに、毎日少しずつ勝利を宣言されてしまっている。

いまはもう、電話を使えない。回線の向こうの人物は——知らない相手であれば、なおさら——

なぜ沈黙の時間があるのかと不思議がり、いつしか、わたしは何か与えたいばかりにやみくもに返事をするようになった。とにかく〝はい〟と言っておけば会話が終わるので、なんにでも同意するのだ。電話をかけてくる人は早口すぎるし、質問をたくさんしすぎるので、いまでは呼び出し音が鳴ったら、受話器を取ったあとの混乱を考えてうんざりし、ひたすら電話を見つめている。そして留守番電話に応答させて、メールをくださいと相手に依頼する。

先日、セアラとふたりで園芸用品店に出かけ、そこで小腹を満たすことにした。サンドイッチを選ぶさい、ずらりと並んだ具材にめまいを覚えたが、支払うときにトレイを見おろしたら、いつもと同じものを選択していた。ツナだ。なぜ、いつもツナなのだろう。毎回、必ず。ほかのものはどれも食べるのに苦労するし、ツナが好きだからこれを選ぶのだ、わたしはちゃんと主導権を握っている、いつもとちがう決断をくだすストレスを避けるためにみずからツナを選んでいるのだ、と自分に言い聞かせる。だけど、自分をごまかしてなんになる？　主導権を握っているのは、わたしではない――認知症だ。これがわたしをそそのかして抵抗をやめさせ、従わせている。

わたしのブログを読んだ人たちは、認知症というのは本当だろうかと疑問を抱く。脳の病気を抱えた人間がこれほど流暢に書けるなんてありえない、と。脳のこの部分が壊れていないことに、わたしは感謝する。口から出ることばは途中で失われてしまうが、書き文字は手遅れになる前になんとかページに載っかってくれる。

ずっと続けているものを理由に、疑問を呈されるのは悲しい。彼らは、わたしの脳内に入って幻聴や幻覚を体験してはいない。もし、霧の降りた日のわたし、掛け布団の下に丸まって世界から身を隠しているほうのわたしを目にしたら、みんな納得する？　そういう姿なら、彼らが設けた型枠にぴったり収まる？　まだできる能力があるうちにそうした固定観念を破っているのは誇らしいが、周囲の人にはこの病気が見えていないせいで、どれほど生活が大変になっていることか。

「ちっとも変わっていない」と彼らは言う。だが、わたしはかつて、ランニングをして料理をしてケーキを焼いて働いて車を運転していた。いまは新しい状況に順応し、自分がまだできることに関心を移してやりすごしている。だが、かつてはあくまで自立していたのにいまは人の助けを受け入れざるをえない人間が、本当の自分だとは思えない。わたしはできることをする。たとえば、娘たちの家で庭仕事を引き受ける。そうすれば、まだ役に立つと感じられるし、種から芽が出てすくすく育つようすを眺めると、幸せな気分になる。もはや自分では料理ができないので、娘たちが作ってくれたものをありがたく食べる。友人と過ごす時間は、二時間以内に制限する。それ以上になると頭がぼんやりして集中できないからだが、この方法なら、少なくとも彼らに会うことは可能だ。だが、かつての自分と新しい自分のちがいにひどく打ちのめされ、息ができないときもある。

友人とはメッセンジャー・アプリで会話し、ほぼ午後じゅうやりとりがある。一瞬のためらいもなくおしゃべりやジョークが交わされ、ハイテクによってわたしの認知症の脳は隠されている。一〇年前は、こういうチャットは不可能だった。

まだ友人とのチャットを終える前に、アイパッドが鳴る。セアラがフェイスタイムで連絡してきたのだ。応答するか否かの問いが画面に現れ、わたしはひそかにパニックに陥る。いま応答したら、メッセンジャーで友人にさよならを言うのを忘れてしまうだろう。だから着信音が鳴りおわるのを待ち、友人との会話を終えて、セアラを呼びなおす。いつもどおり、明るく快活な顔が現れる。

「ハーイ、ママ、調子はどう？」

わたしは口を開き、メッセージをすばやくやりとりしていた流暢な自分を期待する。ところが、そうはならない。もごもごと、口ごもりながら、適切な単語を探る自分。ようやくことばが出てくるが、口調はおぼつかない。なんだか小さな子どもみたいだ。

「え、ええ。いい……あ、ありがとう」

これはだれ？　わたしはだれなの？

セアラの声音が変わる。母親だけが感じ取れる、まごうかたなき変化。わたしたちの会話はほんの数分しか続かない。通話を切り、画面が黒くなって、わたしの姿が映る。わたしのなかに巣食う、べつの人間の姿が。メッセンジャーで会話しているのは、昔のウェンディ、五八年間知っている人物だった。だが、画面に映ったこの人物は侵入者だ。新旧ふたりの自分が交差する瞬間はめったにないが、このときは、ほんの一瞬ふたりが互いに出会ったように思えた。

ふと考えがよぎる。はたして、この生活を続けられるだろうか。

考えが燃えあがる前に、わたしは消火しようとする。自分が病気を支配しているという認識は、じつは幻想で、毎日を乗り切るための手練手管にすぎない。友人たちのやさしいことば――ちっとも変わっていないね――は耳に鳴り響いているが、本当の自分がほとんど残されていない感じがする日もあるのだ。

早朝のバスターミナルは、いつも高揚感に満ちてざわざわしていた。旅のおともに四角くカットされた卵サンド、魔法瓶に入れたお茶、ブラックプールでどう過ごすかをささやきあう人々。当時はM62号線はなく、田園風景を走り抜けるバスだけだった。乗客のほとんどは工場の二週間の操業停止に合わせて休暇をとった人たちで、あなたと母親もその集団のなかにいた。早く来たおかげで列の先頭になり、運転手のすぐ横の席に座れて、その窓からブラックプールタワーが見えるのをひたすら待った。なんだか、バス全体が期待にかたずをのんでいる感じがした。「ほら、見えてきた!」後部のだれかが叫んだが、まだ着くには早すぎる。きっと、ただの高圧線の鉄塔だろう。内気な性格だったので、声に出してちがうと言う勇気はなかったが、自分が正しいと確信していた。

この旅のために貯めておいた小銭がポケットでじゃらじゃら鳴っていて、ホテルに着いたらすぐ、滞在日数に応じて等分し、一度にすべて使わないようにするつもりだった。あなたは当時から、計画的だった。

有名な尖塔がようやく見えてきて、あなたははしゃいで母親を小突く。バスから西海岸の空気のなかに降りたつと、やがて通りに観光客があふれだす。ブラックプールでは、いつもみんな心から楽しそうだった――笑い声とにこやかな顔がいたるところにあった。あなたは母親と並んで足どり軽く宿に向かい、きょうの夕食はなんだろうと考えたが、最初の夜はいつもサラダ、白パンのスライス、マーガリンと決まっていて、家ではけっして食べられないごちそうなので、考えただけでよだれが出そうになった。

宿にスーツケースを置くと、路面電車に飛び乗って、その週の公演すべてのチケットを取るために劇場街に出かけた。路面電車にはいつもわくわくさせられて、窓に鼻を押しつけるようにして座り、ずっと笑みを浮かべながら砂と海をひたすら眺めていた。劇場には当時の有名どころがあふれていた――シラ・ブラック、クリフ・リチャード、ジェリー＆ザ・ペースメイカーズがレギュラー出演し、母親が列の先頭に並んで最もいい席を確保してくれたおかげで、毎晩、公演を観に行けた。あるとき、クリフ・リチャードが最前列のあなたを目にして、この子は公演のあいだずっとおとなしく座っていたんですよと観客に告げたが、あの夜のことをけっして忘れないとあなたは言っていた。彼は舞台にあなたをあげて、ビーチボールを手渡してくれた。そのことを、いまも覚えているだろうか。

母親はそう長くは歩けず、遊歩道の前に並んだビンゴの屋台に座りこみ、あなたはひとりであちこちぶらついた――一〇分経ったら、すぐに母親のもとに戻らなくてはならなかったが。華やかな色彩のアーケードを歩き、スロットマシーンから吐き出される硬貨の音に耳を傾け、ときおり足を止めては自分も一ペニー硬貨をマシンに入れたが、腕時計にはつねに注意を払っていた。滞在が終わりに近づくにつれて、母親のそばを離れてもいい時間が延び、あなたはビーチに駆けおりてまっすぐ波打ち際に向かうと、波が寄せるぎりぎりのラインに立った。うしろの砂浜には、何千人もの人たちが座っていた。なんだか世界の果てに、ひとりきりで立っている気がした。それから母親のもとへ駆けもどった。信頼を失いたくないので、けっして時間には遅れなかったし、この小さな冒険のことをけっして話さなかった。胸の奥にしまいこんだ、ささやかな秘密。貴重な記憶だ。

わたしは列車に乗って、窓の外を過ぎていく世界を眺めている。この数日は天候がよさそうなので、ちょっとした休暇旅行に出かけることにした――子どものころ大好きだったブラックプールに戻る旅だ。車内は同じ方面に向かう人々で満員で、騒がしい子どもたちがポケットで硬貨をじゃらじゃら鳴らしてその使い道を興奮ぎみに話している。ときおり、ひとりかふたりが「ブラックプールタワーだ！」と声をあげ、みんなが窓のほうに目をやるが、結局は、牧草地の生け垣の向こうから立ちのぼる高圧線の鉄塔にすぎない。わたしの目も窓に釘づけだ――過ぎ去りし旅の日と同じ望み、自分がまっ先にタワーを目にしたいという願望があるから。

列車が駅に到着すると、わたしは静かなノースショアのホテルに向かう。そこの支配人はわたしのブログの読者なので、いつもちゃんと面倒を見てくれる。ブラックプールのこの昔なじみのような感じが大好きだ。土地勘があり、通りやトラムのルートが記憶の残滓に刻みこまれている。わたしはホテルの外に出て、右か左に向かい、足が許すかぎり延々と歩いて、疲れたら帰りのトラムに乗って戻ってくる。トラムは同じルート――スターゲートとフリートウッドを結ぶ線――を毎日走っており、たとえまちがった方面行きに乗ったとしても、必ず戻れる。

トラムは乗客にやさしく、ノンステップ車両で、停留所ごとに自動音声の案内があり、大きな透き通った窓から外を眺められ、車掌は辛抱強くて愛想がよく、だれにでも笑顔で挨拶する。ある男性が、ひとりで乗ってくる。ためらいがちなようす――おなじみのあの表情、きょろきょろした目つき、どうすればいいのかわからないようす——から、認知症の人だとわかる。車掌は彼の腕をとって、ジョークを言う。「席までご案内しますよ。まんいちお客さまが転んだら、始末書をごまんと書かされるんですが、自分はそれが得意じゃないんでね！」

彼はわたしの数列前に腰をおろし、同じく窓の外の景色を眺めている。ランドマークが次々に大きな姿を現す。ノース・ピア、セントラル・ピア、サウス・ピア、ビッグ・ワン・コースター、そしてもちろん、ブラックプールタワー。わたしはトラムを降り、お茶を飲みながら、みごとなダンスホールで老若男女が楽しげに踊るさまを一時間ほど眺める。白髪混じりのカップルが、退職前の計画どおりに、ワルツ三昧で日々を過ごしている。

わたしは遊歩道をぶらぶらと戻りながら、人々の会話に耳を澄ますが、それらはたいてい「あのときを思い出すね……」というせりふで始まっている。ブラックプールは過ぎ去りし歳月のできごとへの郷愁にあふれている。工場が休みの週のビーチには日光浴をする体がずらりと並び、浜辺ではじめてロバに乗り、凍えるほど冷たい海水に浸かる、そんな日々への郷愁。だからこそ、わたしは安心感を覚える。小さいころから毎年歩いた同じ通り、脳でひしめきあう記憶たち、母親と過ごしたたくさんの休暇、そして歳月が混じりあってしだいにごっちゃになる母親像。

昨年は、ジェンマとここに来て、プレジャー・ビーチ遊園地のアトラクションをとくに楽しんだ。ふたりで散歩し、わたしは杖をつきながら、巨大なジェットコースターがぎっしりと乗客を積んで地上七〇メートルの空へのぼるさまを、畏怖の念を抱いて眺めた。

「さあ、乗りましょう」わたしはジェンマに言い、係員に杖を手渡して、彼の顔に浮かんだ恐怖の表情にふたりでくすくす笑ったが、何か言われる前にすばやくシートに腰をおろした。認知症だからといって、退屈でリスクのない生活を送るいわれはない。

安全バーをおろし、ぐるぐる振り回されて、時速一一〇キロで胃を右へ左へと揺さぶられた。翌日、どうして自分の脚がこんなに痣だらけなのか思い出せなかったが、楽しく過ごしたことだけは覚えていた。わずか一年前の記憶。だが、ときどき、そのころの記憶がまっ先に失われていく気がする。

だからこそ、ブラックプールが好きなのだ。過去のあらゆる亡霊が現れて、並んで遊歩道を歩いてくれる。ビーチは昔みたいにたくさんのバケツやスコップで埋めつくされてはいないが、あの楽しかった瞬間が霧を突き抜けてやってくる。

数日後、わたしは帰りの電車に乗って車窓からペナイン山脈を横切る景色を眺め、おとなたちは居眠りをし、子どもたちはビーチで見つけたクラゲの大きさを張りあっている。やがて、車中が静まる。もし列車たちが口をきけるなら、語ってくれるのは、一度失われて見つかった愛情、一生かけて積み重ねた記憶、抱かれては潰えた希望の物語になるだろう。イギリス国内を東西南北に疾走し、さまざまな物語をしっかりと抱えながらも、日々新しい物語を詰めこんでけっして手放さない。みんなの人生を乗せて、果てしなく走っている。

子ども時代からしばらく経って、あなたはブラックプールをまた訪れた。今度はシングルマザーとして、スーツケースふたつと娘ふたりを抱えた列車の旅だ。三人並んでプラットホームに立ち、娘たちの手には〝お楽しみバッグ〟があった――飽きさせないための絵本やお菓子が入ったバッグだ。三人ともにこにこ顔だが、あなたはとにかく列車に乗りこんで、並びの座席を見つけてくつろぎたかった。移動中は、子ども時代と同じく、旅先でやることをあれこれおしゃべりした。トラム、海、アーケード……。やがて地平線に目を凝らすときが来て、だれが最初にタワーを見つけられるか競争しあった。

トラムに乗ってまず出かける先は、プレジャー・ビーチ遊園地だった。メリーゴーランドできゃあきゃあ叫び笑いながらぐるぐる回り、ウォーターシュートではぐしょ濡れになったが、帰るころにはすっかり乾き、タクシーでホテルに戻って、着替えをしてから夕食に出かけた。

休暇のたびに、トラムに乗って数キロ先のクリーブリーズに出かけ、そこで一日過ごして、娘たちがそれぞれ抱きぐるみを選ぶのが恒例になっていた。あなたは覚えているだろうか。ある年に、ジェンマがゴーグルとフライングジャケットをつけた小さな熊を、セアラが店でいちばん大きなゴリラを選んだ。

「それをどうやって持って帰るつもり？」あなたは尋ねた。

「この子はわたしの隣に座らせるのよ」あの娘にとってはしごく当然のことだったので、認めてやるほかなかった。

ブラックプールから帰りの車中は、けっして忘れたくない光景で、ゴリラのクライヴがボックス席の四つめのシートを占領し、その隣で娘たちがとめどもなくくすくす笑っていた。

目の前のにこやかな顔が話している。

「またお目にかかれて、うれしいです、ウェンディ」

わたしはうなずいて微笑み、相手の欲するものを与えたくて、自分もお目にかかれてうれしいと告げる。質問に答え、しばらくして相手がにこにこと去るのを見送ったあとで、セアラがこちらを向く。

「いまのは、どなた?」

「わからない、だけど、いい人だった」わたしは答える。

そして、ふたりで笑う。

「どうやら、去年の会議で会ったみたい」わたしは肩をすくめる。いつものように、流れに任せてよしとしている。いまはこれがわたしだ。うなずいて微笑み、けっして訂正したり問いを投げかけたりしない。できないのだ。したくても、記憶力がそうさせてくれない。楽な選択肢は、相手が話す内容に逆らわずついていくこと。当初はむずかしかった。立ち止まって考え、けっして出てこない答えを出せと脳を苦しめて、そうするあいだも、相手のことばを聞き逃し、混乱して、不安を募らせていた。自分がばかになった感じがした。いまは、ちがう。とにかく相手が欲しいものを与えている。だれなのか思い出せないことを知らせはしない。きっと傷つくと思うから——たとえ、わたしが記憶のない人であっても。

わたしが覚えていない可能性を考えもしない人が多いのは驚きだが、考慮する人がいたら、逆に新鮮に感じる。ある日、ロンドンのキングス・クロス駅で、ごった返すコンコースのはずれに立っていた。ふいに、雑踏のなかから名前を呼ぶ声がした。男の人がひとり、満面の笑みで近づいてきて、わたしを見かけた瞬間うれしくなったと告げたが、やはり相手がだれなのかわからなかった。とにかく、いつもどおり会話することにした。相手が思いこみで話し、こちらはわかったふりをするのだ。ところが、彼がわたしの手を取った。

「きっと覚えていらっしゃらないと思いますが、ぼくはジョーです。リーズの病院でときどき一緒に仕事をしていました。ヘレンの知り合いです」

ああ、ヘレン。わたしの友だちだ。彼女の姿が頭に浮かび、たちまちほっとする。わかったふりをしなくてすむのは、じつにありがたい。わたしたちは気持ちのよい会話を交わし、彼が同僚を紹介してくれて、それから立ち去った。見つけたときと同じ場所にわたしを残して。

人々はいつも、このせりふで会話を始める。「ほら、覚えているでしょう、わたしたちが……」ときには、覚えていることもある。だが多くは、ちがう。「いいえ、残念ながら……」と答えても、なかったことにして話が続き、わたしはその場に立ちつくし、何ひとつわかっていない。だからいまは、ひたすら微笑んで、「そうでした？」と答える。

もちろん、セアラかジェンマが相手だったらべつで、心のままにふるまえる。「いや、ぜんぜん思い出せないわねえ」そして一緒に笑うのだ。

14

面倒な乗客

村での生活は、わたしが覚えていようといまいと日々続いていく。カモたちはいまも池の縁まで泳いできて、村の店で小さな餌の袋を買ってくれた人たちに感謝の意を示す。郵便配達人は、各ドアの向こうにどんな犬がいるか、どの郵便受けに指を入れてもだいじょうぶで、どれを避けるべきかを知りつくしている。そして、村のバスはビヴァリーとハルのあいだを往復する。わたしは毎朝――列車で北へ南へと向かうために夜明け前に家を出るのではないかぎり――一〇時の始発バスに乗る。大勢の人が到着時刻よりも早く停留所に集まって、村の噂話を仕入れたり、おはようの挨拶をしたり、時間の垣根を飛び越えて前日の会話の続きを再開したりする。きょう、わたしは彼らのなかに立ち、積雪で村が孤立した日の話に耳を傾ける。どうしてこの話題になったのか思い出せないが、みんな生き生きとその話を語り、うちの前の道には除雪車ですら入れなかったねと言う。わたしは会話を楽しむが、きっと猛吹雪そのものと同じように、この記憶もすぐに去っていくのだろう。

「おはよう、ウェンディ」バスに乗るわたしに、運転手が言う。どうやら全員の名前を知っているようだが、この運転手の顔に覚えがないので戸惑う。それでも、自分のではなく彼の記憶を信用するほかない。こんなふうになるまでずっと第六感を信頼してきて、年齢と経験を重ねるごとにますます直感に頼るつもりでいたので、他人任せにするのはなかなかむずかしい。

バスの前面に掲げられた名札が正しいものと信じ、名前を呼んで運転手に挨拶する。

車の運転をあきらめたあとは、公共交通機関を利用するしか選択肢がなくなった。だが、言うはやすし。村のバスは朝の一〇時まで走らないし、夕方五時には終わるので、営業時間外はタクシーに頼らざるをえない。わたしが利用する会社はビヴァリーの鉄道駅に本部がある。最初のうち、タクシーの到着が遅れると気が動転し、窓辺を行ったり来たりして、自分が何かやらかしたのではないかと不安になった。ちゃんと電話をかけて予約したかしら？　じつは忘れていたなんてことはない？　それこそ一分でも遅れたら、たまらずまた電話をかけた。そして、たいていは相手の声から、なんて面倒くさい客なんだろうと思われているのが伝わってきた。だが、彼らに理由がわかるはずがない。きちんと説明したほうがいい。わたしにはこのタクシー会社が必要なのだから。

町で買い物をしているときに、ふと思いついた。〈マークス・アンド・スペンサー〉に立ち寄り、お菓子やビスケットを手当たりしだい買って武装した。そしてタクシー会社の窓をスクリーン越しにのぞきこんで、電話に出てくれた女性の声にたちまち気がついた。

「お茶菓子をたくさん買ってきたんですよ」わたしは言い、彼女は警戒の表情を見せたが、ビスケットを見て顔をほころばせた。「きょうは、謝罪に来ました」

「あら、わたしたちの手なずけかたをご存じのようですね」彼女は言いながら、お菓子を受け取った。「だけど、謝罪って、なんのことでしょう」

「わたしはウェンディ。タクシーが一分でも遅れたら電話をかけている者です」

「ああ！」なるほど、わかった、という表情が顔じゅうに広がった。

「その理由を説明しに来たんです」

こぢんまりした事務所に座って、お茶とチョコレートビスケットをいただきながら、わたしは認知症のことを説明した。「パニックに陥っちゃうんですよ、そして、きっとタクシーの予約をしなかったんだろうと考えてしまうんです」

彼女の目の奥にぱっと光が灯った。

「だいじょうぶ。みんなに知らせておきます。今後は心配なさらなくてもいいですよ」

いままでは、彼らはとても親切で、たとえばロンドンからの帰りの列車が遅れて到着しても、「事務所に来て、待っていてください」と言ってくれる。ほぼいつも、わたしのために車を待機させてあるのだ。

いまや電話をかける先は、このタクシー会社だけになった。彼らはすぐにわたしだとわかって、辛抱強く要望を聞き取り、復唱して安心させてくれる。きっと、ビスケットの補充も効いているにちがいない。カスタードクリームビスケットがこれほどの安心感をもたらすとは、だれが思っただろう。

わたしはよく、認知症なのにどんなふうにいろいろなことをご自分でやっているのですか、と訊かれる。答えは、四苦八苦しながら、だ。だが、脳の病気を抱えていても、不可能なことはひとつもない。どうやら、わたしが国内をあちこち旅するようすが、何よりも人々に感銘を与えるらしい。小さな村からロンドンまではるばる列車で旅をして、一度も訪れたことのない場所で催される会議に出席するなんてすごい、と。だが、その裏にはじつに多くの準備がある。

きょうは、研究の優先順位をつける会議のために、バーミンガムに招かれている。招待状は数カ月前に受け取ったが、その時点からもう準備が始まった。まずは、印刷。最初は宿泊するホテルの写真で、それから会場の写真。経路を調べて、見覚えがあったらよさそうなものもすべて印刷する——たとえば歩く予定の通りとか、経路上に立っている銅像とか。当日なんとなく見たことがあると思えるからだ。ほどなく写真の束ができ、それらをまとめてピンクのファイルに収め、必要に応じて取り出せるようにしておく。

当日の朝は、まだ暗いうちに出かける準備を始める。タクシーの予約は数日前にしておいた。だが、予定時刻が迫っても居間の窓から車の影が見えず、つい受話器を手にとる。わたしから電話があっても、彼らはもちろん驚かず、ちゃんと予約されているし、まもなく着くはずだと安心させてくれる。なのに、もう不安が募りだし、時計をじっと見つめる。列車に乗るためには、すべて時間どおりに進めなくてはならない。まんいちに備えて、プランBを考えはじめる。駅でゆっくり座って思考を整え、次の手を考える時間も、計算に盛りこんで。

もちろん、列車にはぶじ間にあうが、乗り換えを一回、二回とする必要があり、不安にさいなまれる。アイパッドで窓の外の写真を撮って心を落ち着かせていると、建ち並んだ風力タービンのうしろから太陽が昇ってくる。二回めの乗り換えでは、列車は時間どおりに到着するがかなり混んでいる。スーツケースをそばに置いていないと持って来たことを忘れてしまうのに、その余地がないので、やむなく網棚に載せる。予約しておいた窓際の席を見つけたはいいが、そこにだれかが座っている。できればそっとしておきたい。だが、移動中に平静を保つには過ぎ去る景色を眺めて写真を撮る必要があり、それができないと不安でたまらなくなるので、やむなく自分の席だと指摘する。たいていは舌打ちとため息に迎えられるが、きょうの相手はとてもいい人で、すなおに席を空けてくれる。わたしは晴れ晴れとした気分で腰をおろし、すぐさま携帯電話のアラームをセットする――バーミンガムが近づいたら電車を降りることを思い出せるように。また、スーツケースを回収するためにべつのアラームをセットする。

すべてが計画どおりに進むが、バーミンガムの手前で、どこからか音楽が聞こえてきて体がリズムに合わせて動きはじめる。なんだか聞き覚えのある曲だ。じきに、自分が発信源だと気がつく。スーツケースを忘れないようにセットしておいたアラームだ。

駅に到着する。ちょっぴり自分が誇らしいが、すぐに思い出す。ここはバーミンガム・ニューストリート。最も苦手な駅で、出口がたくさんあり、人も大勢いる。恐怖を封じこめようとしながら、わたしはしばらくさまよい歩く。おりしも、たくさんの列車が運行中止になって、苛立った旅行者が右往左往し、途方にくれた通勤者があちこちで怒号を発している。そのまっただなかで、なんとか駅を出るすべを考えなくてはならない。スーツケースを引っ張って壁際に移り、煉瓦の冷たさが背中にじわじわと浸透するのを感じながら、あたりの混乱が収まるのを待つ。列車が次々に発車するのを眺め、思考が到着するのを待つ。やがて、やさしそうな顔を見つけて、「どの出口から出たらいいのでしょう」と尋ねる。そして案内してもらう。

わたしはいまや通りにいる。駅よりも人が多いし、景色には見覚えがない。リュックサックからファイルを取り出して、印刷した写真にぱらぱらと目を通すが、ぴんとくるものはない。この時点で、パニックがさらに心を蝕みはじめ、論理的な思考をどんどん食い荒らす。アイパッドを取り出して写真を撮影していると、しだいに心が落ち着き、恐怖心が紛れて、一瞬訪れた明晰で冷静な思考が何をすべきか思い出させてくれる。

なんとなく見覚えのあるカフェが目に留まる。感じのよい赤い天蓋形のひさし、ギンガムチェックのテーブルクロス。そこへ向かって、店内に入り、お茶を注文する。ベージュ色の飲み物をのぞきこみ、ミルクをスプーンでかき混ぜて、温かな香りがゆらゆらと立ちのぼってきたところで、ホテルまでの道を探そうとアイフォーンのウォーキングアプリを開く。駅から徒歩わずか五分のはずだ、とふと気づき、顔をあげて、カフェのべつの客にそのホテルを知っているかと尋ねる。彼らはぽかんとした表情で応じ、すまなそうに頭を左右に振る。アプリの起動に時間がかかり、お茶を飲みおえてもまだ動かない。カウンターの従業員にホテルの場所を尋ねてみる。彼らも知らないが、当て推量で助けようとしてくれる。あきらめて店を出ようとしたところで、アプリがようやく作動する。〝ここから左折して聖マーチン教会のほうへ向かいなさい〟と教えてくれ、そこでフリーズする。警察官の姿が目に留まったので、話しかけると、わたしの認知症フレンズのバッジをちらりと見やる。そして、そのホテルを知っている、アプリがまちがった方向に案内しているようだと言う。

「遠くはないですよ」心強いことばだ。「この道を歩いて一〇分です、どこへも曲がらないでくださいね」

まっすぐ歩きつづけながら、何週間も前に印刷した写真と同じ建物を探していると、突如、屋上の看板が目に入る。大きな文字で書かれた、ホテルの名前だ。ほっと肩の力を抜いてそちらへ向かい、フロントで笑顔に温かく迎えられる。

部屋に入って、スーツケースからミルクとティーバッグを取り出す――ホテルの備えつけでは足りたためしがないのだ。お茶を一杯飲んで、けさのあれこれを思い返し、ホテルから駅まで戻る道をどうやって見つけようかと、すでに不安を覚えている。これはまずい。ちゃんと道がわかるよう、来た道をいますぐたどる必要がありそうだ。しばらくしてフロントに戻り、リュックサックからアイフォーンを取り出して、メモを取りながら来た道を戻る。出し抜けにサイレンが響いて、パトカーが猛スピードで通りすぎたので、バッグからピンクの耳栓を出して装着する。周囲の世界がくぐもって、やや平静を取りもどし、少し集中できるようになった。歩きながら写真を撮影するうちに、心が落ち着いてきて、いまはこの通りを知っている、店やオフィスを、色とりどりの扉や窓を知っている、という気がする。

空を見あげると、日が暮れかけている。暗くなる前にホテルに戻ったほうがいい。目が遠近感を失い、何もかも黒々とよそよそしく迫ってくるからだ。店でサンドイッチと飲み物を買い、安全な部屋に戻って、ラッシュアワーの車の流れを見おろしながら窓辺でお茶をいただく。

電灯のスイッチの入れかたがわからず、ベッド脇のランプでよしとする。なんとかテレビをつけ、夜中に目を覚ましたときに備えてカーテンを片側だけ開いたままにし、いまいる場所とここで何をしているのかを自分宛にポストイットに書きつける。まんいちに備えて。

ひと晩じゅう眠ったり起きたりで、朝になっても思考がまとまらずはっきりしない。バッグからアイパッドを取り出し、セアラがスクラブルで次のコマを置いたか確認していると、しだいに世界が明瞭になる。いまこそ、部屋のシャワーの使いかたを解き明かそう。数時間後、わたしは会議場に姿を現し、清潔で場慣れしたようすでいる。ここに到達するまでにどんな苦労があったか、だれにもわからないはず。その点で、自分を誇らしく思う。

なぜ、わざわざこんなことをするのか？　しなかった場合は？　どこにも行かず、家に座ってどんどん症状を悪化させる？　とんでもない。そんなのは、わたしではない――認知症だろうとなかろうと。

労力のすべて――煩わしい手間、準備、移動、混乱、疲労――が報われるのは、認知症の人がわたしの講演を聴いたりブログを読んだりしたあとで「もう怖くなくなりました」と言ってくれるときだ。あるいは、その娘さんたちが「おかげで、母の介助がしやすくなりました」と言うとき。ある女性が最近、こんな手紙をくれた。「深い霧や雪のなかを運転するとき、前の車のテールランプについて行けば楽だし、恐怖が減ります。ありがとう、ウェンディ、テールランプをずっと灯してくださって」

自分のためでもある。専門家に意見を求められれば、世のなかを変えているという感じがする。逆に、耳を傾けてもらえないと悲しくなる。とくに、お役所仕事のせいで何も変わらないか、お決まりの対応をされたときには。さまざまな催しや会議で話をするのは、いわば数独みたいなものだと述べたが、同じゲームをひたすらやって飽きない人がいるだろうか。ときには、どっと疲れを覚えて、認知症のことを忘れたくなる。そんなときは一週間ほど休みを取るが、長びかせないようにする。さもないと、むずかしいことはすべてやりかたを忘れてしまい、ますますむずかしくなってしまうから。嵐のさなかでも、この思いが頭から離れない。恐怖は最大の動機づけなのだ。

自分でブログを書きはじめて、もう二年になる。思考を分かちあい、記憶すべきことがらのバックアップファイルを作ってきた二年間。認知症の診断前は、ブログを書くのはおろか読むことすらなかったが、いくつになっても新しいことは学べる――たとえ脳の病気を抱えた人間であろうとも。数カ月前、〈マインズ・アンド・ボイシズ〉の会合で、アイパッドを使ってみんなの写真を撮っていると、同じく認知症のリータが肘で小突いてきた。

「ねえ、ほんとにそれを使って写真を撮ってるの？」

「ええ」わたしは答えて、彼女の笑顔の写真を見せた。

「おお、すごい！　たぶん、孫が同じものを持っているはずね。写真を見せてくれって頼んでみようかしら」

わたしはもう少し教えた。「フェイスタイムというものがあって、相手の顔を見ながら話をすることができるのよ」

「まさか！　どうしたら、そんなことができるの？」

わたしたちは議題に戻ったが、彼女は興味深そうにわたしの手のなかの赤いタブレットをふり返った。

一カ月後、リータが満面の笑みをたたえてまっすぐやってきた。

「孫が写真の見かたを教えてくれて、あのフェイスタイムとやらもやって、そうしたら、あの娘《こ》が目の前に現れて話したのよ」

リータは新しいテクノロジーの使いかたを覚えてじつに誇らしげだった。世間から切り離された感じがすることは、わたしもときどきある。電話に出て相手のにこやかな声を聞くことができないせいだが、こうやって娘たちの顔を見て話すことはできるので、疎外感がいくらかやわらいでいる。

ツイッターも、新世界を切り開いてくれた。以前は、ＩＴ環境で働いているのにテクノロジーに疎いとオフィスの同僚にからかわれていたが、いまはこれなしに一日も過ごせないのだから皮肉なことだ。最初は、ツイッターを脳への挑戦とみなし、どうすれば言いたいことを一四〇文字以内で表現できるのか模索していた。ずっと練習ばかりして、あの小さなツイートボタンを押す勇気がどうしても出なかった。自分のことばを世界に送り出すのは恐ろしいことに思えた。ある夜、自宅の静かな部屋で、闇が窓の外を叩いて空虚感に取り巻かれていたとき、心細さを覚え、ふとツイッターのことを思い出した。アプリを開くと、世界じゅうの人々の会話が目の前で軽やかに行き交っていた。

延々と続く会話を傍観者としてスクロールするうちに、好奇心をそそるハッシュタグが目に入った。#whywedoresearch（#われわれはなぜ研究するのか）。それをクリックすると、看護師や研究者を含めたありとあらゆる医療の専門家が、新しいイニシアティブの立ちあげについて話し、ツイッターで研究のプロモーションをする患者を探していた。彼らの会話を眺めながら、わたしはおそるおそる最初のツイートをタイプした。〝最初の患者代表《アンバサダー》になってもいいですか？〟と書いて、ついでにスマイルマークを加えた。すぐさまリプライが来た。〝喜んで！〟

わたしはおずおずと仲間入りし、たちまち歓迎され、受け入れられた。その夜、新しい友人たちができて、現実の世界でもその人たちに会った。研究を促進するために、そのうちのひとりと国会議事堂にも足を運んだ。

いまでは、少しでも孤独を感じたら、ツイッターを開いて、世界各地の仮想空間の友人たちと話をする。ツイッターが外の世界を呼びもどしてくれたのだ。

15 「いま」を生きる

玄関扉をあけて、向こう側に立っている女性をジョークで出迎えようとする。
「わたしの脳がいますぐ欲しいと言われても、待っていただかないと。まだ使いおわっていませんから！」

笑いながら入ってくる彼女をいつもどおり迎え入れ、お茶を出し、コートを受け取って階段のそばに吊す。だが、わたしの笑みの裏には何かが潜んでいる。雰囲気を明るくして、この訪問の目的の重たさをたとえ一瞬でも払いのけたいという、切なる思いが。これから、死後に脳をどうするか話す——医療研究のために提供する決意を固めたのだ。

進行性の病気とともに生きていると、生と死のあいだの奇妙な空間ができて、未来を認識してさまざまなことに対処しておかなくてはという覚悟と同時に、いまこの瞬間に生きたい、現在だけを考えて病気の進行のことなど忘れたい、という強烈な願望を覚える。だが、認知症はその性質上、存在を忘れることができない。どこへでもついてきて、あらゆる瞬間に割りこんでくる。わたしはこの病気で変わってしまった自分になんとかなじもうとしてはいても、襲いかかってきたときみたいにすばやく立ち去ってくれないかと日々願っている。できることなら、この病気が少しも話題にのぼらない会話をしたい、また無名の人間に戻りたい。

サンルームに座って、いつもと同じ記憶テストをやり、くだんの女性がそれを記録してファイルに収める。わたしの死後に詳しく調べるためだ。そんなふうに考えたらだめ、研究のために献脳に同意した理由を思い出すのよ、自分の死後に脳がこの病気に関する秘密を少しでも明かしたり、なんらかの科学的思考を裏づけたりしたらどんなにすばらしいことか。そう考えると、奇妙にも心が休まる。

一時間後に彼女が立ち去り、わたしはまたひとり考えに浸る。悲しい気分だが、なぜなのかよくわからない。この一時間、自分の終焉について話をした。だが最愛のふたり、ジェンマとセアラがいる前ではまだ話す勇気がない。母親の立場からはそれも当然なのだが、話しておくべき重要なテーマだし、ほかにもやっておくべきことはいくつもある。とはいえ、ときに、ふと思う――わたしたちは、もうじゅうぶん勇敢だったではないか、と。

以前ほど記憶テストのできがよくないのがわかって――書き留められた結果を彼女の肩越しにのぞいたのだ――心がいっそう沈んだ。そもそも、二年前にはじめて彼女の訪問を受けたときほど明瞭に話せていない。話しことばが失われつつあり、単語がなかなか見つからず、出てくるのに時間がかかりすぎて、文の途中であきらめることが増えた。自分の言いたいことが、ちゃんと表現する前に去ってしまうのだから。わたしはスマートフォンを手にとって、メッセンジャーの会話に目を通す。友人とすばやくやりとりする文字としゃれた絵文字に、思わず笑みがこぼれる。だが、これは書きことばだ。口ではもう同じように会話することはできないし、それを思うと、頭のなかを何かがよぎる――はたして、この生活を続けられるのだろうか。

すばやくふり払う。そんなことは考えたくない。〝現在〟に立ちかえり、こうした思考の道を進まずにすませたい。だが〝現在〟は日々変わっている。きょうのわたしは、六カ月前のわたしとはちがう。そのわたしも、一年前とはちがうわたしだ。自分という感覚をじわじわと失いつつあり、そのことが何よりも怖い。なぜって、結局は、だれしもこれしか――〝わたし〟と呼ぶものしか――持っていないのだから。この新しいわたし、以前の記憶がひどくあやふやなわたしを信頼できるだろうか。いまから六カ月後、一年後に現れるわたしは？　はたして、彼女ははっきりと伝えられるだろうか。ひとりでなんとかやっていけるし、この生活を続けていきたい、ということを。

最近、自分のブログ記事を読み返した。ある女性がＷＯＷの会議で、スイスの安楽死クリニック、ディグニタスの予約をすでにしたと語った日のエントリーだ。当時、わたしは彼女の決断力と勇気を称賛したが、自分はできるかというと、いまも無理だ――娘たちのことを考えたら。覚悟もまだできてはいない、もちろん、できるわけがない。だが、一年後のわたしは、たとえ覚悟ができたとしてもそうとわかるだろうか。はたして、わたしの望みをちゃんと伝えられるだろうか。先日、講演中の自分の映像を観て、画面の向こうから見つめ返す女性がだれなのかわからなかった。声も話しかたも知らない人のものだった。だから、五八年間知っていた自分はもう去ってしまったらしい。わたしは彼女を、保存がきく場所――楽しいブログ記事や、メッセンジャーのやりとり、電子メール、講演の原稿に書き入れたジョーク――のなかに生かしつづけている。本物のわたしは、それらに閉じこめられた女性？　それとも、外で話しているこの女性？　どちらかが、偽物ってことなの？

いまのわたしは、認知症の人たち――あるいは、彼らの世話をする人たち――に、よい生きかたができるのだと知らせる人生を送っている。だが、WOW会議でのあの女性のように、よい死にかたを選ぶ人たちもいる。これががんだったら選択肢はもっとあった――少なくとも、単純に治療を拒むことはできた――が、ことこの病気に関しては、脳の命じるままに苦しみが続く。わたしには、なすすべがない。望む生きかたをするすべがなく、主導権を少しでも取りもどそうと奮闘してはいるが、負け戦に挑んでいると感じる日も多い――いや、実際に負け戦なのだ。なのに、死ぬすべもない。あとで娘たちだけで帰国するはめにならないのなら、スイスに行って死ぬだろう。もし、この国でも自殺幇助が合法で、手伝った娘たちが苦境に陥る恐れがないのなら、まっ先に手をあげるだろうに。残されたのは〝いつなのか〟という問いだけで、その生き地獄にわたしは住んでいる。目の前に崖っぷちが迫りくるまで、現在の生活を続けたいのか。いつなら、もはやこれまでと思えるのか。心からそう思えるとき――崖のすぐ縁に立って、眼下の空白を見おろしたとき――にはもう手遅れで、それを伝えられないのでは？

もちろん、その中間で方針変更することも可能だ。自宅での自立生活には品質保持期限があるのはわかっている。ひょっとしたら、まだ見つけていないか、ちゃんと調べていない選択肢が存在するかもしれない。はたして、食事をとったり薬をのんだりするためにアイパッドのアラームをセットする方法で、認知症からどのくらい時間を稼げるだろう。この方法で、いまはなんとか生活の基本的なことはできている。現在のわたしは、ケアハウスに入りたくはない。だけど、今後のわたしはどうなのか。まだ彼女のことを知らないし、以前のわたしのことは忘れたし、現在のわたしも完全には信用できない。だから、〝いま〟を続けたい。

かつては、娘たちがどこかに足留めされて迎えが必要になったときに昼夜を問わず呼べる〝わたし〟が存在していた。どんなときでも、あの子たちを助けに向かった。だが、いまは新しい〝わたし〟がいる。たとえば、乗る予定の列車が遅れてリーズの駅で足留めされ、パニックに襲われて、わたしはジェンマにメッセージを送る。〝列車が遅れているの〟そして、目をぐるりと回す絵文字をつけ加える。書き文字ではたやすく冷静さを装える。だが、すでに胸が波打ち、案内表示を絶えずチェックしつづけている。ずっと〝遅延〟とあるだけだ。またジェンマにメッセージを送り、予定よりも一時間あとに迎えに来られるかと尋ね、そして、目をぐるりと回す絵文字をもうひとつ。ふいに、案内表示が空白になる。背筋を伸ばして情報を待ち受けるが、一瞬ののちに表示されたのは、やはり〝遅延〟だ。

フェイスタイムでジェンマを呼び出す。「どうしていいのかわからない！」

わたしのパニックを感じ取ったのだろう。娘の声は冷静だ。

「だいじょうぶよ。リーズからドンカスターへ行ける?」

「わからない」わたしはあたりを見回す。さっき見たときよりも、駅は混みあっているようだ。

「ああ、待って、ええ。あの表示にドンカスターとある。まもなく発車するって」

「じゃあ、その列車に乗って。乗ったらメッセージして、そこに着いたらまたメッセージしてね」

通話を切り、娘の指示に従って列車に乗りこんで、やれやれと座席に腰をおろし、帰途につく。

娘はちゃんと待っている。わたしの救世主。

とはいえ、本来は逆であるべきで、娘たちに救出される側になってはいけないのだ。診断がくだされた当初、わたしたちは五里霧中だった。生き地獄はまだ到来しておらず、何が待ち受けているのか知らずにいた。いま、わたしたちはその生き地獄にいる。

いつだったか、わたしが母のホスピスに面会に行き、午後六時には帰宅する予定だったのに、おしゃべりにつかまったことがある。携帯電話に目をやるころには、娘たちから不在電話が一三件とメッセージが山ほどあった。いま、娘たちは位置情報追跡アプリを使って、わたしが予定どおりの場所にちゃんといるか確認できる。なのに、そのせいで、やみくもにメッセージを受け取るはめになる――〝ダラムでいったい何をしているの?〟と。

数週間前のこと。セアラと一緒に買い物に出かけて、必要な物をすべて手に入れ、トランクに荷物を積んだ。わたしがカートを戻しに行き、数分で戻ると言いながらどういうわけか思考がさまよって、庭用の堆肥をもっと買うことにした。重い袋をもうふたつカートで運んで店を出るころには、セアラは震えあがっていた。

「どこへ行ったのかと思ったじゃないの」よく知っている心配そうな表情、幼い娘たちがはぐれたときに自分の顔にあったのとおそらく同じ表情で、セアラは言った。

「堆肥の追加を買いに行っただけよ」

だが、セアラはそれを知らなかったし、ひどく心配させたことをわたしは申し訳なく思う。娘たちはたいてい、最も状態のよいわたしを目にしている。少なくとも、そうであるとわたしは考えたい。あの娘たちはわたしの悲しい顔をめったに見ない。なぜなら、ふたりに会ったらたちまち幸せな気分になり、その日どんなに混乱していても深い愛情がそれを覆い隠して、心の痛みや空虚感をさっと取りのぞいてくれるから。たぶん、だからこそ、問題が起こってわたしが急に助けを必要としたときに、娘たちはいっそうショックを受けるのかもしれない。

とはいえ、わたしを過剰に守ろうとするのは、だれにとってもよくはない。あの娘たちが思春期のころ、わたしはそんなことはせず、親の務めとしてわが子に過ちを犯させた。そうやって、できることとできないことを学ばせた。おそらく、いまのわたしに関して娘たちは同じように考えているはずだ。ふたりは後方に控え、呼ばれるのを待っている。

ときどき、イメージがじつにはっきりと浮かぶ。べつの時代の光景、ずいぶん前の棚から取り出されたファイル。どれになるのかは、かいもくわからない。今回、あなたはわずか生後数カ月で、丸々した脚にタオル地のおむつをつけられ、幼児用ベッドの柵をちっちゃな指で握って、その向こうでは暖炉の炎がちらついていた。目を閉じれば、きのうのことのようにその暖かさが感じられる。時間は意味を持たない。ほんの束の間、あなたはまた赤ちゃんになる――そして、やがて霧が晴れ、また現在に戻るのだ。

太陽がカーテン越しに輝き、新しい一日が窓からのぞきこんでいる。眠ろうとしても、無理だ。きょうだけは、どうやっても。やむなく起きあがる。バスに乗って村の中心街に出かけ、とにかく時間をつぶそうと店をいくつか見て回り、休憩してお茶を飲むが、腹のなかではほかのものすべてが洗濯機の中身よろしくぐるぐる回っている。きょうはセアラ、ジェンマ、スチュアートが費用を出してくれて、グライダーで初飛行するのだ。上空の晴天を見あげ、あと二時間ほどで自分もそこにいるのだと考える。悪天候で中止になるのが不安でたまらなかったが、青い空を遮る雲はひとつもない。ジェンマとスチュアートが迎えに来るころには、わたしは帰宅してドアの前に立ち、コートとバッグを手にしている。

「用意はできた？」ジェンマが満面の笑みをたたえて尋ねる。

「ええ。すごく待ち遠しい」

セアラが飛行場で出迎えてくれる。わたしはわくわくと弾むような気分で、娘たちのほうがはるかに不安そうだ。まずは、安全ビデオを観るところから始まる。

「これをしっかり観て、緊急時のパラシュート操作を覚えてください」インストラクターが真剣な顔で言う。娘たちの目がこちらに注がれる。わたしは無表情で視線を返す。いまさら事情を説明してもしかたがない、覚えられないことに変わりはないのだから。そう目で会話し、わたしたちはひとことも言わない。ともあれ、ちゃんと理解したと彼を納得させられたのだろう、わたしたちは外に連れていかれ、そこではほかのグライダーパイロットが飛行機に牽引されて離陸し、しかるべき高度に達したところでロープを放している。わたしの胃はぐるりと宙返りする。けさ朝食をとらなくて、本当によかった。ふいに、インストラクターのひとりがセアラとジェンマを脇に連れ出すのが見え、さほど遠くはなかったので声も聞こえる。「おかあさん、うまくやれそうですか？」娘たちがこちらを見やり、一瞬、わたしは悲しみを覚える。こんなふうに自分のことを話されるのがいやでたまらない。じかに話してくれればいいのに。

「母に尋ねてみてはどうですか」ふたりが提案する。悲しみがたちまち消散する。

「心配ないですよ」わたしは笑って答える。「恐怖にわれを忘れて、操縦装置をよこせなんて言いませんから」

場の空気が軽くなり、みんなが笑う。

しばらくして、自分の番が来る。パイロットがグライダーの前部座席にわたしを固定し、うしろの座席に乗りこむ。わたしは自分が収まった小さな空間を見回す。レバーや装置がいくつかある。

「このレバーにはけっして触らないでくださいね」パイロットが言う。「それから、窓の蝶番に指を触れないように」

それを頭に刻みながら、付箋とペンを赤い背嚢に入れてくれればよかったと考える。

「緊急時にやるべきことを覚えていますね？」彼が尋ねる。「ビデオのとおりです」

わたしはとっさにうなずき、「心配ありません」と答える。高度一五〇〇メートルから地面めがけて自由落下するイメージをふり払おうとしつつ、〝だけど、この世から去るにはなかなかの方法ね〟とひとり微笑む。

飛行機がグライダーの前部に取りつけられ、わたしはセアラ、ジェンマ、スチュアートに手を振って微笑みかける。三人とも、当のわたしよりはるかに緊張していそうだ。

「用意はいいですね？」

パイロットがうしろで言い、いざ出発、というわけで、飛行機が滑走路に向かって走りはじめ、ロープがぴんと張って、わたしたちはゆるゆるとついていく。それから、ふだん飛行機に乗るのとまったく同じように、ぐんとスピードが増して世界がびゅんびゅん過ぎていき、そして徐々に眼下の地面が消えて、気づいたらもう空中で、上へ上へと昇り、空中曳航する飛行機のエンジン音が前方から聞こえている。

上昇中に、眼下の牧草地の継ぎはぎ模様を見おろす。目を戻すと、ちょうど飛行機とのあいだのロープが切り離され、曳航機が遠くへ飛び去るところで、残されたわたしたちはほぼ完全な沈黙のなかを滑空していく。聞こえるのは空を切る風の小さな音だけで、頭上の雲は手が届きそうなほど近い。もっと音があるのかと思っていたが、ここはとても穏やかだ。地表ではなんとか世界を静かにさせようと苦労しているのに、なんと、この上空で静寂が見つかった。

「だいじょうぶですか？」うしろから、ふいに声がする。

「すばらしいですね」すっかり魅了されて、わたしは言う。膝に置かれた手を見おろすと、手首にストラップでアイフォーンがつけられている。写真を撮ろう。最初はにこにこ顔のわたしを自撮りで、それからうしろのパイロット――真剣そのものの表情――と一緒にもう一枚。「上昇気流を見つけたら、少し旋回してみましょうか」彼が尋ねる。わたしが心から楽しんでいるのを見て、ややリラックスしたようだ。

「まあ、ぜひ」わたしは答える。空中に長くいられるのはうれしい。わたしたちは上へ上へと、一分間で一〇〇メートル近く上昇する。眼下では、真っ黄色のアブラナの畑が地面から微笑みかけ、小さな町々が模型の村のように見えて、そしてほら、雑木林に家が一軒、隠れている――秘密が明かされた。やがて長い直線道路の上に、なじみのある赤とクリーム色のバスが見える。これまで何度もヨークに連れていってくれたバスだ。わたしは窓にひたいを押しつける。ここから見るバスはひどく小さくて、指で道路からつまみあげられそう。四方八方の写真を撮って、笑みはかたときも顔から消えずにいたが、やがて高度がわずかに下がるのを感じる。パイロットに確認すると、地上に戻るときが来たようだ。小さな建物群がぐんぐん大きくなり、地表が近づいたかと思うと、驚くほどすんなり着地する――どすんという音と、衝撃が一度だけ。喜びのため息とともに、わたしは大地に帰還する。

赤い牽引車に引かれて、大きく振られる腕たちのほうへ向かう――セアラ、ジェンマ、スチュアートが、目を輝かせて、話を聞こうと待ちかまえている。はたして、覚えていられるだろうか？すばらしい瞬間を残らず思い出せるだろうか？　写真があるし、鳥の目で見おろした世界がある。この記憶は、けっして認知症に盗ませはしない。そう心に誓うが、以前も、同じせりふを口にしたのかも？

みんなでお茶で乾杯し、それから帰路につく。次は何をしよう？　なんだっていい。とにかく、可能なうちにこういう機会をしっかり捕まえないと。飛行場を出るとき、ウィングウォーキングのポスターが目に留まる……

あっという間に、晴天が霧に変わることもある。きょうはタイプしている真っ最中だった。目の前の単語になかなか頭がついていかず、そうだと察知した。まずは霞が現れ、まだらな霧のなかを運転している感じがした。すべてが――時間も行動も――たちまち鈍化し、思考がちぎれ雲のようにばらばらになって、ちゃんとまとまらない。どうすべきかは、わかっていた。心の準備はしている。横になるか、ただじっと座っていればいい。なんとか寝室にたどりついて、ベッドによじのぼり、掛け布団を頭からかぶって、窓からまばゆく差しこむ昼間の太陽をさえぎる。そして、外の世界が消えた。残されたわたしは、抜け殻だ。前向きなわたしはどこかほかの場所にいて、創意あふれる活発な脳がうつろで無感覚になっている。願わくは眠りに自分を連れ去ってほしい、乳白色の麻酔薬を脳内に注いで腐葉土の堆積を洗い流し、天気のいい日だけを残してほしい。時計に目をやるが、数字はなんの意味もなさない……

目を覚ます。まだ明るい。わたしはどこにいたのだろう。陽光が部屋に注いでいるのに、掛け布団があごまでかかっている。暑い。そうか、服を着たままだった。掛け布団を押しのけ、横たわったまま動かずにいる。ラジオの音楽が聞こえるが、なんの曲かはわからない。しばらくしてようやく、ベッド脇の時計に目を移す。一五時二五分。二〇一七年四月一〇日月曜日。どのくらい、ここにいたのだろう。いつ、霧が降りてきた？　男の人がしゃべっている――ラジオのＤＪだ。彼のことばが蝶よろしくひらひらと部屋をさまようのを、なんとか捕まえようとする。ひとつ、またひとつ、そしてもうひとつ。スティーヴ・ライト。聞き覚えのある声。わたしは戻って来た。

そのまま横たわって、頭を枕に沈めているうちに、窓の向こうの木々がどこかで見たように感じられる。枝のあいだの青い空が、小鳥たちが、だんだんと目に入ってくる。さあ、体を動かすときだ。わたしはよろよろと階段を降りてキッチンに入り、ポリッジをボウルにあける。牛乳を加えて、電子レンジのスイッチを入れる。バナナの皮をむき、ボウルの横に置いて、準備を整える。胃から脳への信号はなく、空腹を感じないが、燃料を入れればエンジンが再始動するのだと、何かが告げている。電子レンジのうなりが、キッチンユニットに溶けこむ。

キッチンの窓の外に小鳥が見える。ふらふらと庭に出て餌箱を満たし、ぶるっと身震いする。太陽が注いでいても、空気は冷たい。そこで屋内に戻り、キッチンに入ると、カウンターに皮をむいたバナナがあるではないか。おかげでポリッジのことを思い出す。電子レンジの扉を開いたら、ボウルの縁から乳白色のオーツ麦が垂れている。牛乳を入れすぎたか、セットする時間をまちがえたか。どちらかだ。抜かりなく用意してあったキッチンタオルを手にとり、ボウルの外側をぐるりと拭う。バナナをスライスして載せ、二階に戻る。またベッドに入り、キッチンタオル越しにボウルで手を温める。ラジオからビートルズの『オール・マイ・ラヴィング』が流れている。大好きな過去の残滓。ポリッジを口に運ぶが、お腹は空いていない。キッチンタオルがボウルの外側に貼りついている。なんで、こんなことに？　きっと電子レンジのなかで吹きこぼれたにちがいない。

　ポリッジを食べおえ、ボウルをベッド脇のテーブルに置く。アイパッドに手を伸ばし、スイッチを入れる。自分を再起動させるプロセスはわかっている。ソリテアを開いて、カードを一枚ずつタップする。最初はゆっくりで、移動できるカードを見逃したりもするが、しだいに要領を思い出す。赤の一〇の次は、黒の九が必要。そしてハートのエースの上に、一枚、二枚と乗せる。

　わたしは戻って来た、はず。ほぼ、もとの状態で……

謝辞

だれよりも先に、アンナ・ウォートンに感謝を捧げます。彼女がいなければ、この発想の種子は決して育たなかったでしょう。わたしたちふたりにとって学ぶことはじつに多かったけれど、笑いも——絵文字を通じて——たくさんあったし、さまざまな感情も分かちあいました。自分の人生に登場した瞬間からずっと寄り添ってくれるとわかる人がたまにいますが、アンナはまさにそういう人です。

ユナイテッド・エージェンツのジョン・エレクは、わたしたちの本に可能性を見出して多大なる助力をくださいました。深く感謝いたします。そしてもちろん、出版を引き受けてくれたアレクシス・カーシュバウムと、セアラ・ラディック、エンマ・バル、ナタリー・ラム、ジャスミン・ホーシーをはじめ、ブルームズベリー出版のすばらしいスタッフのみなさんにも。

アルツハイマー協会にはすばらしい機会をいくつも与えていただき、ここでは名前を挙げられないほどたくさんの団体も力を貸してほしいと声をかけてくださいました。

そして〈ヨーク・マインズ・アンド・ボイシズ〉を——金銭的な利益が目的ではなく、認知症の人たちが互いに会う場が必要だと感じたという単純な理由から——立ちあげたエミリーとダミアンにも、声を大にしてありがとうと言いたい。診断をくだされた当初、この場でほかの認知症の人たちに会って愛情や熱意を分かちあえなかったら、わたしはいまここに到達していなかったでしょう。けれども、ほかの何よりも、人生で最も大切なふたりの人にありがとうを捧げたい——娘のセアラとジェンマに。ふたりの支え、理解、笑い、愛情、一緒に学ぼうという姿勢がなかったら、わたしは完全に道を見失って、とても孤独だったはずです。

最後に、わたしのブログを読んで、認知症を抱えた生活について知っていただけると幸いです。

www.whichmeamitoday.wordpress.com

あるいは、ツイッターでフォローしていただけますよう。

ツイッターアカウント：@WendyPMitchell

訳者あとがき

いままではなんの苦労もなくできていたことが、ある日、突然できなくなってしまったら？　よく知っている場所にいたはずなのに、ふいに、まるきり見覚えがなくなってどこなのか見当もつかなかったら？　まだそんな年齢に達していないはずなのに、認知症の可能性を医師から示されたら？

本書『今日のわたしは、だれ？——認知症とともに生きる』（"Somebody I Used to Know", Bloomsbury Publishing, 2018）は、五八歳で若年性認知症（アルツハイマー）と診断されたイギリスの女性、ウェンディ・ミッチェルが、何かがおかしいと感じはじめて、幾たびもの受診と検査を経たのちに病名を告げられたことや、職場での人知れない苦労、退職後のさまざまな活動、症状の悪化にともなって増えていく困難とそれにうち勝つための工夫などを、自身のことばで率直に綴ったものです。

どうしても道を右に曲がれなくなったり、自分のオフィスや街なかの広場でどこにいるのかわからなくなったり、ごく単純で基本的な単語がなぜか思い出せなかったり。こうした〝喪失〟のエピソードがみずからの体験としてひとつひとつ語られていきます。やがて、忘れずに食事をとる、歯を磨く、といった日常の基本的な動作すらむずかしくなりますが、文章を綴る能力はかろうじて失われずにいるおかげで、認知症に支配されたときにものごとがどんなふうに感じられ、本人の行動がどう変わってしまうのか、わたしたち読者はわがことのように垣間見ることができるのです。ところが、文章を書く（アイパッドで文字をタイプ入力する）、その能力さえも、油断すると失われそうになってしまう……。このエピソードを読んで驚き呆然とし、自分の身に同じことが起きたら、と身震いがしてきます。

発症前のウェンディは、記憶力がよく職場で頼りにされ、シングルマザーとしてふたりの娘を立派に育てて、なんでもてきぱきとこなしていたようです。そんな過去の自分に対し、彼女は〝あなた〟と呼びかけて、認知症とともに日々変わっていく現在の自分とはちがう存在と認識しています。当然ながら、〝ふたりの自分〟の対比のなかで不安、恐怖、悲しみ、悔しさ、といった負の感情が示されていくのですが、彼女はそれらに呑みこまれないよう、ぐっと踏みとどまっています。

認知症の裏をかいて、困難を克服するすべを探り、できるだけ長く自立した生活を続けよう。認知症について多くの人に知ってもらったり、治療のための研究に協力したり、といった活動を、まだ可能なうちにできるだけやっておこう。ウェンディはそう心に誓い、ときにくじけそうになりながらも、持ち前のユーモアと創意を発揮して前進しつづけています。

もちろん、だれもがウェンディのように自立できるわけはありませんし、どんなに強い人でもつねに前を向いて進むことはできないでしょう。最近は認知症の人がみずから語る事例が増えていますが、ひと口に認知症と言っても原因や症状はさまざまで、だれかの体験がほかの人にそのまま当てはまる、ということもないはずです。けれども、ウェンディをはじめ、進んで情報を発信する人々のおかげで、わたしたちは認知症にどう対処すればいいのか、どういったことに気をつければいいのかについて数多くのヒントを得られます。あるいは、本書でウェンディの不屈の精神と固い意志を目の当たりにして、認知症にかぎらず重い病気や怪我、または日々ぶつかる困難をどう乗り越えていけばいいのか見出せるかもしれません。

さて、イギリスの医療制度について、少しだけ解説を。ウェンディは国民保健サービス（NHS）の非臨床チーム（いわゆる事務方）のリーダーを長年務めていました。ご存じのかたも多いでしょうが、NHSは税金などの公費をおもな財源とする国営医療事業で、病気になった人は原則的に無料で医療サービスを受けられます。とはいえ、日本のように患者が自由に病院を選んで受診できるものではなく、まずは、あらかじめ登録しておいたGeneral Practitioner（GP、総合診療医）の診察を受け、そこで高度な医療サービスが必要という判断がくだされると、大きな病院や専門医に紹介されます。ウェンディもまずはこのGP（本書では、〝かかりつけ医〟と訳しています）に診てもらい、それから大きな病院へ、そして神経科医、臨床心理士へと紹介されて、最終的に若年性アルツハイマーと診断されました。

診断後、ウェンディがこの制度に見捨てられたと感じるくだりは、医療として提供できるサービスにはかぎりがあることを突きつけられて、なんとも言えない気持ちにさせられます。それでも、こうした孤独感を払拭しようと奮闘するさまはいかにも彼女らしく、称賛の念を禁じえません。

いまもウェンディは、謝辞で紹介されているブログ、ツイッターを通じて、精力的に情報発信をしています。（おそらく意図的に）本書にはいっさい掲載されていない写真もふんだんに使われていて、彼女の暮らしぶりや人となりが視覚的に伝わってきます。ご興味のあるかたはぜひ、のぞいてみてください。

宇丹貴代実

二〇二〇年一月

著者
ウェンディ・ミッチェル　Wendy Mitchell
二〇一四年七月、五八歳で若年性認知症と診断される。二〇年間勤めた国民保健サービス（NHS）の非臨床チームのリーダー職を辞め、以後、認知症という病について理解してもらうための啓蒙活動を続けている。現在、アルツハイマー協会のアンバサダーを務めている。英国ヨークシャー在住。娘がふたりいる。

訳者
宇丹貴代実（うたん・きよみ）
一九六三年、広島県生まれ。上智大学卒業。英米文学翻訳家。おもな訳書に、エリック・シュローサー『おいしいハンバーガーのこわい話』（草思社）、スーザン・バリー『視覚はよみがえる』、ベス・シャピロ『マンモスのつくりかた』（以上、筑摩書房）、マイケル・フィンケル『ある世捨て人の物語』（河出書房新社）などがある。

今日《きょう》のわたしは、だれ？　認知症《にんちしょう》とともに生《い》きる

二〇二〇年三月二〇日　初版第一刷発行

著者　ウェンディ・ミッチェル
訳者　宇丹貴代実
発行者　喜入冬子
発行所　株式会社　筑摩書房
東京都台東区蔵前二－五－三　郵便番号一一一－八七五五
電話番号　〇三－五六八七－二六〇一（代表）
装幀者　間村俊一
印刷・製本　中央精版印刷株式会社

ISBN978-4-480-86090-3　C0047

◉筑摩書房の本◉

〈ちくま新書〉
死生観を問いなおす
広井良典

社会の高齢化にともなって、死がますます身近な問題になってきた。宇宙や生命全体の流れの中で、個々の生や死がどんな位置にあり、どんな意味をもつのか考える。

〈ちくま新書〉
コミュニティを問いなおす
つながり・都市・日本社会の未来
広井良典

高度成長を支えた古い共同体が崩れ、個人の社会的孤立が深刻化する日本。人々の「つながり」をいかに築き直すかが最大の課題だ。幸福な生の基盤を根っこから問う。

〈ちくま新書〉
創造的福祉社会
「成長」後の社会構想と人間・地域・価値
広井良典
大佛次郎論壇賞（第9回）受賞

経済成長を追求する時代は終焉を迎えた。「平等と持続可能性と効率性」の関係はどう再定義されるべきか。日本再生の社会像を、理念と政策とを結びつけ構想する。

〈ちくま新書〉
長生きの方法 ○と×
米山公啓

高齢者が血圧を下げても意味がない？ 体にいいものを食べてもムダ？ 自由で幸せな老後を生きるために知っておきたい、人生100年時代の医療との付き合い方。

◉筑摩書房の本◉

ボケないための、五・七・五

サミュエル・ライダー

俳句を覚えて筆記する。それだけでボケが防げる！　忘却と格闘することが海馬や前頭前野の機能を高めるのだ。芭蕉以来の名句一五〇句があなたの脳を鍛えます！

大切な人が病気になったとき、何ができるか考えてみました

井上由季子

老いて病んだ両親の心配やつらさに、どう寄り添えばいいのだろう。七年の看病や介護の場で試した、家族だけができる小さな工夫や実践を紹介します。

〈ちくま学芸文庫〉

「聴く」ことの力

臨床哲学試論

鷲田清一

「聴く」という受け身のいとなみを通して広がる哲学の可能性を問い直し、ホモ・パティエンスとしての人間を丹念に考察する代表作。　解説　高橋源一郎

〈筑摩選書〉

傍らにあること

老いと介護の倫理学

池上哲司

老いを生きるとはどういうことか。きわめて理不尽であり、また現代的である老いの問題を、「ひとのあり方」という根本的なテーマに立ち返って考える思索の書。